早乙女貢

新選組 原田左之助
残映

房

新選組　原田左之助

目次

目次

新選組　原田左之助

六道ノ辻

原田左之助という男がいる。

新選組の創立者の一人で幹部だったが、四国の松山生れで、若党奉公していたという。生れつき烈しい気性で、喧嘩《けんか》ッ早く、十七、八で故郷を飛びだして江戸へ奔《はし》った。どういう縁で近藤道場へ来たのかわからない。

多摩郷士の、土の匂《にお》いのする近藤道場は、退廃的な江戸の空気の中で、泥くさくて地味だったから、気持が落着けたのかもしれない。

天然理心流は力の剣であり剛の剣とも称《い》われる。左之助の気性とも合致していたらしく、当時すでに代稽古《けいこ》をつけるほどになっていたが、京で乱刃の下をくぐるようになると、ますます、その剣に磨《みが》きがかかり自信も出来たのであろう、なかまをはらはらさせることが多かった。

「われわれの中で一番先に死ぬのは左之助だな。早く墓石でもきざませていた方がいいぞ」

酒の席で、永倉新八などが笑って言うと、そうかもしれねえ、と左之助も平気で肯定した。

本人も充分、自分の性格は知っていた。

「そんときはよろしく頼むぜ。もう戒名はできているからな」

と、財布から細長い紙片をとりだして見せた。

達筆で〝正誉円入居士《せいよえんにゆうこじ》〟と読める。

まさか元気なうちから戒名が出来ているとは思っていなかったので、山南敬介や沖田総司は顔を見合せて、二ノ句がつげなかった。

年長の井上源三郎が、割りこんで言った。

「呆《あき》れた男だねえ、いくら何でも早すぎるんじゃねえかえ」

「なあに、こいつはまじないさ。こっちの手廻しがよすぎると、閻魔《えんま》の庁で敬遠するのさ。どうだえ、みんなも戒名を決めていた方がよさそうだぜ」

おどけた調子だったので、大笑いになったが、左之助がどうして戒名を持っていたのか、誰《だれ》も知らない。

そんな左之助が、激動の京で五年もの間、血の雨を浴びながら死にもせず江戸へ戻って来ることができたのだから、人の運命はわからない。

慶応四年五月半ばである。四谷の鮫ヶ橋の坂をのぼって権田原から六道ノ辻へかかる道を走ってくる男がある。

簑笠《みのかさ》に雨をさけて、裸足《はだし》だった。脛《すね》まで泥にまみれている。

六道ノ辻の番屋の前に差しかかったとき、運悪く油障子を開けて出て来た男にぶつかりそうになった。

咄嗟《とっさ》に、ぱっと避けたが、相手は反射的に喚き声をあげた。訛《なま》りの強い薩摩弁だった。

「どこば見ちょる、おどれの眼なふし穴か」

黒い筒袖《つつそで》だんぶくろに白木綿の兵古帯をしめ、やはり白木綿で柄を巻いた刀を差して銃を抱えている。

袖の上に錦《にしき》の小切れがついているのが、官軍の印だった。

明日にも上野の山に数万の官軍が総攻撃をかけて来ようという時である。

笠のうちの顔がにやりとした。原田左之助だった。

「べらぼうめ、ふし穴だったら、こうはいかねえぜ」

簑のうちで刀を抱いていたのである。抜き打ちだった。白刃が閃くと、雨の中に真赤な血が霧のようにしぶいた。

左之助はかえり血をさけるように身を翻《ひるが》えしている。

怒号と狼狽《ろうばい》の叫びが起った。薩摩弁の吼《ほ》えるような濁《だ》み声が番屋から噴《ふ》きだした。

「しまった、一人じゃなかったのか」

左之助は血刀をひいて走った。

出逢《であ》いがしらだったし、多勢だとは思わなかったのである。

そういえば、このあたりに、官軍の兵士が一人でいるはずはないのだ。

前将軍慶喜が、謹慎の意味で上野に蟄居《ちっきょ》したとき、その護衛という名目で集った者たちである。

慶喜がすべてを諦《あきら》めて水戸へ去ったあとでも、上野へ残って解散命令も肯んじないのは、官軍への反抗を意味していた。

市中では巡邏《じゅんら》の官軍を斬って袖の錦の肩章を奪うのがはやっている。

「錦切れとり」

といって、江戸っ子たちも拍手をおくり、暴虐な西国武士の占領軍へ小さな抵抗を示している。

占領軍では、そのために巡邏ばかりでなく、三人五人と連れ立って行動するようになっていた。

(なぜ、こんなところに)

という疑問よりも、相手が多勢で、その上、精巧な鉄砲を持っていることを、考えねばならないところだったのだ。

(ちぇっ、いつまで経《た》ってもおっちょこちょいなところは治らねえな)

自嘲《じちょう》をぶち切るように銃声がした。雨を灼《や》いて鉛玉が頭上を走った。

二発目は、びいんと、手を痺《しび》れさせた。これは刀の鞘《さや》に命中したのである。鞘の鐺《こじり》に近い部分がはじけている。

左之助は、頭をすくめた。

辻だ。左へまがった。もともとそちらへ行く予定だったのである。

このあたり、逃げこむところがない。小役人の長屋や百人組のお長屋がかたまっている。いずれも長塀《ながべい》がめぐらしてあって入れない。

が、右手の角に町屋がある。八百屋と蕎麦《そば》屋が見えた。それについて右へまがる。

また数発、追いすがるような銃声がした。夢中で露地へ駈《か》けこむ。行き止りだった。忍び返しのついた板塀が遮《さえぎ》っている。左之助は簑と笠を脱ぐと一まとめにして、塀の内へ投げこんだ。

刀を鞘におさめたとき、柔らかい声が頭の上でした。

「お入りなさいまし、そこでは濡《ぬ》れますわ」

出窓に仄《ほの》白く女の顔が見えた。

（変っている……）

最初にそう感じた。

追われている男に手を差し伸べようとするのが、すでに尋常ではない。

女は、ちょっと得体が知れなかった。眉《まゆ》を落してはいないし、お歯黒もつけていない。髪のかたちも人妻ではなかった。

だが、普通の娘ではないのだ。年齢も二十歳にはなっていよう。この時代ではすでに若年増であり、からだも熟《う》れている。手つきや身ごなしに、色香があふれるように感じられた。

死を隣りに控えた青春を過してきた原田左之助である。女遊びも散々してきている。いま

さら、珍らしいことも、唆《そそ》られることもなかったが、

(こんな長屋には勿体《もったい》ねえような女だぜ)

と、おもった。

(それに、岡《おか》場所でもねえのに……変った女だ)

女は左之助を招き入れると、濡れた着物を脱ぐようにと、手真似して浴衣を出してくれた。

それは、仕立て上りで、水を通していないものだった。

左之助が着替えている間に、押入れをあけて、さっさと夜具を敷きはじめていたのである。

細いしなやかなからだが、仄暗い家の中で動くのを、左之助は呆《あき》れるような気持で眺《なが》めている。

細腰もまるい臀《しり》も、熟《じゅく》していながら、まだ男の手で汚されていない感じなのだ。

裏の屋敷は大名屋敷か、旗本屋敷かわからないが、その塀に北風を遮《さえぎ》って貰《もら》って、ひっそりと建っているしもた家だった。

家の中も小じんまりとまとまっていて、調度も悪くない。

三間きりの家だが、桐《きり》の箪笥《たんす》や長火鉢《ひばち》や鏡台や、一応ちゃんと揃《そろ》っている。片隅《かたすみ》に置いてある行燈《あんどん》も朱骨の瀟洒《しょうしゃ》なものなのである。

「さあ、御用意ができましてよ」

女は掻巻《かいまき》をめくって誘った。

「え？　おれが、寝ていいのか」

左之助は、途惑ったように、おどろいて見せた。

「早く……追われているのでしょう？　病人のふりをしてなさいまし。あたしがうまくやってあげますわ」

見ず知らずの男に、なぜそこまでしてくれるのか。

追われている者を、匿うということは、一つ間違うと、共犯の罪を負うことになる。事情を知っているはずはないし、女は、血刀を見ている。

どっちにしても、こういう一人暮しの女性がかかわって得な話ではなかった。

だが、いまは疑問よりも、難を免れるほうが先だった。

左之助は、済まねえな、呟《つぶ》やくように言うと、その夜具の中に身を横たえた。

女は身軽く立って洗足《すすぎ》の水を捨て、雑巾《ぞうきん》をしぼった。そのころになって、数人の濁み声が露地へ入ってきた。

「来ました！」

女は低い声で言った。

声はかなり緊張したものだったが、左之助を振りかえった顔には別に不安の色はなく、むしろ、冷たいほどの静かな表情だった。

喚き声が露地を進んできた。

「この辺が怪しかど」

「こん露地な袋小路でごわそ」

「一軒一軒、虱《しらみ》つぶしに調べたらよか」

聞きとり難い薩摩弁だった。七、八人いるようだった。

あの番屋に、そんなに入っていたのであろうか。あるいは、近所にいて銃声と怒号で、飛びだして来たのかもしれない。
七、八人もいてはとても、かなわねえな、と原田左之助はおもった。搔巻を頭からかぶった。二人や三人なら、武士一通《ひととお》りの腕のあるやつが相手でも自信はある。かれは刀を抱きしめて、いざといえばすぐ抜けるように用意した。
喚き声は、窓の外まで来たが、かれらも戸別に踏みこむほどの勇気はなかったらしい。

このあたりは、江戸も西の外《はず》れに近い。四谷の大木戸からは新宿なのである。

もしも、これが中心部だったらさらに増援を頼んで、強行したかもしれない。

このあたりでは、下手をすると、旗本たちに取巻かれる。旗本の大半は、前将軍の恭順《きょうじゅん》の訓戒に従ってはいるが、内心は薩長に対して憎しみと怨《うら》みを抱いている。

濁み声が遠去かると、女は振り返って、にっと笑った。

「行きました」囁《ささや》くように言い、「でも、また引き返してくるかもしれませぬ」

「そのときはそのときさ。斬りまくって死んでやる。どうせ何度も死に損ねたからだだ」

「死に急ぎすることはありますまい。いのちさえあれば、面白い目も見られます」

若いにしては、しっかりしたことを言う。

女は戸口に芯《しん》張り棒をかって、左之助の枕《まくら》元に坐《すわ》った。

「大丈夫ですわ。あたしが追い帰してあげますから」

「そいつァ難かしかろうぜ」

「いいえ、あたしの情夫《いろ》……ということにしますわ」

「情夫だって？」

若い女の口から、ずばりと言われると、左之助ほどの男でも、かえってどぎまぎする。

「ええ、そのほうが官軍さんには効果《ききめ》があるんじゃないかしら」

女は立ち上ると、枕屏風《びようぶ》の向う側で帯を解きはじめている。

これには左之助は唖然《あぜん》とした。

何という女だろう。全く初対面なのである。まだ名前も知らないのだ。

しゅッしゅッと帯を解く絹地の音も艶《なま》めいて、左之助は咽喉《のど》に渇きをおぼえた。

赤いしごきと長襦袢《じゆばん》になると、女はちらと恥らいを見せて、夜具に手をかけた。

「ごめんなさいまし……よろしいかしら」

据膳《ぜん》を食ったことがないわけではない。

左之助は男にしては色が白い。利かぬ気の暴れ者だったから、松山でも娘たちにもてた。

若党の身分はきわめて低いが、若い娘には功利性が少ない。好きだと思えば、世間体よりも、将来のことよりも、現在の時間を大切にする。また江戸や長崎に黒船が来たりして、不安な時代でもあった。

左之助が出奔するきっかけとなったのも、奉公先の妻女との不倫を云々《うんぬん》されたせいもあっ何かあったわけではない。妻女のほうの気持はわからない。好意も度が過ぎると、疑われてもしかたがないのだ。その屋敷の主人の妬心《としん》が特に甚《はなはだ》しかったわけでもあるまい。面倒になったので、出奔した。野心もないではなかった。騒がしい世間は若者の夢をふくらませるのである。

（ひとり前の侍になって見返してやる）

とおもった。

しかし、その気持がすべてだったとはいえない。風雲に乗じたい気持は、人並には持っていても、立身出世に狂奔する性質ではない。

ただ、足軽以下の若党の身分には耐えられなくなっていた。そして、そのころになると、長い幕府の世襲制度が崩れて来て人材登庸《とうよう》の動きを示していたのも事実である。

左之助のことは、松山藩の目付《めつけ》役に生れた内藤素行という人が、「なかなか悧口《りこう》な男で、子供心にも美男であったと覚えて居ります」と、明治四十年ごろ史談会で話している。

沖田総司などとは違って、からだにも自信があるし、くよくよしないほうだから、女性関係は普通以上にあったろう。

その左之助にしても、この名前も知らない女の大胆な行動には、唖然とさせられたのである。

「――よろしいかしら」

と言われて、不可《いけ》ない、とも言えず左之助は口の中でどっちともつかぬ声をだした。

もっとも女の言葉は、同衾《どうきん》のための挨拶《あいさつ》のようなものだった。

妖《あや》しい微笑を見せて、女は細腰をすべりこませている。はなやかなからだが、掻巻の中に入ってきた。蛇《へび》のような鮮やかさであり、その滑《なめ》らかな五体の動きも、きわめて自然だった。

「あら……こんなもの、要《い》りませんわ」

まだ、しっかりと抱いていた刀を、女は、そっと取り上げた。静かな声だし、たしなめるような、あやすような調子が、さからい難かった。

若い女の甘肌《はだ》が鼻先に匂《にお》い、左之助はもう平静を欠いていた。

「ふふふ、おかしいかしら？」

「な、なにが」

「わたくし……わたくしのような女、おきらい？」

これも質問ではなかった。女の長い睫毛《まつげ》の顫《ふる》えと、黒い炎の瞳《ひとみ》が左之助の情念をそそりたてて、女のからだを抱きよせていた。

部屋の中は仄暗い。奥の勝手につづく六畳である。表《おもて》の六畳のほうは障子を透して外光が入っているが、雨の日だけに光は弱い。

その昏《くら》さが、女の羞恥《しゅうち》を救ってくれたようである。

女は左之助に抱き寄せられるとふっと眼を閉じ、低く声を洩《も》らした。

仰向きに顔をあげた女の唇《くちびる》が、左之助には、はじめて見る肉厚《にくあつ》の花びらのように見えた。

昼は半ばひらき、期待をこめた息《いき》づかいが、男を誘っている。

左之助にはためらいがなかった。かなり直情径行なところがある。思い立ったら行動に移さずにはおれない。そのために故郷にもいられなくなったわけだし、新選組にいても随分損をしている。

二十代の半ばを過ぎても、まだその癖は治らない。上方《かみがた》で血風を潜ってきた五年余の歳月をもってしても治らなかったのだから、今後も変らないだろう。

もっとも、いのちがあれば、の話である。元新選組の幹部には明日があるかどうかわからないのだ。

「妙な女だな」左之助は頰《ほお》をすり寄せて言った。「やっぱり江戸だなあ、変った女がいるぜ」

「そうかしら、あたし……変っていて?」

「ああ、上方じゃ見たことねえな」

「そうかしら、こんな女、おきらい?」

声はかすれている。頰が熱くなり、息づかいも、しだいに荒くなってくる。

「——さあな」左之助の手は、襟《えり》からすべりこんでいる。「女の良さは、寝てみなくちゃァな……」

かたい乳房が息づいている。まだあまり男の手に揉《も》みほぐされていない感じであった。さして大きくはない。掌に丁度おさまるくらいである。滑らかな感触と甘肌の匂いが、左之助の情感をあおった。かれは脚を割りこませていった。

すでに女の部分は濡れている。男の手が、指が、どのように導くものかを知っていて、その期待が女の性感を刺戟《しげき》しているのだ。

白昼だということが、かえって二人を昂《たかぶ》らせているようであった。

芯張棒をかっていても、こういうしもた家では、不用心なのだ。いつ誰が訪れるかわからない。あの薩摩兵たちが戻って来ないとはかぎらないのだった。

女が燃えるのは早かった。ときどき、たまげるような声を奔らせその自分の声を圧えようとして、掻巻の端を咬《か》んで耐えた。

左之助が放ち果てたあとまでも、女は背に爪《つめ》を立てて呻《うめ》きを洩らしているのだった。

二人が抱き合っていたのは、小半刻（三十分）くらいのものであった。幸い、その間、訪《おとな》う者はなかった。

女は、ことが終ると、さすがに恥しそうに、あと始末を手早くすると、掻巻から静かに出た。

障子の向うで水の音がしていたのは、水甕《みずがめ》から柄杓《ひしやく》で掬《すく》って手を洗っていたのであろう。

「お使い下さいまし」

手拭《てぬぐ》いをお絞りにして持ってきたときも、まだ目を合わせるのは恥しいらしく、微笑しながらも視線をそらしていた。

鏡台の前に坐ると、蓋《ふた》をとって髪の乱れを直している。そのうしろ姿が、前よりも艶めかしいものに見えた。愛情を感じた。うしろから抱きしめたいような気持だった。

（どういうつもりだろう？）

愛《いと》しさがこみあげてくると、またその疑問が甦《よみが》える。

まだ名前も知らないのである。女のほうも左之助を知るはずはないのだ。

それが白昼から、快楽の刻を共有している。まるでそうなる運命だったように、結ばれている。そして、その行動に入ったのが自然だったように、その後の女の態度もきわめて淡泊なものであった。

左之助は帯を締めなおすと、鏡の中の女の顔をのぞきこんだ。

「そろそろ行かなきゃな……」

「じゃァお支度なさいまし」

鏡の中から、女は応《こた》え、にっと笑った。

「――よかったわ、とても」

むしろ左之助のほうが、どぎまぎしたくらい、爽《さわ》やかな表情だったのである。

男ものの浴衣があるのも不思議だったが、女はさらに上布と黒絽《ろ》の羽織に夏袴《ばかま》を出してくれた。

いずれも仕立おろしなのも、左之助を驚ろかした。

「お召しなさいまし」

「これをかえ……こいつァ一体だれのものだね。まさかお前さんの亭……」

「誰のでもよござんしょ」

「しかし……」

亭主持ちとは見えないのである。

しつけ糸をしゅっしゅっと抜きながら、女は悪戯《いたずら》っぽく微笑している。抜きとった絹糸を唇の先で器用に丸めてゆくのが、左之助にはもの珍らしかった。

暫くの後に、蛇《じゃ》の目の相合傘《がさ》で二人は雨の音を聞きながら歩いていた。

「――とうとう名前を教えてくれなかったな」

「あら……お前さまのほうこそ。でも、いっそお互い知らないほうが、さっぱりしてよろしいのじゃございません？」

「そういうことにしておこうぜ、おれは惚れっぽいのでね。すっかり好きになったようだ。本心は残念だがね」

女の白い襟足に蛇ノ目の青がうつって、妖しい肌の色になっていた。

「何もお聞きしませんわ。ただ、楽しかったことは忘れませぬ」

女は袂《たもと》のかげでそっと手を握った。片方の手にもう一本傘を下げているのは、途中で別れるつもりだからであった。

通りへ出たとき、少し先に官軍の兵士が十人ばかり群れているのが見えた。

「こっちを見てやがる」

左之助は足をゆるめた。

「平気ですわ、知らぬふりで通りましょう」

「見てやがる」と、また左之助は言い、あたりに目を走らせた。

「いざとなったら、斬りまくってやる。おれのことはかまわずに逃げてくれ。かかわりがなかったことにしないと、どんな目にあうかしれないぞ」

「さっきは簑笠でした。容子《ようす》が変っているから、芋さんたちにはわかりゃしませんよ」

女は大胆だった。官軍の兵士を斬った左之助を一時的にせよ匿まったことが知れれば、むろん女も同罪になる。

不粋《ぶすい》ということが、もっとも嫌《きら》われた江戸では、薩摩兵たちは評判が悪い。垢《あか》ぬけした江戸女にもてないだけに、その鬱憤《うっぷん》霽《ば》らしが八つ当りになっている。

官軍さんがいる、と聞くと、女たちは道を避けて遠廻《まわ》りするというふうだった。

だが、この場合、まずい。向うも気がついている。ここでひきかえしなどしたら、誰何《すいか》されるにちがいない。

女のいうように、平気な顔で通りすぎるしかなかった。

(ままよ、出たとこ勝負だ)

左之助は肚裡《はら》を決めた。

相合傘の男女である。常態なら誰も気にとめない。もっとも町人にかぎられた。旗本となると話はちがってくる。

しかしそれも半年前の大政奉還までである。将軍家が辞職したのだから、旗本の風紀まで取締る力は残っていない。

二人が近づくと、薩摩兵たちは無遠慮な眼を向けた。好奇の色が露わだった。

二人が澄まして、その前を通りすぎようとすると、押えきれなくなったように、一人が口をひらいた。

「――のんきな面《つら》ばしとる」

「江戸者《もん》な、ふにゃけとりもす、こぎゃんこつじゃけん、幕府がつぶれるとでごわそ」

聞えよがしの濁み声である。

左之助は角立《かどだ》った動作でふりかえった。

「ほう、なんか文句のあるごたる風でごわすな」

「聞きもそ」「聞きもそ」

ぞろぞろと二人を取巻くようにかれらは軒下から出てきた。

そこは左側が大名の下屋敷で、右側が御鉄炮場《おてつぽうば》になっていた。かれらは、御鉄炮場の門前に群れていたのである。

この連中が新宿に近いこんなところにいる理由がのみこめた。

(鉄炮と火薬を奪いに来ているのだ、くそ!)

明日の上野攻撃に利用するのであろう。そうと気がついたが、いまの左之助ひとりではどうするすべもない。

「文句などない」

吐き捨てるように言って歩き出そうとした。

その顔の前についと鉄炮が突き出された。

「何をする」

思わず、反射的に左之助は刀の柄に手をかけている。

「待《ま》で、ちゅこつでごわす」

黒い熊毛《くま》のかぶりものをした大きな男だった。右の袖に錦の肩章、左の袖に伍と書かれた白い布をつけているのは、伍長の印らしい。

「なんか怪しかごたる、名ば聞きまっしょ」

「名前だって？　ふん、名乗っても、お前さんが知っているような名前じゃねえさ」

「隠すどか」

「隠しゃしねえよ……」

この連中の中に京で活躍した者がいたら、逃れられない。運を天に任せるしかなかった。こういう場合に、なかなか嘘は出ないものだ。それに嘘を吐くには正直すぎた。

「――原田左之助だ……」

「はらだ？　聞いたごたる名でごわそ」

熊毛は同僚をかえり見て言った。

左之助のほうは胆をぎゅっと摑《つか》まれたような一瞬であった。

「おはん、彰義隊やなかか」

新選組かと詰問されたら、この男は言を左右に出来なかったろう。ほっとすると同時に、

「なんだえ、そりゃァ」と、おどけた調子で、さらりと躱《かわ》した。「娼妓《しょうぎ》って、これのことかえ、冗談言っちゃいけねえ、こいつは、おいらの情婦《いろ》さ」

「そんな女のこつじゃなか。上野の山に籠《こも》っちょる浮浪の賊んこつじゃ」

「上野かえ……あいにくだねえ、上野がどっちにあるか、おいらァ知らねえよ」

もうよか、去《い》ね、と一人が怒鳴った。

熟れた女の姿態が薩摩隼人《はやと》の眼にはあまりにも生《なま》々しくて、息苦しくなったのかもしれない。

金で買える宿場の飯盛女などにはない素人の色香が五月の小雨の中で匂うようであった。曲り角で女が振りかえってみると、薩摩兵の何人かは、まだ未練げに見送っていた。

「いやらしい、まだ見てますよ」

「――美《い》い女だからな」と、左之助は笑った。「お前さんの尻《しり》を見ているのさ」

「おお嫌《いや》だ、芋侍のいやらしい目つきには、ゾッとして、鳥肌《はだ》が立ちますよ」

「季節はずれの風邪をひくかね」危地を脱したおもいで、左之助はにやりとした。「そんときァいつでも介抱に行ってやりたいがね、二度と逢《あ》えるかどうかわからねえ」

「やっぱり上野へ」

「うむ……その前にともだちに逢いに来たのさ」

左之助は立ち止った。真顔になっていた。

「世話になった。ここで別れよう」

「もう少し送らせて下さいまし。あそこまで」

坂の下に土橋のかかった細い川が見え、橋の向うに寺の門前が見えた。

原田左之助は寺の前で、名も知らぬまま、女と別れている。

寺は仙寿院と称い、現在も、当時の場所にある。もっとも、戦後外苑から原宿へぬける大きな道が出来たので、半分以下に削られてしまっている。因みに、六道ノ辻は、外苑の中心部になる四つ角がそれである。

左之助は、仙寿院の前の道を北に向っている。

傘に当る雨を聞きながら、女のことは忘れようとしていた。

振りかえりたい気持をおさえているのだった。

(どうせ明日ァ死ぬんだ)

未練を残してもしかたがない。女のほうでもさっぱりしていて、しつこく名前や住所を聞こうとしなかったのが、気持よかった。

もっとも住所を聞かれても、答えようはない。上野の山というしかないのだ。

(まだいるかな……)

このあたり田畑がひろがっていて、小川が流れている。見通しが利く。

寺の前の土橋のところに佇《たたず》んで女はいつまでも見送ってくれているような気がした。

振りかえりたいのだが、そうすると女々しいようで、耐えた。女に未練を残しているようにとられたくなかった。

向うに見られさえしなければいい。

女のうしろ姿を見ることができれば、とおもった。道は千駄ヶ谷町という町屋の間を通っている。その角で思いきって振りかえった。

土橋の上にも、そのむこうの道にも、女の姿はなかった。

ほっとすると同時に、何か虚しい気もした。見送ってくれているとおもったのは自惚《うぬぼ》れだったのか。

左之助は苦笑した。自嘲もあったが、それで肩の荷がおりたような、解放感をおぼえたのも事実である。

女も気まぐれだったのだろう。まだ昼間のうちなのだ。一場の白昼夢を見ただけのことではないか。

（だが、美い女だったな……）

歩きながら、左之助は声を出して笑った。爽やかな気持だった。

大名屋敷の裏門の前を通りすぎると、道はまた畑の中をうねっていて、水たまりが多くなった。

女ものの足駄《あしだ》を借りてきたのである。爪革《つまかわ》をかければ、目立たないだろうと、彼女は言ってくれたのだが、小さくて歩き辛い。

鼻緒もほそいし、うす歯の利休《りきゅう》なのだ。

あの薩摩兵たちが、そこに不審の眼をむけなかったのが幸いだった。いざとなれば、裸足になる気だった。

暫くいくと右手にこんもりと雑木に埋もれたような藁葺《わらぶ》きの家が見えた。植木屋である。

そこに沖田総司が病いを養っている。

京で喀血《かっけつ》した沖田総司は、江戸へ逃れてきてから、殆《ほとん》ど寝たきりだった。

近藤勇や土方歳三が甲陽鎮撫隊を組織して甲府へ進んだときも、参加することができなかった。

若いだけに気は張っていたが日ごとに衰弱してゆくからだは、死期の近いことが、はた目にもわかるほどだった。

総司が療養している植木屋平五郎の家は千駄ヶ谷川の池尻にあった。

現在では、もう池尻という地名はなくなっている。

四谷四丁目の大木戸から、まっすぐ南下する道と平行して、二間《けん》幅の小川が流れていた。

これが千駄ヶ谷川である。

玉川上水の余水だから、落《おち》川とも俗に称ったが、この末は渋谷川になる。途中、焔硝《えんしょう》蔵の裏手の三股《みつまた》と呼ばれるあたりが池尻だ。

ここから内藤家下屋敷の西塀に沿って引いた水が天竜寺の池にゆく。のちの新宿御苑の上ノ池など、この後身である。

新宿御苑はこの内藤屋敷と、西側の田畑をそっくり抱きこんでしまったので、地形の判別も難かしくなっているが、総司が療養していた植木屋平五郎方というのは、この御苑の裏手の一角にあったらしい。

ただ植木屋というだけでは千駄ヶ谷辺には数軒あったようだ。幕末の切絵図にも、近くに一軒ある。二つの流れのデルタ地帯の曲った道のそばで、北つづきに小橋の袂に水車小屋がある。

こちらのほうの橋を池尻橋と称したと説く人もあるが、未だ傍証を得ていない。当時を知る人が、〝水車小屋が近くにあった〟と言っているので、その言葉をキメ手にする者が多いが、〝近く〟は〝すぐ傍〟ではないし、切絵図も町中と違って、郊外になると、かなりいい加減になっているので距離の測定が難かしい。当時の人の感覚では、雑木林や田畑に家が点在する地域での二、三百メートルは近いうちに入るだろう。

現在、この池尻の辺は、体育館が聳《そび》え、高速道路の昇り口が出来、昔日の面影を辿《たど》るのも難かしいが、明治三十九年の東京区分地図では千駄ヶ谷川の蛇行《だこう》が克明に実測してある。切絵図では鋭角のデルタになっているところも、これでは大雁又《かりまた》の矢尻《じり》のように、蛙《かえる》股になっていて、天竜寺からの川が御苑にとりこまれているのが、はっきりわかる。

この分岐点は国電中央線の北方で、植木屋のあとは千駄ヶ谷駅の裏手になる。新宿御苑の巽《たつみ》の隅《すみ》が凹《へこ》んだようになっている塀外の一角。道の曲り工合も、昔のままだ。正確には千駄ヶ谷一丁目三三番地である。

現在はアパートなどがびっしり建っているが、部分的にはいかにも植木の苗床などがあったような感じもまだ残っている。

左之助は、一度来たことがあるので、植木溜《だ》めの間の道を入ってゆくと、離れの縁側に、人の影が見えた。

総司ではない。

(官軍じゃないか?)

一瞬、ぎくりとした。

が、筒袖だんぶくろではないので、ほっとした。

沖田総司の療養を嗅《か》ぎつけられたか、左之助の立ち廻《まわ》り先と知って、網を張っていたか、と咄嗟《とっさ》におもったのである。

そうではなかったらしい。

帷子《かたびら》に朽葉色の紗《しゃ》の羽織、行燈袴《あんどんばかま》を穿《は》いた若い男であった。総髪が肩まで垂れている。

その男が医者だとわかったのは傍に置かれた薬籠《やくろう》を見てからである。

総司は左之助を見て、驚ろいたようであった。

「なんだ、どうしたのだ。いまごろは宇都宮あたりで闘っていると思っていたのに」

「そのつもりだったのだがね、総司のことが気がかりでな、舞い戻ってきたのさ」

左之助は一応、背後をふりかえってから、縁側へ上った。

「おい、ほんとうか、そんなに、おれのことを」

「ははは、冗談々々、なんだか、日光へゆくのが、阿呆《あほ》らしくなってな」

　左之助の言葉はどこまでが本心かわからない。病床の総司に負担をかけまいとして、笑いにまぎらしたようであった。

「左之助は知らなかったかな、こちらはお医者さんだ。袴田順一先生。この総司の労咳《ろうがい》を治してやろうと仰有って毎日来て下さる」

　総司の言葉には、自嘲のひびきがあった。

　自分でも再起の期し難いことを知っている。医者の手当での無駄《むだ》をおもうだけに、厚意がむしろ迷惑なのだろう。

　医者というには、まだ若い。二十歳を少し出たかどうかという若さが、艶《つや》のいい皮膚や、きびきびした動作に窺《うかが》えた。

「袴田です」

　と、折目正しく挨拶されて、左之助は間誤《まご》ついた。

「御親切なことだ。こんな雨の中を毎日か。友人として、私からも礼を言います」

「いや、毎日ではありません。時々です。この近くに、やはり患者がいましてね。そのついでですよ、気になさらないで下さい。病人はそういうことを一切、気にしない方がよろしい。気楽にしていること、くよくよしないことですな」

「しかし、薬代やなんかも、大分たまっているし……」

「はははは、何を言われる。左様なお気遣いは一切無用と申しているではありませんか。医者といっても、私は、まだ卵ですからね、むしろ勉強させてもらっているようなものです」

順一は明るい声で笑った。

幕府の御典医松本良順の弟子で長崎で蘭学を勉強して来たという。松本良順なら、近藤勇が鉄砲傷を治療してもらったし、隊士たちも多勢世話になっている。良順がひそかに配慮してくれたのだと、二人はおもった。

植木屋平五郎の老妻が、お茶を持ってきたときは、順一は帰ったあとだった。

「おや、灯《あか》りも点《つ》けずにどうなさいましたえ、若い医者《せんせい》は、もうお帰りでございますか」

二人に茶をすすめてから、老妻は行燈に火をいれた。左之助はろくに中も見ずにがぶりと飲んでいる。煎茶《せん》だと思ったが、これは色の濃い焙《ほう》じ茶だった。

若い医学生のことが、妙に二人の胸に残っていた。

言葉もはきはきしているし、態度も明快だ。向学心があるし新しい思想を持っているようだった。

(おれたちにも、あの若さがあった……)

沖田総司も原田左之助も、同じ思いだった。

(京にゆく前は、おれたちも若かった。理想に燃えていたな)

その思いを口に出すには、二人とも疲れていた。理想が砕けたいまは、ただ往時の颯爽《さつそう》としていた自分たちの姿が、愛惜されるだけである。

「——夢だな」

ぽつりと、総司は言った。疲労が感じられる語気だった。

「昔のことを思うと、夢だ……何もかも」

「ふん、過ぎたことは、みんな夢さ、そうじゃねえか、総司」

「このごろ、よく夢を見るよ、昔の夢をな……」

総司は疲れたように、蒲団《ふとん》にもたれかかり、外に眼をやった。もうすっかり暗くなっていた。

「京でのことを、な。いろんなことだ……それが、まるで、ほんとうにあったこととは思えないほどだ」

「若かったなあ、お互いに」

左之助は別のことを考えようとしていた。

「結構おもしろい目を見たぜ、島原にもよくいったなあ、それにモテたしな、ははは、もっとも総司は妙に固かったがな」

「そんなことはない、左之助ほどモテなかったということさ」

総司も淡い笑いを洩らした。

軽く咳《せき》こんだ。

「いけねえな。起きていちゃいけねえ、横になるんだ総司」

「なあに、大したことはない」

「横になってくれ、寒いんじゃねえか」

左之助は総司を無理に寝かせると、立って障子を閉めた。

五月の半ばだったが、雨つづきで、夜になると気温が下る。夜気に若葉が匂っていた。

「さあ、これでいい、病気の上に風邪でもひかしちゃ、あのオランダ医者の卵に叱《しか》られるからな」

「ふふ、左之助は前から親切だったな……このあたりも親切者が多いぜ。飯を運んでくれる女が多いんだ。着替えだってある。寝汗をかくと、すぐ着替えるのさ、置いとけば洗濯《せんたく》してくれるし……」

左之助はその言葉で、ふっとあの女を思いだした。

なるほど室内を見まわすと長患《ながわずら》いの病人の部屋に特有の臭《にお》いや汚れがない。

植木屋の離れだし、新しい家ではないが、掃除はゆきとどいている。寝具などもときどき洗ってくれるのか、垢《あか》じみてはいない。

「ほう、羨ましいな」わざと左之助は大仰に言った。

「そんなに女が多勢いるのなら、一人二人わけてもらいたいようなものだ」

「さあ、向う様《さま》がなんというかなあ」

悪戯《いたずら》っぽく、眼を笑わせる総司である。

むろん、明日をもしれないからだだから、介抱に来た女性と同衾するようなことはあるまいが、敗残の身にも、そうした華やかな色彩に埋められているのは、せめてもの倖《しあわ》せといえる。

左之助はこの友人のために、祝盃《はい》をあげてやりたいような気がした。

「病気が治ってからが大変だぞ、娘っ子の鞘当《さやあ》てとは」

「娘もいれば、人妻もいる」

「おいおい、そいつは穏やかじゃねえな。亭主野郎に斬込まれねえようにしろよ」

「ははは、そんなことはない。ときどき見舞いに来てくれるだけさ、生卵なんか持ってな」

「そいつァいい、精をつけて、元気になってくれ」

「面白い女がいてな、病気が治ったときに着てもらうんだといって、着物を仕立ててくれている。何が好きかというから上布に黒絽《ろ》がいいと言ったんだ」

「………」

「おれは昔から紗《しゃ》はどうも好きじゃない、紋は丸に木瓜《もっこう》だと教えたんだが、おぼえているかなあ」

左之助は何か言わなければいけないとおもった。話題を変えるべきだとおもった。まさか、そんなことがあるものではない、ほんとうの偶然だと、胸に言い聞かせながら、平静で居れなかった。

あの女に貰った着物が、その言葉通りのものだったのである。

絽の羽織の紋所も、その丸に木瓜なのだ。

何か気の利いた話題で、話を外《そ》らさなければ、と焦ると、一層、言葉が出なかった。

「左之助の羽織は……なんだ、同じ紋所じゃないか」

「うむ……これは」

「同じだったかな、いや、たしか左之助は、丸の中に一本棒だったじゃないか」

「うむ、その、これァな、間違ったんだ、そうなんだ、駿河屋で番頭のやつが間違えやがって。はははは、みんなどうかしてやがる」

「――それにしては、妙な廻り合せだな、おれの紋に間違えるなんて」

「全くだ。そうだ、こいつァ、総司、おめえが使ってくんな」

左之助は羽織を脱いで、蒲団の上に重ねるようにひろげた。

「小用なんかのときに、ちょいとひっかけてゆくがいい」

話のはずみで羽織を置いてきたのが、外に出てから気になった。

（気がつかなかっただろうか？）

偶然とはおもえない。上布といい絽羽織といい、丸に木瓜の紋まで合致しているのだ。

あのとき、冷静でいればよかったのだが、さすがにうしろめたさを感じたのが、左之助に羽織を脱がせてしまったのである。

たとえ紋所が同一だったとしても、置いてこなかったら、同じものかどうかはわからない。

あの女が来たとき、どうおもうだろう。

まずいことをした、と悔いが何度か足を止めさせたのである。

あの話のあとで、左之助は女の名を聞いている。

「お佳代《かよ》」

と、総司は、その女性《ひと》の名を言った。

左之助は肌を合わせた上に、着物まで貰っていながら、お互いの名前は明かさず別れたのだ。

（不思議なものだ……）

苦笑が唇の端ににじみ出る。

あの女が総司と知りあってどれほどになるかしれないが、話の様子から察しても、ふた月《つき》やみ月になるだろう。

れっきとした白河藩士の遺孤で、姉一人弟一人の慈愛に守られて道徳的育ちかたをした総司だから、おそらく、看病をしにくる女たちと一線を越えることはなかったろう。

植木屋の離れ家はもともと隠居所に建てられたもので、解放的な作りだったし、総司は江戸へ帰って来て以来、めっきり痩《や》せた。病気は重くなっている。

女体に接する力はないだろう。

そうおもうと、知りあったばかりの女と、嬉《うれ》しい白昼夢を見ることになった左之助は、何やら一人儲《もう》けをしたようなうしろめたさを感じずにはいられなかったのだ。

同じ女だと知ると、一層そのおもいは強い。総司の病気快癒《かいゆ》を祈って仕立てた着物をそっくり着ているのだ。

（まるで間男をした気持だぜ）

憫愧のおもいなのだ。

それにしても、あの女の気持は一体、奈辺にあったのだろう。わざわざ総司の紋所までたしかめて作らせたものを、小半刻の快楽の代償のように、あっさりくれてしまったのだ。

（何という女だろう……）
遊びには馴れた左之助ではあったが、首をかしげざるを得ない。それほどまでにするのだから、男にのめりこむかとおもうと、そうではないのだ。別れも淡々としたものだったのである。

「お佳代……」
細い銀糸の雨が提灯《ちょうちん》の仄明りの中に見える。左之助はその女の名を呟やいてみた。

その夜、原田左之助が上野の山に戻って来たのは、かなり遅くなってからだった。神田から下谷にかけての官軍の警戒は蟻《あり》の這《は》い出る隙《すき》もないほど、きびしくなっていた。左之助は三日前に江戸へ着いている。昨日まではまだ、さほどではなかった。なんとなく内神田から駿河台、外神田、湯島辺へかけて、官軍の兵士の姿が集中しているようには感じていたが、まだ漠然《ばくぜん》としていたのが、急に町の要所要所に木戸ができたように、通行人改めをはじめていたのである。

すでに下谷界隈《かいわい》では、上野屯集《とんしゅう》の〝賊〟を討伐するから避難するようにとお布令が出ている。

日附《づけ》も十五日の朝という。

だが、この布告は必ずしも信じられていなかった。のちに官軍の参謀大村益次郎の巧妙な策戦だということが明らかにされたが、討伐決行は、五月の七日といわれたり、十日には決行という噂《うわさ》があった。

その日がすぎても、官軍が仕掛ける様子がなかったので、今度もまた、口先だけだろうと多寡をくくっていたのだ。

「本気でかかってくる気はねえのさ」

と、彰義隊の大部分がおもっていた。

「いざとなったら、旗本八万騎が一斉に立ち上る。西軍の奴《やつ》らは上野を攻めているつもりが、逆に背後を衝《つ》かれて、挟《はさ》み撃ちになる。それを恐れているのだ」

こう、したり顔にいう者もあった。

左之助もそうした彰義隊の空気で、

(明日ということはあるまい)

半信半疑だったのだ。

左之助が江戸を離れたのは、甲州での敗戦から江戸へ逃げ戻ってきて間もなくのことである。

敗軍の将は語らずというが、兵隊の方で指揮者を見放してしまうのだ。戦さくらい、将器の価値を判然させるものはない。

近藤勇が、隊士たちから見放されたのはこの甲州の敗戦によってである。

「近藤さんは大砲の撃ち方も知らねえ」

と、誰かが曝《ば》らした。その真偽は定かではない。また、たとえそうであっても、将たる者は技術的な面で卓抜でなければならぬ理由はない。

戦さに勝てば、そうしたことは問題にならなかったろう。それは隊士の絶望感からの八つ当りでもあったのだ。

左之助が近藤や土方と袂を分ったのはその敗戦の痛手が、生残りの隊士たちを、不安と絶望で包んでいるときだった。江戸城開城の前日永倉新八と新隊を組織して江戸を離れている。江戸へ帰ってきた新選組の隊士は四十四名で、その半数あまりが伍長以上だったが、近藤や土方をのぞくと、幹部は副長助勤だった永倉新八、斎藤一、原田左之助くらいのものである。

病床の沖田総司は戦闘要員としての資格をすでに失っている。

甲州の一戦は、この敗戦の人々にさらに打撃を加えて、それが近藤勇らの権威を決定的に弱めることになった。

江戸に無事に戻ったら、深川北森下町というより五間堀のほうが通りがいい、旗本大久保主膳正の屋敷で落ち合うことになっていたのだが、集まった者は少なかった。

誰もが絶望的で、集まった者も二人、三人と散っていった。

そういう隊士たちの気持を察して、永倉と原田が中心になって新隊を作ろうということになったのだ。

どちらかといえば、永倉の主唱だったろう。

永倉の実歴談と題する回顧談がある。明治の末に小樽日報の記者に語ったものの速記だが、必ずしも信憑性《しんぴょう》は高くない。

半世紀ちかい時間の経過と老齢による記憶違いに加えて、他の生証人が殆どいなくなったあとだけに自賛に傾くのは、免れないかもしれない。

そうしたことを割引いたとしても、この計画は左之助よりも永倉の方が推進者だったらしい。

かれらは、旗本の芳賀宣道を隊長に祀《まつ》り上げたが、この芳賀は前名を市川宇八郎といい、三百石の御書院番だった。芳賀家を継ぐ前は松前藩で永倉とは神道無念流の同門だったという。

優秀な男で抜擢《ばってき》されて学問所取締に出仕して人望もある。

近藤や土方の名声が落ちたとはいっても、永倉や原田の名前ではなかなか人は集まらない。新選組の功業と実力は評価されていても身分からいえば、かれらは小十人格で、旗本を糾合するには、やはり名目人が必要だった。

芳賀は当時深川冬木町の弁天社の境内に道場を持っていて弟子も多勢いる。これらを加えて隊名は精兵隊と名づけ、まず新選組生残りの矢内賢之助や林信太郎などを、士官取締あるいは歩兵取締という肩書を与えて幹部にした。

芳賀の門弟だけでは、むろん、足りない。知人を通じて血気の者を旗本の二、三男から集める。旧幕府の要人たちに話を持ちかけると、すぐに賛成して、兵隊を廻してくれた。

官軍がどう出るか、全く計り難い時勢だったのである。慶喜の謹慎とは別に戦力の増強は必要とされていた、歩兵の大隊が編入されたりして、隊士は四百名以上にふくれ上った。当時としては充分一つの戦力である。

人数が増えて宿舎に困っていると、会津屋敷が空いているから、という話で借りることにした。ここなら広いし、訓練もできる。

そうしているうちに政局は妙な方向に外《そ》れていったのだ。

会津藩の上屋敷へ入ったのは、丁度、肥後守容保をはじめ家臣やその家族たちが会津へ引き上げて広大な屋敷ががら空きになったせいである。

丸ノ内の上屋敷は和田倉御門の内で、桝《ます》形のすぐ傍には下屋敷もある。いわゆる八代洲河岸に面していて、西側は内桜田と坂下の両御門前の広場があった。

この八代洲河岸の濠《ほり》は現在は馬場先濠と名称が変っていて、会津屋敷のあとは皇居前広場の芝生になってしまっているが、だいたい丸ビルの敷地の四倍くらいあった。

この屋敷に四百余の精兵隊が入ったわけだ。永倉や原田にしてみれば、官軍が江戸城へ攻めてくれば、ここで防戦する気であった。

ところが、政局が変った。

以前から、その節操を疑われていた勝海舟が、総督府の西郷らと、秘密取引して、江戸城開城に決めてしまったのだ。

「あの腰抜けが！」

「裏切り者の勝をぶった斬れ」

隊士たちは激昂《げっこう》した。

江戸城に総督府が乗り込めば、江戸は完全にかれらの行政下に入る。いままでは、市中取締りに庄内藩が新徴組を用いて治安に留意していたが、総督府が施政権を握るとなると、旗本や佐幕派の大名も家臣たちも、すべて、叛逆者《はんぎゃく》の烙印《らくいん》を捺《お》されるのだ。彰義隊は山賊ということになる。

士道を重んじ、至誠の道に殉じる人々が激昂したのは当然であろう。

「勝めは、おれたちを売った。官軍に甘い汁を吸わされたのだ」

「幾らで売りおったか。官軍にしてみれば無血入城できるとなると、幾ら出しても、安い買物だからな」

そのときの闇《やみ》取引の条件だったかどうか、勝は翌年新政府の外務大丞に任じられ、さらに兵部大丞、のち海軍大輔から参議兼海軍卿（海軍大臣）、議定官に任ぜられている。

当初は旧幕臣の憤怒《ふんぬ》の刃を怖れて出仕しなかったほどである。

それはともかく、精兵隊はもはや、和田倉門内にはとどまっていられない。

「こうなったらしかたはない。江戸から出よう、江戸の外で戦うのだ」

会津へ行こうという者が多かった。幕府が事実上崩壊したとなると、頼りになる雄藩は会津藩しかなかった。

彰義隊と共闘しようという意見が少なかったのは、当時、こういう諸隊が各地に多く出来ていたからだ。早い話が、近藤と土方もそのころは下総流山に百五十人ばかりの兵力で屯《とん》集《しゅう》している。

江戸城開城は四月十一日で、精兵隊はその前日未明、江戸を発ったが、すでにそのころ近藤勇は捕縛されていた。

永倉新八の遺談によると、原田左之助が、「江戸へ帰る」と、言いだしたのは、山崎の宿でのことだったという。〝水戸街道を会津へ走った〟とあるから現在の国道六号線だ。小菅《こすげ》から、金町、松戸と進んだのであろう。

だが、水戸街道には、山崎という宿場はない。

それに会津へ行くには、方角が違いすぎる。途中から奥州街道へ出るには北上することになる。

左之助が袂別《べいべつ》して引きかえしたあと、永倉ら精兵隊は〝岩井宿を経て、室宿へ進み小山の官軍を破って十九日鹿沼宿へ着いた〟とある。

この室宿というのもよくわからない。誤植か記録違いかとも思われるが、そのことは暫くおくとして、水戸街道から外れたのは、どの地点であろうか。

数日後に岩井市へ出たのだからおそらく、我孫子《あびこ》までは行かなかったのではないか。現在の柏《かしわ》市が六号線と十六号線の交叉《こうさ》地点で、ここから左折、北上したと見るのが無理がない。

醬油《しょうゆ》で知られる野田市の南郊に山崎というところがある。左之助がひきかえしたのは、この〝山崎〟ではなかろうか。宿場という表現にこだわることはない。

ここへ出るには松戸から江戸川沿いに遡《さかのぼ》る道もある。あるいは、この道を北上したかとも思われるが、途中に流山がある。

前述したように、すでに近藤勇は逮捕されているし、流山付近には、解散させられた連中を警戒して官軍が小部隊を残していたかもしれない。それを避けるには、東方を迂回《うかい》する必要がある。

この精兵隊が、大鳥圭介の率いる二千の大部隊（伝習第一大隊や桑名の脱走兵など）に吸収されたのは、鹿沼宿であり、かれらが市川に結集したのが十二日のことだから、精兵隊は一歩先を歩いていたわけだ。

そうすると、同じ道をひきかえすと、この大部隊に遭遇する。左之助は山崎で袂別して、どっちの道をとったのであろうか。

江戸川を舟で下《くだ》ったか、いまの吉川町辺まで来て古利根を下ったか、あるいは畦道《あぜみち》ばかりを通って、日数を費して江戸へ入ってきたのかもしれない。

ただ江戸へ入るだけなら、越ヶ谷へ出て奥州街道、つまり現在の国道四号線を上ればいいのだが、この幹線には官軍が至るところに木戸を設けていたろう。新選組の原田左之助と見破られたら、助からない。精兵隊崩れでも、申し開きはきかない。

江戸へ入るには相当の苦心を払ったであろうことは、推測に難くないが、その危険を犯してまで、一人ぽっちで舞い戻ったのは、よほどの決意があってのことにちがいない。時間的な経過から見て、近藤勇の就縛と土方歳三逃亡のことは、左之助の耳に入っていたにちがいない。

それを仄聞《そくぶん》したのは、松戸あるいは柏あたりから北上してくる途中であったろう。流山附近《ふきん》から山崎までは、およそ二里（八キロ）の行程である。

永倉新八の遺談では、この間、戦闘があった様子はないから、ゆっくり歩いても、二、三時間である。

左之助の考えは、この間に決ったのではなかろうか。

「おれは江戸へ帰る」

突然、そう言いだしたのだ。

永倉たちは驚いた。この男の直情径行で、一度言いだしたら、あとへは退かない性質は、矢内や林たちもよく知っている。

「どういう理由だ、わけを言えよ。せっかくこうやって血盟した仲ではないか、不満があるなら、聞こう」

芳賀も団結の破れるのをおそれて、説得したが、左之助は理由を口にしなかった。

「ただ、江戸へ帰りたいんだ、それだけだ」

「もう江戸へは入れまいぞ、死地へ帰るようなものだ」

永倉らにしても、左之助がいなくなると、隊の片翼をもがれるような気持だったのだ。

「それでもいいさ、おれは帰る。済まねえな、勘弁してくれ」

こう言って、左之助はひとり、隊から離れて歩き去った。

永倉はのちに、「京へ置いてきた妻子に逢《あ》いたくなったのではないか」と、言っているが推測の域を出ない。

左之助が急に、命が惜しくなったわけはない。それなら危険をおかして江戸へ入ることはないし、彰義隊なぞ、もっとも危険だったのだ。

騎兵隊で威張っていたほうが危険は少ない。運にもよるだろうが永倉新八などは、七十六歳という長寿を保っている。大正四年まで生きた。

京にはたしかに妻子がいた。まさ女といい仏光寺の薬種屋の娘で、すでに子供もあった。だが、後年の彼女の話によると大政奉還後、新選組が京をひき払って伏見へ下って以来、とうとう相逢うことはなかったらしい。

この女性は昭和の初年まで生きていたが、たとえ耄碌《もうろく》していたとしても、その点に関しては記憶がうすれることはなかったろう。

近藤勇に私淑していたという点では、左之助のほうが、永倉よりも、深かった。隊長の芳賀は、永倉の古い友人ではあるし、近藤勇の就縛を仄聞してのショックは左之助のほうが、より大きかったにちがいない。

(同じ死ぬなら、江戸で)

と思ったか、あるいは、近藤勇を救出できたら、と思い詰めてのことだったかもしれない。

(どっちみち、人間は、いつかは死ぬんだ)

と、左之助はおもった。

(早いか遅いかの違いだけさ)

かれが別行動をとったとしても精兵隊を裏切ることにならない。

(いずれ、六道の衢《ちまた》で逢うだろうぜ)

六道とは、仏教でいう地獄、餓鬼、畜生、阿修羅《あしゅら》、人間、天上の六種の境界で、善悪の業因によって、必ず到達するという。

左之助はあまり坊主の説教など聞かないが、死ねば、六道の辻に到るというからには、そこで連中と逢えるだろう、官軍の無法にいのちのかぎりぶつかってゆく分には同じことだとおもっている。

近藤勇の就縛が、総野で戦うことの無意味さを悟らせた。

(同じ死ぬのなら……)

江戸の方がいい。あらためてそうおもった。江戸で死んでこそ、抵抗の意味がある。

その江戸へ入ってくるのに、ひどく苦心した。すでに近藤勇は板橋で斬首《ざんしゅ》されてしまったあとだった。

彰義隊にもぐりこんだ左之助が沖田総司の千駄ヶ谷の隠れ家にやってきたのは、病状を気づかったのはいうまでもないが、それだけではない。かれの人懐っこい気性にもよる。それでなければ、上野から千駄ヶ谷まで、わざわざやって来ない。

（総司も永かあねえな……）

窶《やつ》れ工合を見て、左之助はおもった。

（三月とは保《も》たねえだろう……まあいいやな、総司の分もおれが斬りまくってやる。六道の辻で近藤さんに逢って大きな顔ができるようにな、やってやる！）

肩の荷をおろしたような気持だった。

外神から下谷にかけて、もう官兵が辻を固めているので、左之助は遠まわりした。

牛込から、小石川の伝通院の前を通って、本郷の追分から根津の通りを七軒町へと出た。

不忍池の畔《ほと》りを穴稲荷の方にやってくると、すっかり武装した彰義隊士が、小雨の中に篝火《かがりび》をどんどん燃やして、警戒していた。

「おい、どこへ行く」

龕燈提灯《がんどうちょうちん》が向けられた。

左之助が平服なので見咎《みとが》めたのだろう。

「おれだよ」と、明りをまともに受けて左之助は笑った。「御苦労さん、ちょっと用足しにいってきたのだ、左之助だ、遊撃隊の原田左之助だ」

「遊撃隊の原田？　聞いたことがないぞ」

酒気の発した顔が、嚙《か》みつくように喚いた。

「隊士なら合印《あいじるし》を持っているはずだ。合印を見せろ」

「そんなもの持っちゃいねえよ。おれを知らねえのか」

「知らん、いまごろ、そんな恰好《かっこう》をした彰義隊士がいるか」

「わからねえ奴だな……」

人数が多いから、知らぬ顔がいるのはしかたがない。左之助は苦笑したが相手は感情が昂ぶっている。獣めいた声をあげて抜刀した。

彰義隊と一口に言っても、寄り合い所帯である。この上野に屯集の志士の中心をなしているのは、当初盟約した人々の〝彰義隊〟であり、ほかに神木隊、浩気隊など十幾つの隊名がある。それらを総称して、彰義隊とも呼んでいたのだ。

隊士の出入りもはげしい。一時は二千人を号したほどだったが、会津へ走った者や、日光に向った者など、それぞれに分散して、四、五百人になっていたし、左之助のように、新たに加わった者も尠《すくな》くない。

顔を知らない者がいるのも、当然だった。

その抜刀した男も、かなり酒気を発してはいたが、殺意はなかったのだろう。

「おっと、危ねえ。薩長が攻めてくるには、間《ま》があるだろうに、気が早すぎやしねえかえ」

左之助が一歩退いただけで、笑いを消さないのを見ると、

「胆の太いやつだ、腰抜け旗本ではないな」

と、破顔した。

「遊撃隊の原田といったろう、刀をおさめるがいい。雨に濡らしては錆《さび》がでるぞ」

「なあに、明日までだ、芋を斬るのに銘刀は要らねえさ」

袴の上から締めた白木綿の帯の端で、無雑作に、刀身を拭《ぬぐ》った。

「早く支度してくれ、そんな格好でいるから、勝や山岡の一味と間違われるんだ」

「間違うほうが悪い」と、左之助は言い返した。「戦さは格好でするもんじゃねえ、鎧《よろい》を着たって、鉄砲弾丸《だま》は防げやしねえぜ」

「理屈をぬかすなよ、袖がぴらぴらしていちゃ、まわりが迷惑するわい」

「それもそうだ」

むろん、左之助は平服のまま戦う気はなかった。

遊撃隊の屯所になっている塔頭《たっちゅう》に入ると、寝もやらず、寝刃《ねたば》を起していた男が顔をあげた。

「おう、原田さん、えらくのんびりだな。吉原かえ」

中山新平という男だった。

「情夫《いろ》に持つなら彰義隊って、唄が流行《はや》っているそうだ、随分とモテたろう」

「そいつは知らなかった。残念したよ。反対の方に行っていたのだ」

左之助は上布の上から襷《たすき》をかけると片隅《すみ》に置いてあった黒塗りの革胴をつけ、草摺《くさずり》もつけた。

鉄砲弾丸はいうまでもないし、白兵戦になっては、こんなものは、さして役に立たないことは知っているが、

(格好といわれちゃァな)

遊撃隊士としての義理も悪い。

(せめて死にぎわを綺麗《きれい》にしたほうがいいからな)

平服だから早くやられたなどといわれたくなかった。

「鉢巻《はちまき》をしたらどうだ。小札《こざね》が入っている」

額を保護するために、鎧の小札をたたみこんで鉢巻にするのだ。新平に手渡された白鉢を締めると、あとは草鞋《わらじ》で足ごしらえするだけだった。

「京の新選組の人がいると聞いてきたんだが」

戸口からのぞいて、こう言った男がいる。

入ってきたのは、背の低い、肥った男だった。丸顔で眼も丸い。小具足に身を固めているが、どこか板につかない感じだった。

「新選組に居た人に逢いたくてねえ……」

きょときょと見まわしている。

新平が顎《あご》をしゃくった。

「目の前にいるじゃないか」

「あんたかえ」

「いや、こちらさんだ」

左之助ははじめて見る顔だったのである。昔の同志ではない。

言葉もまるきりの江戸弁だが、旗本というよりは遊芸の師匠というほうが、ぴったりしている。

「あんたかえ、新選組……」

「あんたは？」

「第一赤隊の土肥《どひ》庄次郎です、お見知り置き下さい」

「土肥さん……というと、組頭の御舎弟か」

「いや、八十三《やそ》郎は、私の弟ですよ。どうも、みんなに笑われるのだが、弟が組頭というのは、面目ないが、まあしかたがない。弟のほうが出来がいいのでね、はははは」

別に自嘲しているわけではない。ものにこだわらない性質なのであろう、気楽そうに笑って、

「私は、第一赤隊といってもまあ、厄介者みてえなもので、隊外応援掛りということになっています」

「土肥さんというと、第一白隊にもいたようだが」

新平が拇指《おやゆび》の腹で、刃の味を見ながら口をはさんだ。

「ええ、金蔵です。あれは下の弟ですよ。こいつも、なかなか勉強家でね。つまり、ぐうたらな長兄を持つと、下の弟たちは、みんなまともになる。悪い手本というわけですな、あんなになっちゃいけないと、親類方が口を酸《す》っぱくして言いますからね、行いが正しくなる。ははははは、それだけでも放蕩《ほうとう》が役に立ったといえるかもしれません」

面白い男だとおもった。

「申しおくれました。私は原田左之助です。伊予の松山の出です」

「ほう、伊予ですか、訛《なま》りがありませんな」

「そうですか、江戸へ出てきたのが早かったからかもしれない。私は江戸の人間のつもりでいます」

「そりゃァいい、あんたのような人がいないと、戦さがこころもとない。いや、これは、他の人のことじゃない、私自身のことでね。どうも小さいときから、道場へ通うのが大嫌いでしてねえ、竹刀より三味線や笛のほうが好きというわけで……」

大変な旗本もいたものだ。これじゃ鳥羽伏見の戦いが負けるのも無理はない、とあらためて左之助は、土肥庄次郎の顔をつくづくと見た。

あのとき東軍の方が人数は多かったが、大坂で新期の召抱えが大半だったし、旗本たちはろくな働きはしなかった。会津藩と新選組くらいのもので、それだけ、死傷者も多かったのだ。新選組は百五十名ほどいたのが半数以上が仆《たお》れている。

（おかしな旗本だ）

と、左之助はおもった。

（こんな男が、おれに何の用だろう？）

新選組の京での活躍は、旗本や他の佐幕派の武士の間では伝説的なものにすらなっている。それは屢々《しばしば》誇張され、左之助たちですら打ち消し、あるいは訂正するのに汗をかくほどだった。

たしかに、三百年の泰平に胡坐《こざ》して、遊刀の使いかたよりも、遊芸音曲に打ちこむ旗本も尠くなかったのだから、新選組のように乱刃の下をぐってきた人々は、驚異の眼で眺《なが》められた。

むしろ旗本たちが為《な》すべきことを、無位無冠の浪人、もしくは郷士あがりの新選組がやってくれたのだ。

かれらが、驚ろきと、畏《おそ》れを感じていたのも無理はない。

実際に人を斬ったら、どうなのか、巻藁《わら》とどう手応《てごた》えが違うかなどと、質問をする者が多い。

原田の名前を聞いて、

「土佐の坂本竜馬という男を斬ったのは、貴殿だと聞いておりますが」

と、畏敬《いけい》の眼で、見る者もいた。

「私じゃない」

左之助はいつも否定する。

「わかっております。わかっております。誰にも申しません、坂本というのは、よくピストロを使っていたそうですな。それを貴殿は一刀のもとに斬り捨てられたそうで」

「誤伝ですよ、私じゃない」

「そういうことにしておきましょう、しかし、見上げた方だ、たいていの者なら、得意顔に吹聴するものだが、それにしても京で長州の連中を何人くらい斬られましたか」

「さあ……忘れた」

左之助は、苦笑でまぎらすのだった。

いまさら、自慢してもはじまらない。忘れたいことも沢山ある。

この土肥庄次郎も、そういう興味で来たのだろうか。剣術よりも音曲が好きという男が、かれを訪ねてくるというのは、あるいは、ひるむ心を勇気づけたくて来たのかもしれない。

「どういう御用です」

左之助は笑いを消して言った。

微笑していては、人斬り話を強要されたときに、断るのに苦労する。なるべく、とっつき難《にく》い態度をしているほうがよかった。

ところが、庄次郎の用事というのは、意外なことだった。

「さあ、そう改《あら》たまって言われると、切りだし難いですなあ」

と、ぺろぺろ、平手で顔を撫でたり、頸《くび》すじをぴしゃっと平手で打って、口ごもるのだ。

そんな様子が、稚気《ちき》まるだしで左之助は微笑を誘われた。

「仰せられるがいい、どうせ、明日きりの命だ、枕《まくら》を並べて討死する同志ではありませんか」

「そうですか、それなら……」

庄次郎は漸く、言った。それがなんと、上方で流行った小唄を教えてくれ、というのだった。

左之助は、耳を疑った。おもわず庄次郎の顔を見直した。

この男、少し気がおかしいのではないかと、おもったのである。

「――本気ですか？」

と、聞きかえしていた。

「ええ、どうもねえ、こんな際に妙なことを言うやつだと、おもわれてもしかたがねえんだが、音曲が好きで、つい横道に外れてね。江戸は粋《いき》で、上方は艶《つや》だという、ほら、昔から言うじゃありませんか、上り兵法《ひょうほう》に下り音曲と」

「………」

「武張《ぶば》ったのは、関東が本場ですからなあ、鹿島香取が剣術の発祥地といわれているくらいで、つまりは原田さんのような新選組も、関東の土から出る……逆に、艶ごとは上方で、だから、音曲も上方から来たのは、なんというか、節まわしも唄《うた》の文句も、一言一言が艶めいていましてね」

こういう話になると、庄次郎は時を忘れるようであった。

左之助はなんだか、遊芸を習いに行ったかのような、妙な気持になってきた。

小具足に身を固めている庄次郎が、まるで、ぞろりとした女物を着て、三味線を手にしているような錯覚さえした。

「たとえば、江戸と京では、女の感情もちがうのでねえ、江戸女は、粋《いき》で気負《きお》いがいいってんで、色街でも、好き嫌いをはっきりしていますな、こんな唄がありますね、〽好きな御方と夏吹く風は、ってやつで、この逆が、ほら、〽嫌いな御方と冬吹く風は肌に触れてもゾッとする……てね、こういうきつい調子は上方では……」

「待って下さい」

左之助は、あわてて遮った。面白くないこともないが、この調子で、えんえんと饒舌《しゃべ》られてはたまらない。

一体、この男は、明日の戦さを何と思っているのだろう。悪気のないらしいことは、はっきりしているだけに、ただ呆れる気持だけが強かった。

「せっかく、来て頂いて申し訳ないが、あいにくと、拙者はその方、ちょっと……不粋《ぶすい》でね」

「そうですか、それは残念です」

率直に庄次郎は頷《うなず》いた。

「すると、五年、いや六年ですか、そんなに長く京に滞在していて、島原や祇園というところでは遊ばれなかったので」

「いや、それァ、よく行きましたよ。ただ、それほど粋な遊びはしなかったな……何しろ、ああいうときですから」

血の気の多い隊士たちの遊びは飲むか、女を抱くか、勝負は早かった。悠暢《ゆうちょう》なお大尽遊びにうつつをぬかしている余裕はなかったのだ。

庄次郎は、くどいくらい失礼を詫《わ》びて雨の中を立ち去ったが、こういう男も彰義隊士の中にいることを知ると、左之助は開戦前夜の緊張も和《なご》められたように弛《ゆる》むのを感じたのだった。

それから、壁に寄りかかったままの姿勢で、うとうとしたらしい。凄《すさ》まじい砲声で、眠りを破られたのは、まだ夜の色が残っているうちだった。

彰義隊にも大砲はあった。が、四斤砲などの、現在から見れば、玩具《おもちゃ》のようなものである。

官軍は薩長土を主体とした西国諸藩だけに、長崎を経由して新式の銃砲を大量に輸入している。開戦となって関東では横浜の貿易商を通じて兵器の輸入をはかったときは遅い。

すでに西国諸藩へ流れてしまったあとだし、在庫も圧えられていた。

それでも徳川家の浮沈に関ることだから、無理を承知で購入した。

数は少なく、値が張ったのはしかたがない。居留地の外国商人などはこれで巨利を博している。

しかし、最新式の七連発ウインチェスター銃や大砲ではアームストロングなどは、入手できなかった。

　これが東西戦に大きくものを言ったのである。

千に満《み》たぬ彰義隊に比べて、官軍は一万六千とも二万とも称われている。

誰が見ても勝敗ははっきりしている。それでも戦おうとしているのだ。

「どうせ敗けるさ、おれたちは死ねばいいんだ。百人でも二百人でもいい、死ねばそれで旗本の意地が立つ。武士の表看板が嘘でなかったことになる」

「笑って死んでやろうぜ」

　彰義隊の人々は言った。

「だが死ぬにしてもよ、その前に薩長を一人でも二人でも叩っ斬りてえ」

「遠慮しなさんな、十《とお》でも百人《いっそく》でもかまうこたァねえぜ」

　冗談にまぎらして笑い飛ばす余裕のあった連中だが、雨の朝の冷気をふるわして炸裂《さくれつ》したアームストロングの巨弾には仰天してはね起きている。


「――なんだ、いまの音は?」

　原田左之助は、はっとして眼をさました。

　うとうととしていたのだ。まだ屋内は仄暗い。すぐに、それと気がついた。

「そうか、はじまったのか」

　大砲の音だったと気がついたのだ。久しぶりだった。鳥羽伏見の戦のときの砲声が甦った。

そのとき、ふらふらと立ち上った男が、どすんと大きな音を立てて転った。

若者だった。ぐっすり寝込んでいたのが、文字通り寝耳に水ではね起きたのだ。

武装したままごろ寝していただけに、五体はまだ眠りの中にいたのだろう。

「どうした、土井君」

中山新平が瓢簞《ひょうたん》の蓋をあけながら笑顔をむけた。

「はァ、あの、刀の研ぎですか」

まわりにいた数人が笑い声をあげた。

「まだ寝呆《ねぼ》けているのかえ」

「は……どうしたんです」

「はじまったのさ」

左之助が救うように言った。

「大砲だ、薩長がくるぞ」

その言葉に応《こた》えるように、また冷気を震《ふる》わせて、轟然《ごうぜん》たる音がした。南の方角だった。

「黒門口だ。やっぱり、南からくるぞ」

それで漸く、若者は、はっきりと事態がのみこめた様子だった。

「はじまったんですね」

一呼吸ずれている感じである。

「今度は、ほんとうだったんだな」

自分に言い聞かせるように呟《つぶ》やいて、帯を締め直しはじめた。

「飲みたまえ、目がさめる」

新平は瓢箪をさしだした。

「有難う」

若者は素直にうけとって、ごくりと、らっぱ呑みしたが、苦しそうに眉《まゆ》をひそめた。

「お酒ですね」

「そうさ、水だと思ったかね」

「いや……」

若者が、この世馴《な》れた連中と平仄《ひょうそく》が合わないのはしかたがない。

土井太郎というのが、この若者の名前だった。千葉周作門下で北辰一刀流では十九歳と思えない鋭い剣風だという噂だった。

面白いことに、この若さで、刀剣の鑑定《めきき》に一見識がある。一ツ橋家の家来森田某の依頼で刀の鑑定をしているところに天野八郎がたまたま来会して、彰義隊入りを奨めたのだった。

山内では重宝がられて、刀剣の修理や刀研ぎを専らにしていた。

「いよいよ、土井君の一刀流を拝見することができそうだな」

左之助はこの若者に好感を持っていた。元気づけるようにそう言ったとき、外に馬蹄《ばてい》の音が乱れ、転げるように駆けこんで来た者がある。

「本営からの指令だっせ」

弾《はず》むようなその声を聞いただけで、左之助には誰かわかった。

ひょろりと痩《や》せてひょっとこ面のように、おどけた顔をした男である。植村徳太郎とか名乗っていた。

彰義隊の中には、山陰の浜田藩や紀州藩などの者も交っていたが微々たるものだったし、武士は言葉に訛《なま》りがあるとあまりものは言わない。

この男の上方訛りは調子が高くその上、下司《げす》だった。彰義隊では異様に目立った。武張った連中の中では、三河万歳でも聞いているような気持で、揶揄《やゆ》していたのだ。

二条城を出て、大坂へ下った前将軍慶喜は、薩長の陰謀を許し難いとして、幼帝に直訴すべく上京するに際して、大坂で新たに歩兵を募集している。

急なことだったし、江戸とは違うので、かなりいかがわしい者も応募してきた。

その中に植村はいた。

「わても、お武家になりたい思うてましたんや。刀差せるようになったら、死んでもいい、そない思うて……」

などとべらべら饒舌って、旗本たちの自尊心に媚《こ》びた。

したがって、この男には、鳥羽伏見の敗戦もこたえた様子がない。

他の歩兵たちと一緒に、未練なく上方を捨てて、江戸へ来た。

「望みの両刀差せるようになったのだから、もう死んでもいいだろう」

と、旗本たちがからかうと、植村は生真面目《きまじめ》な顔になって、

「あきまへん、江戸侍になったんや、江戸女を抱かな、死んでも死にきれまへんねん」

といって笑わせた。

おどけた顔が、真面目ぶるととぼけたおかしさになる。

彰義隊に入ると、第九番隊に所属し、大谷内竜五郎の組下になったが、くるくるとこま鼠《ねずみ》のようによく動くし退屈した山内では、

「おかしげな奴じゃ、あやつを寄越してくれ」

と、他の隊などからも声がかかる。

開戦前の上野の山内では、ともすると重苦しい空気が澱《よど》んでなかま割れが生じたり、猜疑《さいぎ》心から、同志討ちに発展することがある。

そうした人々の気持を柔らげるのに、この上方者の瓢軽《ひょうきん》さが、役に立った。

そんなこともあって、いつか植村は本営付になっていた。

伝令の役である。一言二言、おかしなことをいうのが、みんなの心を和ませた。

「侍らしくないやつだ」

と、嫌う者も尠くなかったが、もう、その侍の価値も大きく変ってきている。ただ、彰義隊士としては、異色すぎたといえよう。

「おれは、あいつは好きになれねえよ」

原田左之助は、そう洩らしたことがある。その植村だった。

「黒門口が危ないよってに、応援に来とくなはれ」

黒門口――いわゆる南門は、三十万坪に及ぶ上野の丘陵、東叡山の正門である。

山下の広小路から、忍《しのぶ》川にかかった三枚橋を渡って坂にかかったあたりにあった。

この正門は二つある。一般の通用門と並んでお成門がある。これは将軍かその代参の場合にのみ開けられるところだった。

この黒門前に銃座を作っていたし、三枚橋にも柵《さく》を設け、土嚢《どのう》や古畳《ふるだたみ》などを立てて防壁にしていたが、官軍の大砲の威力の前には、藁細工にもひとしいものだった。

彰義隊側は僅《わず》か数門の四斤野戦砲があるだけだったが、官軍側には当時最大の威力を持っていたアームストロング砲があった。

新式小銃も比較にならぬ豊富なものだった。彰義隊側は旧式な先込めエンピール銃などが多いのに、官軍側は大半ライフルであり、その中でも七連発のウィンチェスター騎兵銃などは優に二、三十人前の働きをした。

はじめ、黒門口を固めていたのは彰義隊の本隊及び万字隊で、隊長は酒井宰輔、山王台には近藤武雄が大砲を指導して備えていた。

本郷の加賀藩邸や湯島台から撃ちだした官軍の大砲は目測を誤って、不忍池に水柱をあげ、町家を粉砕したりしたので、官軍方では、狼狽《ろうばい》して池ノ端まで砲座を移すなど手間どった。

彰義隊でも当初は盛んに応戦した。

広小路を進んできた薩摩兵は邀撃《ようげき》の鉄砲に遮られて、竦《すく》み上ったし、谷中口でも、果敢な斬込隊に恐怖して、長州や備前兵などからなる官軍が根津方面に敗走するというていたらくであった。

雨は降ったりやんだりした。

盛んな鉄砲の応酬は、上野忍が丘の南と西に集中して、硝煙が低く地を這《は》い、それは攻撃側にとって、幸いな煙幕となったのである。

彼我の攻防の様相が変ったのは午《ひる》を過ぎてからであった。

官軍の大砲がしだいに命中しはじめた。山内の大廈《たいか》高楼が次々と破壊され、大津波のような軍勢が集中攻撃してきた。

広小路の雁鍋や松源という料理屋の二階からの的確な狙撃《そげき》が、黒門口の活躍を鈍らしたのである。山王台の南麓《ろく》に迂回《うかい》した藤堂隊の銃隊も台上の人々を側面から狙撃している。

こうした中で原田左之助は、血気の会津藩士らと、何度か斬込みを敢行している。

だが、斬っても斬っても官軍は増援してきたし、こちらはそのたびに人数が目立って減ってくる。

血刀をひっ下げて戻ってきた左之助に、中山新平は肩で息をしながら言った。

「どうやら今度が最後ですな」

「そうかもしれねえ、あと五、六本でっかい芋を叩っ斬ろうぜ」

「死ぬ前に、ちょっとやらなければならないことが……」

言いかけた中山新平が、うっとからだを顫《ふる》わせて、棒を倒すように倒れた。

「新平、どうした？」

黒門の柵《さく》の傍である。左之助は中山新平を抱き起した。新平の手は腹をおさえていた。その指の間から血が噴きだしていた。

「いけねえ……もういけねえ」

「馬鹿野郎《ばかやろう》、しっかりするんだ、なんでえ、これくれえ、芋の弾丸《たま》で死んでたまるかよ」

「原田さん、おれァ死ぬまえに」

言いかけたまま、倒れたのである。その言葉のつづきが、気になった。

「しっかりしろ」

「あいつ、植村のやつ……」

「植村？」

左之助は眉をひそめた。

耳を聾《ろう》するばかりの砲声と銃声の下だった。わーっわーっと潮騒のような喚声も、新平のかすれた声をかき消すようであった。

「植村がどうしたって？」

「しっかりするんだ」

あの瓢軽な顔を思い浮べながら左之助は耳もとで怒鳴った。

「原田さん、あいつを、あいつを糾明してくれ……」

「…………」

「あいつは、官軍の犬……」

それが最後だった。

新平は血まみれの手で、左之助の袖を握っている。放そうとしたが、必死の力で、袖に指が食いこんでいるかのようであった。

（まさか？……）

新平の言葉が納得できなかった。突然だったせいもある。あのへらへらした瓢げた感じは好きではなかったが、新平の言葉は好悪の感情を超えたものだった。

（官軍の犬……たしか、そう言った）

密偵だというのだ。これだけの戦さになれば、当然官軍の方では、密偵を潜入させているのは疑いない。

その意味では、植村徳太郎がそうだとしても、不自然ではなかった。

（あいつなら、やりそうだ）

上方者だし、旗本と生死をともにするというのが、おかしいといえば、おかしいのだ。

ただ、各藩の脱走兵も加っているし、義によって結ばれた同志なのである。出身を云々《うんぬん》するよりは、至誠を信じあった。

その弱点を衝かれたともいえる。

ただ、新平がどういう証拠を摑《つか》んだのか、それを聞き洩らしたのが、残念だった。

「いかん、盛り返してきたぞ」

傍で誰か叫んだ。

ぴしっぴしっと、木柵に当る銃弾が激しくなった。

「原田さん、もうここは駄目《だめ》だよ。山王台へ行こう」

土肥庄次郎だった。

「くそっ、ここで斬死《きりじに》して」

ふりかえった眼に、真っ黒い溝泥《どぶどろ》の流れのような官兵の大軍が見えた。広小路いっぱいになって押し寄せてくるのである。

歯がみした左之助の耳に、新平の最後の言葉が甦《よみがえ》った。

（そうだ、植村を叩っ斬ってからでも遅くはない）

左之助は庄次郎のあとから、刀をひいて走りだした。

山王台には、肥後と藤堂の隊が石垣《いしがき》をよじ登って攻めてきていた。

現在、西郷どんの銅像が建っているところである。天野八郎に督励された第三青隊の組頭近藤武雄らは四斤砲を撃ちまくったが、砲弾が尽きると、空砲を放っていたという。

開戦時の実勢は七、八百人に対して二万近い大軍といわれる。武器も前述した通りだ。ともかくこの劣勢で一日でも戦ったことは暴戻《ぼうれい》な官軍への憎しみと、武士の意地であろう。

山王台では林半蔵や後藤鉄次郎などが討死し、土肥庄次郎の弟の八十三郎も大砲を指揮しているとき負傷している。

不忍池に面した穴稲荷門でも神木隊浩気《こうき》隊が防戦したが、池畔《ちはん》に据えられた砲門が間断なく火を吹いて、五条天神や稲荷社を吹き飛ばし、中ノ島弁天に舟で上陸した備前、柳河、それに寝返りの尾州藩などの官兵が猛攻してくる。

すでに文珠楼は半壊して炎上している。大仏殿も梵鐘楼も法華堂も競うように火の手をあげていた。

雨の中だけに、黒い煙が濛々《もうもう》と噴きだし、おそらく寄手から見れば上野の山そのものが炎上しているように見えたかもしれない。

「――植村を見なかったか」

左之助は、誰かれなくつかまえて聞いた。

「あの上方者か、あんなやつ知らぬぞ」

と、吐き捨てるような応えが多かった。

清水観音堂前で切腹している者が数人いた。

あるいは松ノ木に寄りかかったまま動かない者がいた。よく見ると、脇差《わきざし》を逆手に持って腹に突き立てて死んでいる。尖先《きつさき》は松の幹に深く突き立っていた。

お堂の階段に突っ伏して苦しんでいる者がいた。

神木隊の中村徳三郎という若者だった。たしか未だ十七歳であり、おそらく彰義隊中、もっとも年少だったろう。

身に数発の鉄砲傷がある。切腹しようとしながら、腹を割く力がないらしい。

「――頼む……」

中村は左之助に声をかけた。

「首を討って下さらぬか」

「拙者が……」

ただ顔を知っているくらいの間だ。左之助はとまどった。中村の足もとには髪を結んだ二つの首級が転がっていた。この首級をふりわけにして肩にかけて斬りまくっていたのだ。

「死に急ぎすることはねえ、若けえのにだらしがねえぞ」

左之助は励ましたが弾丸を五、六発喰《く》っているのだ。まず助かりそうもなかった。

中村は苦悶《くもん》の顔に自嘲を浮べた。

「みんな、そんなことを言って死なせてくれない……いまも、蒲生さんと、植村が……」

「なに、植村を見たのか」

「いま、蒲生さんと……」と苦しげに中村は言った。

「本覚院の方へ行ったが……あ、原田さん、介錯してくれないのですか」

左之助は耳をかさずに歩きだしていた。

本覚院は上野三十六坊の中でも護国院や寒松院に次ぐ塔頭である。

清水観音堂のうしろ一帯《おお》は桜が多く、花どきには緋毛氈《ひもうせん》を敷いた男女で賑《にぎ》わう。その桜の木はすでに濃い青葉に蔽われている。普段なら青葉の匂いが漂よっているはずだが、強い硝煙がかき消してしまっていた。

この桜の園《その》と道一つ隔てて本覚院がある。

浩気隊の隊長蒲生三郎と植村徳太郎がたまたま、清水堂前を通りかかったのは、ほんの少し前のことである。

三郎は中山新平に植村が官軍の密偵らしいと聞いたのだ。かれもまた敗色が濃くなったことを知って、いまのうちに糾明しようとして、植村を連れてゆくところだった。

植村が密偵だという物的証拠は新平もつかんでいなかったのだろう。

「きさまに聞きたいことがある」

蒲生三郎も傷ついていた。

右腕に刀傷をうけていた。腹帯をさいて縛っただけの包帯に血がべっとりと滲み出している。

「な、なんやねん、こないときに話やて」

「まわりくどいことは申さぬ。正直に言ってもらおう、きさまが、薩長に通じているという噂がある」

さっと植村徳太郎の顔色が変った。

蒲生は凝っとその眼を見た。もとは小浜藩で公用人として藩を牛耳っていた男だ。脱走藩士三十余名を率いて浩気隊と号し、西門を守って活躍をした。人を見る眼はある。

植村の動揺は見逃さなかった。

「やはり、きさま……」

「何いうてまんのや、わいはそない者《もん》やない、そら、河内の生れだす、それに違いおまへん、せやかて、官軍に通じているいうのは、あんまりだっせ、わいは、彰義隊の立派な隊士のつもりでんね」

「そうか、そう言い張るのなら、逢わせたい男がいる」

「へえ、どなたはんでっしゃろ、わいに濡衣《ぬれぎぬ》着せるのは、どこのどいつかいな、面拝《つらおが》ませてもらいますわ」

へらへらした笑いを浮べて植村は言った。

うしろ暗いところがあれば、そこまで鉄面皮にはなれない。そう思っただけで、蒲生は甘かったようだ。

ちょっと気を許した隙《すき》に、植村は隠し持っていたピストルを、蒲生の脇腹《わきばら》にあてて撃ったのである。

「ぬッ、きさま」

蒲生は撃たれながら、ピストルをもぎとろうとした。その手の中で、二発、三発と、断続して銃声が起った。

執念の蒲生の指は、血まみれのまま引金と撃鉄に蔓《つる》のようにからんで離れない。

「ええい、くたばり損いが、早《は》よ地獄へ行きさらせ」

その揉《も》み合う姿を、駈《か》けつけた原田左之助が目撃している。

原田左之助が駈《か》けつけるのが遅かったら、植村徳太郎はピストルをもぎとって知らぬ顔をきめこんだかもしれない。

さすがに、三発も撃ちこまれて蒲生三郎は力が弱まっていた。

（もう一息……）

と、蹴《け》放そうとしたとき、左之助の姿が硝煙のなかに見えたのである。

「あかん……」

植村はピストルをあきらめた。身を翻えした。

「うぬ！　卑怯者《ひきょうもの》、待て」

蒲生はよろめき倒れたが、手をあげて、植村の背後から撃った。ピストルは六連発蓮根弾倉《レボルバー》である。

雲が低く垂れこめて、雨と硝煙が視界をおぼろにしている。

濃い灰色のヴェールをひき裂いて火が奔った。植村が突んのめった。

いったん転倒したが、すぐ立ち上っている。左の肩をおさえて、よろめきながら走ってゆく。

「待て、植村」

左之助は大喝《だいかつ》した。

声は聞えたようだ。走りながら植村は蒼白《あおじろ》い顔が振りかえった。

追いこもうとしたとき、轟然《ごうぜん》と砲弾が炸裂《さくれつ》した。桜の木がふっ飛び、視界が一瞬火と土煙りに蔽《おお》われた。

彼我の間である。植村の姿はかき消された。左之助は腕をあげて面《おも》てを庇《かば》った。噴き上げられた夥《おびただ》しい小石や土塊《つちくれ》が頭上から降ってきた。

これを避けて、左之助は巨木の蔭《かげ》に走りこんでいる。

アームストロングの砲弾だったのであろうか。あとには大きな穴があいていた。植村の姿は、かき消したようにいなくなっていた。

吹っ飛ばされてしまったのか、逃げおおせたのか。凄まじい炸裂ではあったが、被弾したとすれば腕や脚の一片くらいは残っていそうなものなのに、まるきり、見あたらないのだ。

思いかえして、左之助は蒲生に走りよった。

「原田さんか……わしは、もう駄目《だめ》だ。あいつを……」

「植村徳太郎だな」

「彼奴《あいつ》、薩長の廻し者だった……まさか、こんなものを隠しているとは、知らなかったのだ」

もう、ピストルを持つ手に力がなかった。

「仇《かたき》は討ってやるぜ」

左之助は、そのピストルをつかみとった。

「こいつには、まだ弾丸が残っている。二発ある。あの密偵野郎のどてっ腹にぶちこんでやる」

その声が聞えたかどうか。蒲生の胸から下は、紅甕《べにがめ》に浸ったような、すさまじい出血だった。

「おい、原田左之助が約束するんだ、必ず、仇は……」

気のせいか、蒲生三郎の面てに微笑が動いたようであった。

大きく胸があえいで、唇が顫《ふる》えた。が、それが断末魔だった。四肢に痙攣《けいれん》がわたり、がっくりと重く左之助の腕の中にのめりこんだ。


上野の丘陵を揺する大砲の炸裂は、それが最後のものだったようである。

これ以上撃つと味方を傷つけることになる。大村益次郎は大砲隊に伝令を走らせて砲弾を中止させた。

「総攻撃じゃ、これで山の無頼漢《やぶれもん》どもも、間《あえ》も無《な》え治《おさ》まることじゃろうが」

大村は機嫌がよかった。かれは指令を発していた土蔵から出て、馬に乗った。

「まだお出でにならんほうがよかでしょう、奴らも必死ですけん、危《アンブ》なことです」

部下が馬の口輪をとって止めるのを、大村は哄笑《こうしょう》でうち消した。

「何故《ナシテ》止める、木ッ葉旗本の兵児《へ》担ぎどもな愁嘆《しゅうたん》たれよって温和《オロ》になったろうが、僅少《チイト》べくそ手間どったから言うて、案ずることはなか。チョロガミソ（直ぐ）に片附《かたづ》く」

機嫌がよいときは、ぽんぽん故郷の周防弁が口から飛びだす大村だった。

敗色はたしかに濃かったが、どうせ死ぬつもりの彰義隊士たちは登ってくる官軍を邀撃して、そこここで斬り結んでいた。

三十万坪という広さのところに樹木が生い茂り、社殿楼閣が建っている。三十六坊と一口に言われる塔頭がそれぞれの敷地に散在しているのだ。ゲリラ戦をやろうと思えば、かなりの抵抗ができるのである。

黒門口が破れて官軍が雪崩れこんできてから、だいたい片がつくまでに二、三時間を要したのは、そのためであろう。

左之助がとうとう死にきれずに山から逃れたのは、東北の艮《うしとら》にあたる坂下門であった。

現在は上野の山内から北の方に行くには鶯谷の道がついている。国電鶯谷の駅へ出る道が、根岸の通りへ陸橋でおりるようになっているが、当時はこの道はなかった。

北よりの西の道は谷中口であり、東の道は信濃坂を下った坂下門である。

根津谷中の方面は長州や佐土原の部隊が押寄せているのだ。手うすなのはこの坂下門だった。

いまの下谷車坂町のあたりに出る。はじめ左之助は屛風坂を下ろうとした。が、下寺のあたりにはもう官兵が充満していた。かれは屛風坂を上った右手にある慈眼堂の境内に入った。ここを裏へ抜けると信濃坂上に出る。

慈眼堂にも砲弾が当ったらしく半壊して一部は炎と黒煙がまだあがっていた。すでにここでもかなりの白兵戦が演じられたと見え、彼我の死体が幾つも転がっていた。

足早に通り過ぎようとした左之助は、声を聞いたような気がした。

「助けてくれ……」

そう聞えたのである。

左之助は薄暮《はくぼ》の中を透すように眼を凝らした。何か動いていた。倒壊した棟木《なぎ》の下から手が出て動いていた。

よく見えなかったのは、筒袖《つつそで》もしゃぐまの毛帽子も黒いせいだった。

濃い煙が小雨の中に澱んでいたし、すでにあたりは黄昏《たそがれ》ている。

動いている手だけが、異様に白く見えたのである。

「なんでえ、芋か……」

ざまァみろ、という気持が偽りのないところだった。

この威嚇的なしゃぐまのかぶりものは染めの色で所属がわかった。

長州は白、土佐は赤。黒毛をかぶっているのは薩摩の小隊長以上である。

斬り合いの最中に、砲弾が堂宇に命中したのか、揺らいでいたのが倒れるかして、下敷きになったのであろう。

左之助は血刀をひっさげたまま通りすぎようとした。

「助けてくれえ」

また、声がした。

左之助は刀をとりなおした。

そのときの気持は、自分でもはっきりしない。薩摩は憎い敵である。宿敵といえば長州だが、長州の場合は、はじめから対立しているだけに、まだすっきりしている。

薩摩は公武合体が当初の藩論で禁門ノ変などでは会津や新選組と共闘して長州を潰滅《かいめつ》させ

ている。それが土佐の坂本竜馬の斡旋《あっせん》で長州と手を握って討幕にまわったのだ。佐幕派から見ればこれは裏切りだった。

この上野攻めも、黒門口に向ったのは薩摩兵が多いだけに、憎しみも多い。

その憎しみが一度は見捨てようとさせたのだが、救いをもとめる声は哀れでもあった。

(苦しみを止めてやろうか)

その気持だったのかもしれない。

左之助は近寄った。

「助けてくれ」

手がさらに大きく動いた。

しゃぐまがふり仰いだ。眉毛《まゆげ》の太い、いかつく顎骨《ほおぼね》の張った顔だった。煤《すす》と泥で汚れた顔に、眼だけが異様に光っていた。

「――たのむ、こいつを……」

左之助を見て、ふっと息をのんだのは、味方ではなかったからであろう。彰義隊とは知らずに救いをもとめたのか。視力も弱っていたのかもしれない。

眼があうと、しかし、左之助は、たじろいだ。とどめを刺して楽にしてやろうかと思ったのだが、できなくなった。

それに、その薩兵の顔に、記憶があるような気がした。

「お前《まえ》、どこかで逢ったな」

急には思いだせない。

相手は、そのことよりも、胸を圧迫する棟木の重さが問題だった。

「頼む、武士の情けじゃ、こいつば、とり除いてたもせ……」

「ちえっ、しかたがねえなあ」

敵を助ける羽目になろうとは思わなかった。左之助は自分の優しさに腹立たしいおもいで、棟木に手をかけたが、びくともしない。

傍に転っていた柱を突っこんで、こじ開けた。

「さあ、出な」

「手を……」薩摩兵は呻《うめ》くように言った。「引いてたもせ、脚が、う、動きもさん」

面倒なやつだ、と左之助はおもった。愚図々々してはおれないのだ。

「手間をかけさせるぜ」

ぼやきながら、手くびをつかむと、ぐっと引っ張った。

薩摩兵は悲鳴をあげた。下半身に乗っていた木材が音を立てた。

雨と煙の中である。黄昏のいろはその間にも濃くなってくるようであった。

漸く引きずり出してやると、左之助はさっと離れて、

「おい、どうする、やるのか」

と、血刀をとり直した。

「ま、待ってたもせ」

やるともやらないとも言わず、薩摩兵は起きようとして、もがいていた。

「駄目じゃ、腰が、いや、脚が、いうことを聞きもさんで」

脚の骨でも折れたのだろうか、大きなからだでもがいているのだが、立ち上れないのだった。

「やれやれ、足萎《あしな》えになったか。おい、まさか、本陣までおぶって行ってくれなんて言うんじゃねえだろうな」

「そこまでは、頼めん、じゃが、これでは仕様《しよ》んなか、勝負は予《あず》かりにしてたもせ」

苦しげに薩摩兵は言った。

左之助のほうは、はじめから斬り合う気はなかったのである。こんなところで一騎討ちなど粋がっていても、直ぐに官軍が群《む》らがって来よう。こちらは早く山から脱出しなければならないのだ。

「よかろう、脚を治してから、ゆっくりやろうぜ……」

それがいつのことか、それまでいのちがあるかどうかわからない。左之助は走りだそうとした。

「ま、待て」

「なんだ、まだ用があるのけえ」

「左之助、原田左之助とか称ったごたるな……」

「え!?」

驚いた。おもわず、左之助は足をとめている。

「どうして、おいらの名を」

「おぼえちょるぞ、一ぺん聞いたら忘れもさん、地獄耳でごわす」

薩摩兵は苦しげに顔を歪《ゆが》めたまま、白い歯を見せて笑った。

京で逢ったことがあるのか……と、おもったが、すぐに気がついた。最初、見たことがあるような気がしたのも当然だった。昨日ではないか。

病床の沖田総司に別れを告げに行ったとき、六道の辻で斬り合った中の一人だったのだ。

「おう、昨日の……」

「ははは、思いだしちくれたか」

「こいつァ因縁《いんねん》だぜ、やっぱり勝負をつけなきゃなるめえな」

「おぼえちょってたもせ、おいは薩摩の肝付《きもつき》半次郎、二十五歳」

「肝半か、おぼえといてやらあ」

敵だ、いたぞ、と数人の濁み声とともに銃声が近くでした。左之助は横っ飛びに身を翻えし、裏門の方へ走りだした。

血と泥

いわゆる彰義隊の戦いは一日で終っている。

呆気ないともいえるが、旗本の最後の意地を、雨中に噴きあげて、いかにも江戸っ子らしい戦さであった。

絶対多数の官軍の猛攻に半数近くの死者を出して、彰義隊は敗走した。

もしも、その二万と号した大軍でもって山麓を完全に包囲してのことだったら、彰義隊は全滅したであろう。

また、そうなれば官軍の方にも夥《おびただ》しい死者をだしたに違いない。

大村益次郎は、その懸念《けねん》から、谷中口と金杉の口を故意に手うすにさせておいた。窮鼠《きゆうそ》かえって猫《ねこ》を咬む、という。その死物狂いの反攻を慮《おもんぱか》ったのである。

原田左之助は金杉の口へ出る坂下門から逃れている。

下谷車坂の通りは、現在の昭和通りの西側になるが、まっすぐ金杉から千住の宿場へ通じている。

奥州街道の最初の宿駅である。総野《そうや》の地には、まだ脱走兵たちが、大小それぞれに、グループを組んで官軍に抵抗している。宇都宮へ走り日光山に拠《よ》って決着をつけようという者が多かった。

日光山にはいうまでもなく徳川の家臣たちが神祖と仰ぐ家康の廟所《びょうしょ》東照宮がある。抵抗の拠点としても、またかれらの残されたロマンティシズムからいっても、死場所たるにふさわしかった。

また一方、東征総督府の動員力に拮抗《きっこう》するには、大藩と共闘するしかないとして、奥羽同盟を率いる会津藩を頼って、会津へ走る者も尠くなかった。

だが、千住や板橋には、新たに木戸が設けられて、官軍が人改めをしているという。

江戸の上野から総野を経て、奥羽を目《め》ざすには、いやでも荒川を越さねばならない。

荒川の舟渡しにも、むろん手がまわっている。

左之助もはじめは、奥州街道へ出るつもりだった。

とても街道は行けないと知ってから道をそれ、橋場へ来た。

浅草から本所へ出るには吾妻橋を渡るほかは、駒形の竹町と橋場の渡し舟に乗る。後者は向島へ着く。

吾妻橋の袂には急ごしらえの竹矢来が出来ていて鉄砲をかまえた官軍が群れている。

渡し舟だったら、夜闇《やみ》にまぎれて盗んで渡ることもできるのではないかとおもった。伊予の松山ではよく舟を漕いだから大川を横切るくらいの自信があった。

今戸の山谷堀から北は表具師などを支配する弾左衛門の広大な新町を囲むようにして寺が数十軒集っている。その寺町のはずれに、瓦《かわら》焼きの窯元が幾つかある。

そこへ近づくと窯の前に若い女性の姿が見えた。小屋から洩れる灯かげで、はっきりとはわからないが町娘のようであった。

その娘は何やら思案顔に佇んでいた。

夜の訪れとともに雨はやみ、あたりは初夏らしい爽やかな夜気に包まれていた。

大川の傍だということもある。都鳥の名所でもあった。上野の山のあの硝煙や喧騒《けんそう》や火と血と泥の、地獄図絵など、まるで遠い他国のように、静かだった。

その静寂が、左之助の緊張を弛めた。

ここからそれほど遠くはない吉原の日本堤では、彰義隊の者が二、三人、官軍に取り囲《かこ》まれて斬り死したという話を、いまさっき耳にしたばかりだったが、ここまでくると、やはり江戸の外れという感じが深くなるのである。

(助かった……)

左之助はほっとすると、咽喉の渇きをおぼえた。

ふしぎなもので、急に空腹が音を立てた。

(あの娘なら食事の無心を聞いてくれるかもしれない)

と、おもった。

四ツ目垣《がき》をまたいで、塀代りの植込みをかきわけて入ってゆくと、その物音にぎょっとしたように、娘は身を竦《すく》めて振りかえった。

「だれ？」

恐怖にうわずった声だった。

「ははは、怪しい者《もん》じゃねえよ心配するな」

左之助は、娘の不安を取除こうとして、快活に言った。

そのとたん、銃声がしたのだ。

いや、銃声よりも、暗闇《くらやみ》を裂いた銃火が最初に目を射た。からだのどこかを打たれた痛みで、左之助は、よろめいた。足が萎えたように崩れ、かれは濡れた柔らかい土の上に倒れている。

一瞬、何が起ったのかわからなかった。銃声を聞いたように思ったのは、ふっと夜気の中に、火薬の臭いを嗅《か》いだからである。

娘が悲鳴をあげ、身を翻えした。

「待て……」

叫んだつもりだったが、声はかすれていた。起き上ろうとして、はじめて、左の脚が重く自由にならないのを知った。

（撃たれたのだ……）

「くそ！　官軍か」

半身を起して、左之助はピストルを腹帯から抜きだした。

弾倉の中に、まだ弾丸は二発残っている。蒲生三郎の怨《うら》みの弾丸だ。密偵の植村を見つけて、心臓にぶち込むつもりだったが、この場合、やむを得ない。

「やい、出て来い、原田左之助はまだ生きているぞ、うぬらのへらへら弾丸で死ぬような……」

相手は二発目は撃たなかった。川岸の柳の暗がりから男が飛びだしてきたのだ。

「原田というと、まさか新選組の左之助じゃァ……」

官軍ではない。左之助はほっとすると同時に腹が立ってきた。

「べらぼうめ、その左之助だ。誰だ、おめえは？」

「やっぱり、そうか、原田さんでしたか、済まねえ、全く済まねえ。堪忍《かんにん》しておくんなさい、つい奴らだとばかり思って……」

まだ硝煙の洩れている鉄砲をひっさげて男が近よってきた。

左之助は、仄明りに浮び上った顔に記憶を甦えらせた。

「なんだ、おめえか……」

と言ったが、なぜかすぐには名前を思いだせなかった。たしかに新選組にいた男だ。激痛が頭を混乱させている。銃声を官軍の見廻りが聞きつけて飛んでくるのではないかというおそれもあった。

「そうです、私ですよ、会計の岸島です」

そうだ、岸島由太郎という名だった。丹波亀山の浪人とか聞いた。古い同志ではない。慶応になってから加盟した男で、亀山藩では勘定方にいたといい算盤《そろばん》も達者だったので、会計方を命じられた。

精兵隊の士官取締になった矢内賢之助などと机を並べて算盤をぱちぱちやっていた。筆を食指ではさんで中指と拇指《おやゆび》で、上下の玉を器用に動かしていたのに感心したことがある。

「――岸島か、おめえ、どうしてこんなところにいたんだえ」

「ええ、いろいろと……ま、話はあとで。まず、傷の手当てを」

由太郎は娘を呼びたてて、左之助を支《ささ》えると、小屋の中に入った。

瓦焼きの窯場の休み小屋である。薪が積みあげてあったり、蓆があったり、瓦の型板などが転っている土間だった。

その土間つづきに八畳ばかりの板の間があり、上り框《がまち》に左之助を横たえた。

「さ、蒲団を敷くんだ、早く」

まだ蒼《あお》い顔をしている娘を促した。娘はおろおろしながらも、

「はい……あの、お医者さまを」

と、駈けだそうとしている。

「いや、駄目だ。医者は駄目だ。すぐ官軍に嗅ぎつかれるからな。それより蒲団だ、早くしてくれ」

娘は、素直に頷《うなず》いて、蒲団を敷いた。

左之助を横たえたあと、由太郎が、まずしたことは、鉄砲に新しい弾丸をこめることだっ

た。

鉄砲はミニエー銃の改良型だが、前装旋条のエンフィールド銃である。

それから、はじめて、由太郎は左之助の傷口をあらためた。

「医者なら、松本先生を頼んでくれ、あの先生なら大丈夫だ」

と、左之助は言った。

松本良順は幕府の御典医で、近藤勇や沖田総司を治療してくれている。一緒に大坂から船で帰って来たのだ。

「今夜あたり、怪我人が押しかけて大変だろうが、そうだ、あの若い代診でもいい、あいつ何といったっけな」

沖田の主治医を任じていた若い医生の、のっぺりとした顔を思いだした。

すると、小桶《こおけ》の湯で手拭《てぬぐい》をしぼっていた娘が顔をあげて、

「順一先生のことかしら」

と、言った。

松本良順なら今戸にいる。この橋場は今戸の隣接地域だから、ひとっ走《ぱし》りである。

名医として知られているし、当代一の実力者であるから、弟子たちも多い。

〝あの若い代診〟と言っただけで娘には袴田順一のこととわかったのが不思議だった。

「そうだ……」

と、左之助は頷いて、まじまじと、娘を見上げた。

「よくわかったな」

「ええ、あの……」

「あの医者にかかったことがあるのか……」

と、言ってしまってから、そうか、野暮な質問だったようだ、と気がついた。

娘の頰に、恥じらいが動いたようである。

「あの男とは、昨日、偶然に知りあってな……むッ、痛う」

思わず悲鳴をあげていた。

「大丈夫です、弾丸《たま》は抜けていますす」

由太郎が涼しい声で言った。

鉛玉が体内にとどまっていないのは幸いだったが、至近距離だったので、傷口が大きくはじけている。

左の大腿部《だいたい》である。

「よかった。この弾丸で原田さんにもしものことがあると、申し訳ないからなあ」

「馬鹿野郎《ばかやろう》、もしものことがなくても申し訳あるめえ」

「ええ、そりゃァそうですがね、おしの、焼酎があったろう、持ってきてくれ」

おしのというのか。娘は一升徳利を出してきた。

傷口を焼酎で洗って固く縛った。

「これで大丈夫だ。明日早く薬を買ってくればいい」

「おいおい、素人療治で大丈夫か。足萎えになったら承知しねえぜ」

「骨を外れていますから……」

自分の卒爾《そつじ》で大怪我をさせてしまっただけに、由太郎としては、軽傷だと思いこみたいのだろう。

「化膿《かのう》する心配はないと思います」

「ああ痛てえ、ずきずきしやがる、酒はないか」

「ええ、お父っつぁんが飲まないので」と、おしのは済まなそうに言った。「まだ起きている店があるかもしれません、買って来ます」

「なあに、なけりゃいいんだ、焼酎も酒だわさ、一杯貰《もら》うぜ」

久しく焼酎など飲んだことはなかった。徳利の底に少し残っていたのを欠け茶碗《ちゃわん》に注いで飲むと幾らか痛みがまぎれるようであった。

「ところで岸島、お前はどうしてこんなところにいたんだえ、上野でも見かけなかったが」

「彰義隊に入りたかったのですがとうとう間に合わなくって……」

と、由太郎は頸《くび》すじの汗《あせ》を拭《ぬぐ》った。

「局長の首級をなんとかして掘りだしたいと狙っていたのですが」

と、由太郎は言った。

かれは流山で土方歳三などと共に檄《げき》を飛ばして脱走兵や義勇兵を募って、官軍との決戦に備えていたが、近藤の就縛後、土方と別れて板橋辺に潜み、近藤の救出を計ったという。

ところが板橋宿は中山道へ踏み出す宿駅でもあり、東山道鎮撫総督府の本営が置いてあるだけに、官兵が充満している。

「同志が十人ばかり集っていたのですが、斬り込むには、少なすぎました」

板橋の問屋場に押込められていたという。さすがに総督府でも扱いを慮《おもんばか》ったのであろう。助命論もあったが土佐の大監察谷守部が強硬に斬首を主張して、斬ってしまった。

そして、三日間の梟首《きょうしゅ》ののち京へ運ばれた。

「救出できなかった以上、せめて首級だけでもと思い、刑場から中山道をずっと追っかけたのですが……駄目《だめ》でした」

近藤の首ははじめ三条河原、ついで大坂に移され千日前で晒《さら》された。

そのあと、どこかへ運び去られてしまった。塩漬《づ》けか焼酎漬けにして太政官へ渡されたという風説を耳にしたが、真偽は定かではない。

岸島由太郎の話ではかなり手を尽くしたという。三条河原の梟首がはじまったのが閏《うるう》四月八日のことで、かれが諦《あきら》めて京を経ったのが五月朔日《ついたち》。

川口村へ着いたのが昨日のことだ。江戸へ入ろうとした由太郎は脱走取締の壁に阻まれて、上野へ駈《か》けつけることは不可能だった。

かれは漁舟を手に入れて、荒川を下った。昼を少し廻ったころ橋場へ上陸したが、もう上野の山は砲声と煙に包まれていた。

やむなく、この小屋に身をひそめて夜を待った。夕方ごろこのあたりにも落武者捜索の手がまわってきたという。

川岸にひとむらの灌木《かんぼく》の茂みがある。焼き損ないの瓦や、崩れた窯の破片などを投げ捨てる、いわば、ごみ捨て場になっている。

人の気配がすると、由太郎はそこへ隠れた。

左之助があらわれたときは、おしのに手伝わせて、舟を出そうとしていたのだった。

「舟を？」

「うむ、ここも危ないから、向島へ渡るつもりだったのです」

「そうか、おれは本所へ行きたいのだ。こんな傷をうけては、泳げねえな。そんな舟があるなら幸いだ、乗せてくれ」

「直ぐですか？　舟で揺れては、傷口がまたひらくかもしれません」

由太郎は自分の責任であるだけに案じ顔になった。

「やっぱり、あの 筍《たけのこ》 を呼ぶしかねえなあ、傷口は針と糸で縫うのが一番だ」

左之助は、おしのを振りかえって言った。

「済まねえが、やっぱり筍を呼んで来てくれないかな、今夜はお客がどっと押かけている。きっとまだ寝るどころじゃねえはずだぜ」

「筍って？」

おしのは小首をかしげた。

「あの若けえのさ。順一とか言ったな、藪《やぶ》の弟子ァ筍だろうが」

「まあひどい」

くくっとおしのは袂を口にあてて笑いをこらえた。

「どうせ大した腕じゃあるめえが素人よりァましだろうぜ」

「いいえ、若いけど名医ですって。評判なんです。あの名前だって松本良順先生が、第一番のお弟子だから、順一と……」

「へえ、そうかねえ」

おしのが、むきになるのが、可愛いい感じだった。

「惚れた欲目《よくめ》かえ、まあ、美男子には違いねえがね、ちっと安手《やす》だが」

「行ってきます」

おしのは足駄《あしだ》を穿《は》いて外へ出たが、また降ってきましたわ、と番傘《ばんがさ》をとりに戻った。逢引《あいびき》にでも行くようにいそいそと出ていった。

「可愛いいじゃねえか、岸島、おめえあの娘と」

「な、何をいうんです、原田さん。別に何もありませんよ、ただ、あの娘の親と、昔同じ家《か》中《ちゅう》だったので」

「そういうことか。丹波亀山といったなあ」

当時たいていの藩がそうであったように、攘夷開港騒ぎで藩論が二分して、殺傷沙汰が起った。岸島由太郎が脱走したのはそのときだが、おしのの父弥右衛門も同志の一人だった。

もともと持病のあった弥右衛門は間もなく病死して、おしのは一人ぽっちになったが、幸い用人の孝七が、ここの窯元瀬平の親戚《しんせき》だったという縁故から、瀬平夫婦に育てられるようになったのだった。

「その瀬平は、どこにいるのだ」

「本所の中ノ郷に法事があるとかで、夫婦で出かけています。今夜はお通夜だから、帰って来ないそうで」

「なるほど。そうなると、おい、岸島。どうやら左之助は、とんだ野暮天ということになるようだな」

「そんなことはありません」狼狽《ろうばい》したのは、図星だったからだろう。「私は、そんな卑劣な男じゃない」

「なあに、誰も盗人猫《ぬすっとねこ》だとは言いやしないさ、男と女の仲は、両方でその気になりゃ、楽しんだらいい……そうじゃないか」

左之助は、お佳代の肌を思いだしている。

おしのは生処女《きむすめ》らしく、からだつきもまだ硬い感じだ。抱いてもお佳代のようにはいくまい。

もっとも処女と交わる興味はまた別のものがある。

岸島に全くその気がなかったとは思えない。

「ツイてなかったな、悪く思うなよ。これも廻りあわせさ……」

そう言ったとき、夜の静寂を破ってつづけざまに銃声が聞えた。

（おしのが！）

銃声は、医者を呼びにいったおしのの身に何か起ったことを感じさせた。

左之助は身を起している。

「おしのが捕まったのだ」

と、叫んでいた。

「いや違うでしょう」と、由太郎はかぶりをふった。

「やつらも女に対してむやみと発砲するようなことはしないでしょう」

「わかるものか、あいつら、勝った勢いで、何をするかわかったものじゃない」

かれは立ち上ろうとした。が、腿の銃創は、激痛をともなって、かれを転倒させていた。

「それ、言わないことじゃない。その傷じゃ無理だ」

「おしのが……むッ、岸島、お前が助けに行け」

「大丈夫ですよ、おしのじゃない。きっと落武者が見つかったのだ」

また銃声が聞えた。前より近いところだ。

「こっちに来るようですね」

由太郎は耳を澄ましてから、しかたがないというふうに、立ち上った。

「ここにいちゃまずい。行きましょう」

「どこへ」

「向島です。とにかく、川を渡りさえすれば……」

「おしのはどうする」

「仕方がありませんよ。このさい女のことなんか構っちゃいられない」

世話になったにしては、冷酷な言いかただと思ったが、たしかにいまは官軍の手の届かぬところへ逃げる方が先だった。

由太郎の肩につかまるようにして、刀を杖《つえ》つき、左之助は瓦焼きの小屋から出た。

川岸の柳の老木が大きく枝を突きだした蔭に、一艘《いっそう》の小舟がつないであった。

左之助が乗り込むと、由太郎は棹《さお》で岸辺を突いて、舟を流れの中へ出した。暫くそのままに流してから、櫓に代えたのは音が聞えるのを憚《はば》かってのことだった。

「もう大丈夫です」

由太郎の櫓さばきは左之助よりも巧みだった。かれは大きく舳《みよし》を川中へ向け、強い漕ぎ方で、大川を横切りはじめた。もう少し下《くだ》ると吾妻橋に近くなる。

連日の雨で、大川の水はふくれあがり、流れも速くなっている。

「この分では本所に着きそうですね」

「おれにとっては、その方が有難いが……」

左之助はおしののことが頭を離れず、橋場の方を何度もふりかえった。そこはもう墨一色に塗りつぶされている。晴天だったら満月が地上を明るくしているはずだった。もっとも闇夜が、かれらの逃亡を助けてくれたのだ。

「気になりますか、おしののことが」

由太郎が、ふいに言った。

左之助はかすかに狼狽した。何度目かに、橋場のほうをふりかえったとたんだったのである。

由太郎の言葉は、かれの気持を揶揄しているように聞えた。

「な、なあに……」と、あわててごまかそうとしたが、急には、うまい言葉が出て来ない。

「あいつら……薩長の奴らは、すけべいだからな、ひょっとして」

「すけべいは、われわれだって同じですよ」

「そりゃそうだが」

「その証拠に、原田さんは、おしのに目をつけている」

「やい、何を言いやがる。おれは……つまり、世話になった礼を、そうだ、礼も言わずに逃げだしたので、慚愧の念にかられているんだ」

「そうですか、まあいい、そういうことにしておきましょう」

由太郎は嚙《か》みつかれるのを恐れたように、あっさりと意見をひっこめた。

沈黙が来た。櫓の軋《きし》る音と波の音だけが、二人を包んでいた。

由太郎が撤回したのは左之助の言い分を認めたのではない。かれの乱暴な性格を知っているので、敬遠したにすぎない。

それだけに、左之助には、胸に閊《つか》えるものがあった。

（この野郎、おしのを盗《と》られるかと思って、警戒してやがる）

それも当然かもしれない。左之助は乱暴者で剣が強いだけでなく新選組では隊中一の男《おとこ》前《まえ》だといわれていた。実際に六年にわたる京の生活を彩る女の数も尠くない。

由太郎はそのことを思いだして疑惑の眼を向けていたのだろう。

（男らしくねえ野郎だ）と、左之助はおもった。（男と女の仲なんてェのは、両方でその気になりゃ仲良くなる。手を出したの出さないのと騒ぐことァあるめえ）

由太郎の妻なり許婚者ということになれば、話は別だが、そこまではっきりしていない以上、左之助の方で遠慮することはないのではないか。

（要は、おしのの気持ひとつさ）

それも自信が言わせる言葉かもしれない。由太郎のほうには、左之助を傷つけたという負《おい》目《め》がある。それが劣等感とつながっているのだとすると、この勝負は決ったようなものだった。

「岸島よ」と、左之助は言った、

「お前が鉄砲弾《だま》丸を喰《くら》わせたことなあ、おいらは別に怨んじゃいねえんだぜ。こいつァはっきり言っておく」

「恭《かたじ》けない……でも、責任を感じますよ。治るまで、手を尽くします」

「いいんだ、そこまで考えることはねえ、間違いは誰にだって」

「着きました」

目の前に水戸家の石置場が見えた。右手、川下に吾妻橋がおぼろに夜空を劃《かぎ》っていた。

「早かったな。ツイてるぜ、注文通りの場所さ。そこの堀割に入ってくれ、横川につながっている」

二人を乗せた小舟は、源森橋をくぐった。俗に枕橋ともいう。

「何処へ行くんです」

「北割下水だ。水落ち口のあたりに着けてくれ」

そう言いながら、左之助は、おしのの養父が法事に来ているのはこのあたりだろうか、と右手の岸を見まわしていた。

この堀割は源森川と呼ばれていて、幅二十間《けん》。北側は河岸の道を隔てて広大な水戸家下屋敷のなまこ壁がつづいている。

南側が中ノ郷の瓦焼き場で、町名も中ノ郷瓦町という。このあたりは元禄ころまでは武州葛飾郡で江戸の郊外だった。このころ瓦師三十八軒、窯の数は七十三を数えている。

水戸屋敷がきれて常泉寺という寺があり、そこから小梅瓦町になる。大横川は東西に流れているが突き当って直角に右へ折れるといわゆる横川で、これは真っすぐに南へ下って竪川に出る。

本所は一番遅く御府内にとり入れられたところで、ふくれ上った旗本の新開地だった。直参もいるがお目見得以下の、御家人などが多い。充分な計画で町作りがなされたので、北割下水以南は殆ど正方形の中に碁盤ノ目に割られている。

その北割下水の水落ち口の北側に神保屋敷がある。小梅の業平橋から西河岸はずっと横川町瓦焼き場になっているのは、郊外の名残りをとどめているのだ。

「このあたりでいい」

瓦焼き場がきれるあたりで、左之助は舟を着けさせた。

「神保屋敷はたしか、その辺だった。一度きりだったので、うろおぼえだが多分、すぐわかるだろう」

番屋で聞けばすぐわかるが、迂闊《うかつ》なことはできない。

治安組織は、すでに官軍の手に握られている。長いものに巻かれろ、という常識の逃げ道に首を突っこんでしまうものが多い。

いまや上野の彰義隊はお尋ね者なのである。かれらが牛を馬に乗り換えた初手柄は、彰義隊を密告するなり、突きだすなりすることだ。

だが、その心配も、この段階では杞憂《きゆう》だったようである。

深川もここまで外れになると、官軍の威光も及んできていなかったようだ。

神保屋敷はすぐにわかった。

門前に高張提灯を高々とかかげて、門扉《もんぴ》は八文字に開き、玄関前には、篝火《かがりび》が焚《た》かれ、手桶《ておけ》が幾つか並んでいる。手桶には水が張られ、炎をうつしていた。

式台にも行燈が置いてある。

手に神保家の二頭巴《ともえ》紋を描いた提灯を持って侍が警戒していたが、目ざとく見つけて、近寄ってきた。

「上野からまいられたか」

返事をしていいかどうか迷っていると、

「御安心なされ、主人より仰せつかっております。さ、お入り下されい」

神保邸には、すでに六人の落武者がいた。

「おぬしもか……」

左之助は、あの布袋《ほてい》さまのように肥った土肥庄次郎の笑顔をその中に見た。

かれは横になっていたが、左之助を見つけて、上半身を起し、やァ、というように笑いかけたのだ。

何がなしに左之助はほっとした。この神保邸を目ざしてきたのだから疑いを持つようなものはいないはずだが、追われる者の危険本能が落着かせなかったのだろうか。

岸島と二人きりではなく、こんなに多勢のなかまがいるというだけで、心が安まるものがあった。

「途中は危なくなかったですか」

庄次郎の調子は昨夜と少しも変らない。

敗戦ということが、この男にはそれほどひどい衝撃を与えていないようであった。

「弟さんは?」

と、聞くと、はじめて、ふっと面《おも》てを翳《かげ》らした。

「さあ、わかりません。多分……落ちたかと思いますが」そう言ってから、淡く笑いを見せた。「二人とも要領がいいほうですからね、私が助かったくらいだから、うまく落ちたでしような」

庄次郎は腕に刀傷を受けていた。飄々として、斬り合いなどできそうにない顔をしているが、官軍と渡りあったのだろう。

その傷の様子を聞こうとしたが庄次郎のほうでは、左之助の弾丸傷を気づかった。

「血が出ていますよ、どんな治療をしたのです。下手をすると、片脚を切らなきゃならなくなりますよ」

「うむ。だが、うっかり医者も呼べないのでな」

袴田順一は、おしのと同道してあの小屋に来たのだろうか。

「金創膏《こう》が用意してありますよ、ともかく塗っておかれたほうがよくはありませんか」

庄次郎は、怪我人の手当てをしていた中年の女に誰かの名を言った。その女が返事をして立ってゆくと、すぐ若い女が薬籠を下げてきた。

若い女性と一見してわかるのだが、小倉《こくら》の男袴《おとこばかま》を穿き、紋服に襷《たすき》がけという勇しい格好だった。髪は角前髪で、お小姓風なのである。

左之助が呆気にとられていると、

「お手当てをいたします」

冷たいほど、はっきりと平静な声で、鋏《はさみ》で包帯を切り裂いていった。

「頼む……」

傷口の血が包帯にこびりついている。痛みに左之助が、うっと呻きを洩らしたが、聞えたはずなのに、女は、眉毛一すじ動かさず、切り裂いていった。

手荒なのではない。さっきの中年女が盥《たらい》に湯を運んでくると、切りとった包帯を浸《ひた》してから、傷口にあて、ゆっくりと、慎重にその部分を剝《は》がしてゆく。外科の手当てに馴れた手つきであった。

「よかったな、女医者がいるとは思わなかった」

左之助は感謝をこめて言った。

娘は答えない。聞えないように黙って傷口を拭っている。

真剣な目差しで心持ち眉根《まゆね》に皺を寄せ、左之助の無駄口をたしなめているようであった。

(おたかくとまってやがる)

こういう女は苦手である。左之助はそっぽをむいた。

廊下に高笑いが聞えた。

「工合はどうだ、諸君、酒でも飲んで元気を出せ」

ぶらりと神保伯耆守が入ってきた。

伯耆守は長興《ながおき》といい、もともと九百石の家柄で、父修理の後を継いで使番から目付《めつけ》へ昇進した。作事奉行、騎兵奉行を歴任して大目付へ転じ、慶応二年にお留守居へ陞《のぼ》った。

お留守居は大名の格があるが、五千石高で、伯耆守がお役替えになってから御役金千五百両で、常に七、八人の用人や祐筆《ゆうひつ》が附き、与力十騎に同心五十人を輩下に置いている。役目としては名誉だし、収入も多いが、伯耆守には不満だった。こうした時代の華々しい役職は陸海の軍奉行でありその総裁である。

いうならばお留守居は出世の止りを意味する。老中や若年寄は大名でなければなれないが、騎兵奉行、大目付から総裁のコースで若年寄並という、準将の位にまで陞れる。

伯耆守が、彰義隊に共感を示したのも、その辺の不満とも関係があったようである。

「負けたのは残念だが、これで何もかもお終いというわけじゃないさ。会津をはじめ、奥羽同盟が出来ているというぞ、傷が治りしだい、またやれる」

敗残の士にとって、こうして横になれるだけでも有難いのだ。

伯耆守の言葉に、眼をうるませる者もいた。

「お蘭《らん》、そっちの傷の手当てが済んだら、みんなに酒をついでやってくれ」

伯耆守のその言葉を、男装の娘は、

「いやです」と、否定している。「わたくしは、そういうことはいやです」

「——驚ろいたな」

伯耆守には、この返事は思いがけないものだったらしい。

かれが、一瞬、声を呑《の》んだのは、心の動揺のあらわれだった。

「彰義隊のおれきれきに、酌をするのも、いやだというのか」

「いやでございます」

きっぱりと言った。

傷の手当てをするのは、嫌ではないらしい。左之助の傷口にたっぷりと金創膏を塗りつけ、あふれる血を拭いとっては、塗り直す手つきも、おざなりではなく、あらためて左之助は眼を瞠《みは》るような気持だった。

「大分楽になったよ」と左之助は気まずくなった空気を救うように言った。「お礼に、私が酌をしてやろう、受けてくれるかね」

お蘭は顔をあげた。睨《にら》むように、左之助を見た。

二重瞼《まぶた》のはっきりした眼がきらきら光っている。左之助はひるむものをおぼえた。

「わたくし……お酒は匂いも嫌いです」

お蘭はきっぱりと言うと、すっと立ち上った。

「ははァ、なるほど」

左之助はこういうしかない。

隊士たちも二ノ句が継げないというように、呆れた眼で見送った。

「男に酌をするのも、男から酌をされるのも、嫌だというわけか」

「困ったやつだ、はねっかえりでな、どうも甘やかしすぎたようだ」

伯耆守は弁解するように言った。

「いや、面白いひとですな。あそこまではっきりしていると、かえって面白い。酒の匂いも嫌いというところがいい」

追従ではない。左之助はそう感じたのだ。

「若いうちは、娘たちは、誰だって、男なんか大嫌いというからなあ」

「あ、そうか、そうですね、嫌い嫌いが好きなうち、てわけで」

やっとそのことに気がついたように庄次郎は、笑い声をあげた。

シラけていた空気が、もとへ戻ったようである。伯耆守は救われた思いで、好きなように
みんなで飲むがいい、足りなければもっと届けさせるから、と言って、出ていった。

「話のわかる方だな。しかし、あのお蘭どのは、伯耆守の息女なのかえ?」

「よくわからんのさ。それがな、まさか、あの……」

口ごもったのは、伯耆守の寵妾《ちようしよう》かもしれないという意味だったのだろう。

左之助は、その男を蔑《さげ》すむように見た。どっちにしたって大した違いはねえ、という気持だ。

「おれは歯ごたえのある女が好きさ。いつかあのお蘭に酒を飲ませてやりてえな。酒の味を、教えてやる」

「原田さん」と、庄次郎が年長者らしいわけ知りの顔になった。「そいつはちょっと……もう、夙《と》っくに酒の味は知っているかもしれませんよ」

たしかに言われてみればそうだ。お蘭の年齢はちょっと見当がつかない。気性が激しく男顔だと、実際の年齢よりは老《ふ》けて見られがちだが、男装をすれば、かえって女の色香が匂いたつ。その辺のところを考えても二十歳を一つか二つは過ぎたというところだろう。

神保伯耆守の屋敷は深川猿江町にもある。そちらにも何人かが逃げこんでいるらしい。

お蘭が塗ってくれた金創膏が利かなかったのか、その晩、左之助は高熱を発した。左脚が大腿部から腫《は》れあがり、一晩中、苦しみ通した。

「やっぱり医者を呼ばないと」

今戸の松本良順のところへ、神保家の若党に一っ走りしてもらうことにした。

ところが、そのことが裏目に出たのである。

左之助は苦しんだ。こんな高熱は出したことがない。生れつき健康なからだが自慢だった。病気をしたことのない者は、病気に弱い。むしろ虚弱な体質の者のほうが、病気馴れしているというか、病気をコントロールする方法を心得ている。

「おれァ、もう駄目らしい」

左之助は呻いた。

「死に損ねの左之助も、今度ばかりは、駄目らしいぜ」

笑おうとしたが、激痛で頬が歪《ゆが》んだ。

「しっかりしろ、一度死に損ねたら二度目も閻魔の庁で見放すとよ」

「そうは、問屋がおろしてくれめえ、岸島はいねえか」

左之助は手を泳がせた。視力もうすれているようであった。

「岸島、胴巻の中に……」

「なんだ、しっかりして下さい、胴巻なんて、そんなこと」

「いいから、出してくれ」

その胴巻の中の財布に書付が入っていた。

「おれの戒名だ」と、左之助はまた笑おうとした。「おれが死んだら、髪と戒名を、京へ届けてくれ、頼むぜ」

「わかりました。だが、原田さん死にゃしませんよ、しっかりして下さい」

「死に損ねの左之助も、こんどはお陀仏《だぶつ》だな……伊予でな、松山で腹を切ったことがある……切腹し損なってな……それで、死に損ね、と、渾名《あだな》がついたんだ……」

もう、岸島に話すというより、うわごとのようであった。

「み、見てくんな、腹に、一文字の傷あとが……」

医者はどうしたんだ、と、吼えるように誰かが言った。

「もう着いてもいいころだ。何かあったんじゃないか」

「官軍の通行止めで、手間どっているのだろう。何も松本さんにかぎることはない。そこらの医者でも、素人よりはマシだろう。呼んで来たらどうだ」

「いや、万一ということがあります。御当家にもみんなにも、迷惑がかかるようなことがあってはなりませぬ。私が行ってきます」

岸島由太郎が立ち上った。

熱をさますための手桶の水が、すぐに温《ぬる》くなる。お蘭が看病にあたった。はっきりものを言うだけに、することもてきぱきとして、そつがなかった。

何度も何度も、手拭を絞っては左之助の額にあててやる。苦悶の左之助は、お蘭が介抱してくれているとは、気がつかないようであった。

由太郎が出ていって小半刻と経たないうちだった。この屋敷が官軍に襲われたのである。長州の白いしゃぐまの帽子をかぶった隊長に率いられた一隊が殺到してきたのだ。

その官軍が、どこから情報を得たのかはわからない。

直後は、由太郎が密告したのだという者が多かった。混乱の中のことだ。真実は闇に葬られてしまう。神保家の若党が捕まって白状したのではないか、というのが、今日、定説になっている。

「彰義隊が潜んでいるという確証をつかんで来たのじゃ、これへ出せ」

白いしゃぐまのかぶりものをまるで〈石橋《しゃっきょう》〉のようにふりたてて、長州藩の隊長は怒鳴った。

すでに幕府は瓦解《がかい》している。一徳川家となった以上、嘗《かっ》ては騎兵奉行をつとめた神保伯耆守であっても、

（たかが陪臣……）

と、見下げているのであろう。

いまや長州藩は官軍そのものであり、〝天朝さまの軍隊〟なのだ。

神保伯耆守はそれを聞くと、用人に応対するように言い、自分は着衣を改めて、書院の床の間を背にして坐った。

御留守居といえば、五千石級である。殿さまと呼ばれる身分なのだ。官軍の小隊長など、たいてい足軽などの軽輩上りが多い。錦旗《きんき》をふりまわす野蛮な下郎め、という意識がある。

「用があれば逢うてとらせる。びくびくすることはない」

伯耆守はふてぶてしく笑った。

「だが、隊士の諸君は、裏口から落《おと》せ。無法な薩長の連中だから家探しをしかねまい」

「殿の御身に間違いがございますと……」

「私のことは心配するな。どれくらい時間を稼げるか。さ、小半刻やつらを引きとめることが出来りゃ成功だな」

旗本屋敷なのである。町家や軽輩長屋と違って、部屋数《かず》は多いし、いくら勝ち誇った官軍でも易々とは踏み込まないだろう。

伯耆守はそう多寡をくくった。

用人と押問答していた隊長が漸く案内されてきたときは、さすがに、穿物《はきもの》は脱いでいた。が、しゃぐまの毛帽子はかぶったままであった。

「あんたが神保か」

どっかと大胡坐《あぐら》をかいて、隊長は言った。

「おれは有地《ありち》熊造、大総督府第四大隊一番中隊第二小隊の副司令じゃ。賊が当家に匿まわれているのと聞く、出して貰《もら》おう」

伯耆守は官名である。有地はそれを口にしたくなかったのであろう。

有地という名は耳にしたことがある。珍らしかったのでおぼえている。中隊長だと聞いたようである。この男とは別人であろう。一族でもあろうか、どちらにしても、元の身分は大したことはない。

伯耆守は席を代ろうとしなかった。

「総督府から派遣されて来たか、それともおぬしの一存で来たのか」

時間を引伸す意味もある。伯耆守は寛闊《かんかつ》な調子だったが、双眸《そうぼう》は光っている。

まさか、逆襲されようとは思っていなかったらしい。有地熊造はかっとなった。

「わ、わしが来たのは、わしは官軍の副司令じゃぞ、一存にも何も、こやつ、総督府の指令が無《の》うても、同じことじゃ！」

唾《つば》を飛ばし、片膝《ひざ》を起して喚いた。

伯耆守は、にやりとして、

「たけるなよ」

と、言った。喚き叫ぶな、という意味だ。これはわざと口にした長州弁だった。有地は意表を衝《つ》かれて、たじろいだ。伯耆守はお面を一本とった気持だった。

「総督府からの上使とあらば、席を代らねばなるまい」

おっとりとした言い方である。

天朝の権威を重んじるというよりは、故実典式を型式通りに行う、という調子だった。

その悠々《ゆうゆう》たる姿が、さらに一層有地を昂奮《こうふん》させた。

「うぬッ、人を嘲弄《ちようろう》かすにも、ほどがあるでよ、賊を匿もうちょるじゃろ、出せ」

「何の話かいの」

「こ、こやつが」

こうした問答をしていては、埒《らち》があかぬと見たのであろうか、有地は、背後の部下をふりかえって、それこそ、大きく怒鳴《たけ》った。

「かまわん、捜せ、賊めらを捜して曳《そび》き出せ」

部下たちも、うずうずしていたのである。かれらは土足だったから庭の中仕切の網代《あじろ》戸のところに群れていた。

「かしこまりました」

その命令を待っていたのだ。わっと喚声をあげて、思い思いに邸内捜索をはじめた。

(勝手にしやがれ)

と、伯耆守はふてくされたように脇息《きようそく》に凭《もた》れかかって、

(十五分《しはんとき》も保たなかったな)

うまく逃げただろうか
官兵は土足のまま屋内を捜しまわっている。襖《ふすま》を荒々しく開け放し、畳の上を走りまわり、板戸にぶつかったり調度などを投げるのか、凄《すご》い音がした。女たちの悲鳴も聞えた。天朝の軍隊を誇りとするかれらだ。女を凌辱《りようじよく》するようなことはあるまい。ただ乱暴な捜索に恐怖しているのであろうと思ったのは甘かったようだ。

「居たぞ！」「あっちだ、やれ」

「逃すな、斬れ、斬れ」

急に、そんな叫びが聞えてきた。誰か見つかったらしい。伯耆守は舌打ちした。

(何を間誤《まご》々していやがったんだ)

庭前へ曳《ひ》きずられてきたのは、二人であった。

伯耆守はその姿を見て、唇を嚙《か》んだ。井上操《みさお》と、羽生一之助の二人である。

「神保さんよ」勝ち誇ったように有地は嘯《うそぶ》いた。「賊を匿もうちょらんというたの、その言葉は本当《ほんとう》じゃといの」

「――うむ……」

「なら、こやつらは、空巣狙《ねら》いか迷いこんだ乞宿《はいと》じゃろ」

有地は部下に顎をしゃくった。次の瞬間、抜討ちの刀がひらめいた。

血に飢えていた部下たちだ。血の臭いは血を呼ぶのであろうか。あっと、伯耆守が止めようとしたときには抜き打っていたのだ。

上野の戦争の昂奮がまだ、かれらを野生に戻したままであった。

勝ち戦さだが、一人も彰義隊を斬らなかった者も多い。そういう連中は、残念だったろうし、斬った者も、まだ血を嗅ぎたかったろう。人を斬ることの嗜虐《しぎゃく》感は麻薬のように、理性を失わせるものである。

――三枚橋内には、たたき裏金に葵《あおい》の紋のついた陣笠《じんがさ》をかぶった武士がごろごろたおれている。首がなくてその斬り口へ陣笠だけのせてあったりする。その死んでいるのをいいことにして官軍の連中がまた通りがかりに斬りつける。腕やら肩の辺の肉などは刺身か膾《なます》のようになってしまう。それを後から後からとまた斬る。……顔などずたずたに斬られているものもあるが、大抵は死んでから斬ったのだから血が出ていない。

右の文章は子母沢寛の聞き書きの中からの抜粋だが、今日では信じられぬような残忍なことが、官軍を称する連中によって行われたのだ。

〝死ねば仏《ほとけ》〟〝死者を辱《はずか》しめぬ〟のが東洋的な美風であり、士道であったが、薩長を主体とする官軍には、その慈悲の心も士道もなくなって、ただ、殺戮《さつりく》を好む野獣性だけが支配していたらしい。

神保伯耆守の眼前でも、そのむごい殺戮が行われたのである。

いくらなんでも、そこまでするとは思わなかった有地の命令に、はっとして制止しようとしたとき、一人が抜き打ちに井上操を斬り下げている。

凄《すさ》まじく血が噴き上った。その血の異臭が隣りの男を誘ったのか、勁裂《けいれつ》なかけ声とともに、その男も抜刀をふりかぶって、羽生一之助を据物斬《すえものぎ》りにした。

「うぬ、何ということを」

伯耆守の手を脇差《わきざし》に走らしたのは、純粋な怒りであった。

傷ついた敗者、それも自由を奪われた者を、まるで強盗でも働いた罪人のように、一議もなく、斬殺《ざんさつ》する官軍。

伯耆守の脇差が、全部鞘からすべり出ないうちに、

「うぬもか！」

有地熊造は喚きざまに、大刀を叩《たた》きつけたのである。

昂《たかぶ》りだけではなく、あわてて目測を誤まった。尖先《きつさき》が僅《わず》かに肩を斬っただけであった。

が、伯耆守の左の頬にぱっと鮮血がしぶき、どうっと前へのめっている。

「馬鹿たれが……」

有地は厚い胸をあえがせて吐き捨てるように言い、もがいている伯耆守を蹴《け》った。

「謀叛《むほん》人の処刑の邪魔をするからじゃ、いのちだけは、特別にお慈悲で助けてやる。有難く思って、これからは留意《こころ》しちょけ」

血のついた尖先を、伯耆守の背にべたべたこすりつけるように拭って歩きだした。

夜の肌

どこをどう逃げたのか、左之助には、まるで見当もつかない。傷の痛みは幾分おさまったが、からだ中が熱っぽく眼も霞《かす》んでいた。

闇は濃い。この傷で、官軍に捕まらなかったのが不思議なくらいだった。

屋敷を出るところまで、土肥庄次郎と一緒だった。

屋敷の北側が小林重三郎という旗本屋敷で、西側は小路をはさんで小役人長屋。東側は塀外が中ノ郷横川町の町屋である。不浄口を出ると露地になっている。

「しめた、こっちには手はまわっていませんよ」

庄次郎が肥った腹を揺するようにして笑ったとき、誰何《すいか》された。

いたのである。三人だった。闇に軍服がまぎれてよく見えなかったのだ。

反射的に左之助は斬っていた。正面の男を斬り下げると、そのまた白刃をかえして右側の男を掬《すく》い斬りにした。庄次郎が何か叫んだ。白刃が音を立てた。振りかえると、庄次郎は、刀を引いて傍の町家の裏口から駈けこんでいたのである。

残った男も庄次郎を追って駈けこむのが見えた。また腿の傷がひらいたらしく、激痛が脚から力を奪った。

よろめいて倒れようとしたのをうしろから支えた手がある。

「しっかりなさいまし」

女の声――お蘭ではないか。

「さ、どうぞ。御案内します」

「待て、庄次郎を助けねば」

「何を言っているのです、けが人のくせに。かえって足手まといになります」

いわれてみれば、なるほどそうかもしれない。

「どこへ行くのだ」

「秘密のところ」

白い顔が笑った。闇の中で夕顔がひらいたような笑顔だった。

「安全なところですよ」

やれやれと思った。また女に助けられるのか。三人目だ。新選組一の暴れ者左之助の沽券《こけん》にかかわるではないか。かれは足をとめた。

雨はやみ、空に灰色の雲が飛ぶように流れている。

「おれは、もう斬り死してもいい、逃げるのがいやになった」

「何を贅沢《ぜいたく》を言っているのですか。人間、死ぬくらいつまらぬことはありませぬ」

叱りつけるようにいう。

「てやんでえ、どうせ、お江戸はひっくり返ったのだ、もう死んでも生きても、大した違《ちげ》えはねえよ」

「さあ、参りましょう」

「だから、どこだえ」

「心配のないところです、押上《おしあげ》です」

二人は業平橋を渡った。すぐ右手が西尾隠岐守の広大な下屋敷があるだけで、あとはずっと田圃《たんぼ》が広がって農家や隠宅が点在している。洩れている灯りで家があるのがわかるのだが、丁度そのころ、官軍が邸内の捜索をはじめていたのである。

その夜のことは、後々までもなぜか原田左之助にとって、忘れ難いものになった。生死の境に彷徨《ほうこう》したせいだろうか。だが、それだけなら、新選組の幹部としての六年間に、何度も経験している。

強烈な印象は、お蘭という女の存在にあったようである。

神保伯耆守の屋敷から逃れた左之助が、彼女に導かれて、辿《たど》りついたのは、押上村に隣接した柳島の妙《みよう》見《けん》様だった。

田圃の中に妙見の森がこんもりと黒く蟠《わだか》まってい、その森の蔭に小さな隠宅があった。冠木《かぶき》門と柴垣《しばがき》に囲まれた四間ばかりの家だが、農家と違い、書院や玄関もついている。庭に紫陽花《あじさい》が、びっしりと植込まれていて、夜目にも白く雪が積《つも》ったように見えた。

随分、郊外に来たという感じだったが、夜が明けてみると、一層、その感が深かった。中川が天神川と別れる角に柳島橋が架かっている。その橋の手前で、北と東は川に面しているし、西と南はひろびろとした田圃のひろがりである。

西の方に、やはり木立に包まれて寺院の屋根が二つ三つ見えるし、天神様や神明様のお社《やしろ》が散在している。

このところ連日の雨で陰鬱《いんうつ》だったのが、漸く降り飽《あ》きたように朝から晴れて、初夏の陽が眩《まぶ》しいほど射《さ》してきたせいだろうか。

明るく静かで豊かな田園の中に置かれて、左之助はこの数日の血みどろの死闘が、まるで、悪夢のようにすら、感じられたのだった。

腿の鉄砲傷も、嘘《うそ》のように、痛みが去っている。

雨と泥の中を逃げてきたのだし、悪化していないのが不思議なほどだった。

(お蘭が看病してくれたのだな)

それもうろおぼえだった。

この家に辿りついて、蒲団に寝かされたあたりまではおぼえているが、それから先は、夢とうつつの境をさまよっていたのである。

左之助は起きだして、井戸端で顔を洗った。

爽やかな気持だった。ふと生きていることの不思議さをおもった。彰義隊士として、いさぎよく死ぬつもりだったのが、こうして生きている。多勢の同士たちが死んでいったことをおもうと、この美しい朝に、爽やかな気持でいるのが、うしろめたいほどであった。

（お蘭はどこにいるのか）

家に沿って庭をまわってみた。書院の中に、女性の姿があった。経机に向って、何やら書きものをしている。若い女性だ。それがお蘭であることに気がつくまで、少し時間がかかった。

（お蘭ではないか？）

男装ではなかったので、最初はわからなかったのである。意外だった。女性が女性の姿をしているのはあたり前だが、左之助は、お蘭の男装しか知らない。もっとも、戦争ということが異常な事態なのだ。医術の心得があるらしいお蘭は、負傷者の手当てのために男装していたのであろうか。

左之助は、紫陽花のわきに立って見惚《みと》れていた。

男装のときは、気の強さと凛々《りり》しさばかりが目立ったが、髪も島田に結い直し屋敷女《もの》らしい娘姿で書きものをしている姿を見ると、昨夜の言動はまるで別人だったかのようだ。

「お早よう、昨夜は世話になったな」

と、左之助は声をかけた。

お蘭は熱心に書きものをしていて、こちらに気がつかなかったはずだが、驚ろきもせずに返事をした。

「お早うございます。もう少しで区切りですから、お待ち下さいまし」

言葉は丁寧だったが、ちらとも眼をむけないのだ。

そのきりっとした態度には、呆れもし、感心もした。

（大した女だな……）

昨夜のあの傷の手当てといい、かれを助けて脱出したことといい、男まさりというか、従来の女にはないものだった。

左之助があたりの景色を眺《なが》めているうちに、お蘭は書きものを済ませ、筆をすずり筥《ばこ》にしまい、ひろげていた書物を書院窓のところに重ねて置いた。

「済みました」

そのとき、はじめて、左之助はお蘭の笑顔を見ている。

明るい陽の照り返しを受けて若々しい肌が、左之助には眩《まぶ》しいほど美しい。

「昨夜は世話になったな」と、かれはあらためて言った。「おかげで命拾いした。礼を言います」

「あら、礼なんて……そんなに仰有《おつしや》られると、御返事のしようもありませぬ。でも、傷の工合は如何ですの」

「もう痛みも大したことはない。医術をなさるのか」

「いいえ、まだ勉強中ですから」

お蘭はちらりと書物の方に目を走らした。

〔医範提綱〕が三冊、〔南蛮栗崎流外治説約〕とか、〔阿蘭陀《おらんだ》流膏薬方抜粋〕などの写本のほかに〔真写臓腑解体発蒙〕など五冊揃《ぞろ》いの貴重な医学書ばかりである。

「ほう、こいつは呆れたなあ」

率直に左之助は感じ入った。

男でも、これだけの書物と取組む者は少ない時代である。女性には学問は不要とされ、せいぜい仮名が読めれば、生涯ことたれりとされていたなかで、こうした難かしい医術を勉強しているというのは、稀有《けう》のことだった。

原田左之助が、この柳島の妙見裏にいたのはおよそ半月くらいだった。

その半月の間に、お蘭は一度だけ、左之助に肌を許している。

静かすぎるくらいの、江戸の郊外の生活の中で、お蘭の姿は妙に目立った。

生活じたいが、普通ではないせいもあったが、彼女自身が、その常識的な生き方を拒んでいるせいでもあった。

まだ二十歳を過ぎたかどうかという若さなのに、ろくに化粧もしないのである。

目鼻立ちがきりっとしているし姿もよく、色も白いから、なまじ下手な化粧などしない方がいいのだが、色が黒かったり、唇が大きかったりすれば、それを誤魔化《ごまか》すための化粧にやっきとなるのが、女心というものだ。

その意味では、お蘭は生れつきめぐまれていたのかもしれない。

しかし、容姿端麗というよりは知性と勝気さが、目鼻立ちを整えたというべきかもしれなかった。

どちらにしても、左之助には別世界の女だった。

（おれの手に負える女じゃねえやな）

大身の旗本である神保伯耆守の言葉をぴしっとはねつけたときのお蘭の態度をおもいだすと、その気の強さが、左之助にいつもの感情を起させなかった。

お蘭の方でも、左之助を誘うようなそぶりはない。

むろん娘の方から、男を誘うのは、この時代、多いことではなかったが、それだけに、男に誘いの心を起させるような、羞《は》じらいとか、愁《うれ》わしげな様子とか、さまざまな娘らしい技巧がある。

花や虫にだって、それがあるのだが、お蘭は、左之助のからだの傷が恢復《かいふく》してくるにつけ、極力、そのことを警戒しているようであった。

「勉強中の身ですから」

と、きびしい顔で、左之助としたしみを深めることを避けていた。

普通の生活だったら、そのくらいのことは、左之助のような男には、垣《かき》の役目もなさなかったろう。

（一体、この女は、どうやって生活しているのか）

三、四日すぎるとその疑問が湧《わ》いた。

食事の支度や掃除などには、近所の老婆が通《かよ》ってきた。

家は広くはないし、そう贅沢な家具調度があるわけではないが、お蘭の着るものなどは、相当金がかかっている。

町家《まちや》では、風呂場を家の中に作ることを禁じられていたから、どんな大家《たいけ》でも銭湯にゆく。朝湯に出かけて、帰りには髪結いに寄って、きちんと結い直してくる。

毎日、髪を上げることを日髪《ひがみ》というが、これは大変贅沢なことであった。

(どこに金の成る木を持っているのか)

得体《えたい》が知れないということは、勝手が悪いものだ。左之助もこれまでかなり、いろんな女性と交渉を持ってきている。

どういう態度をとっていいかわからない。

当時は男が二十七、八にもなれば、相当な経験がある。その経験が、大人にしてゆくわけだが、いままでのどのケースにもあてはまらないとなると、接触するのが、やはり不安でもあった。

(女なんて、寝てしまえば、どれも同じさ)

新選組の隊士の中には、そういうことを言う者もいたし、またたいていの男が、それに合《あい》槌《づち》を打ったものだが、左之助は、

(——違うぜ、そりゃァ)

と、もう少しで異議を唱えるところだった。

(やっぱり、女は百人百様だ、目のねえ奴には、同じに見えるだけさ。腹のへったときの飯は、三分搗《ぶっ》きも六分搗きもわからねえものよ)

がつがつしている手合いには、大方《おおかた》、女はみんな同じに見えるのだろう、と肚裡《はら》の中で嗤《わら》ったものだった。

事情を知らない者はお蘭の容姿だけでは、男を知っているかどうか、判別に苦しむだろう。立居振舞が折目正しく、だらけたところはない。着瘦《きや》せするたちなのか、きりっと細腰がしまっていて、男の手に嬲《なぶ》られた様子などまるっきり感じられないのだ。

殊に、学問に精を出す一方、左之助の傷の手当てをするときなどきびしい眼になる。その容姿の美しさにもかかわらず、色気とか、羞じらいとか媚とか——そういう、女っぽいところを、まるっきり見せないのである。

彰義隊の戦いが終って、江戸は完全に総督府の掌握するところとなったが、奥羽同盟ができるし、関東各地では脱走兵が官軍と戦っているし、先ゆき不安から、物価は毎日のように騰《あが》っている。

市民の不安は尠くないのだが、お蘭には、物価の高騰など、大して気にならないようであった。左之助の傷の恢復を早めるためでもあったろうが、食事は贅沢だった。

「酒があると、文句はねえな」

と、左之助が本音を洩らすと、

「傷を化膿《かのう》させるだけです」

と、お蘭は睨む。

意識していないだろうが、その睨む眼つきが、そろそろ、頭をもちあげてきた左之助のお、とこにとっては、悩ましいものだった。

(伯耆守とは一体、どんな関係なのか？)

はじめは、娘かと思った。しかし、神保家の娘なら、こんなところで一人暮しをしているはずはない。

(妾《めかけ》だろうか？)

その疑いは充分にあった。ただお蘭のふるまいには、囲《かこ》われている女というような卑屈さがなかったことである。

左之助はからだには自信がある。切腹しかけても死ななかったくらいだから、頑健《がんけん》に生れついている。

(おれは頭が悪いからな、その分だけ、丈夫に出来ているのだ)

と、自嘲まじりに言い言いしてきたのだが、頭のほうは別としても、たしかに、病気知らずのからだで、波乱の半生も、その体躯《たいく》の自信から来ている。

十日も経つと、傷口は完全にふさがり、殆ど、恢復した。お蘭が驚ろいたくらい、早かった。

「もう大丈夫です、どこへでも行けます」

そう言われて、左之助は、あらためて、いまの境遇をふりかえった。

(どこへでも行ける……そうか、会津へ行って、もう一ぺん戦うか)

戦うべきだった。だが、少しも、心がはずまないのを、不思議におもった。

十日の間に、人間というやつはこうも変るものか。あの彰義隊で戦ったことすらが、愚かな行為におもえてくる。

(負けるとわかった戦さだったのにな……おれは、いや、みんなも何か病にとっ憑《つ》かれたように、うなされていたんだ)

その心の変化は、ただ、安らかな生活に溺《おぼ》れてのことかもしれない。その平安の中には、お蘭がいる。

お蘭が、伯耆守の妾だと思うと気は楽になる。

その確証が、しかし、摑めないのだ。通いの老婆は口が固いから謎《なぞ》をかけてみても、漏らさないし、近所とのつきあいも殆どないらしい。

それからさらに二、三日すぎてからだった。

あることから、その疑問が解けた。

お蘭も他出していて、老婆が掃除をして帰ったあとに、酒屋から少年が来た。

小さな肩に一升徳利を担いで裏木戸から入ってきた。馴《な》れた様子だった。

「三河屋でござい……」

左之助はなるべく、近所の者に顔を見られたくなかった。黙っていれば、しかたなしに帰るだろうと思ったが、しきりに黄色い声を張り上げている。

「留守だ」

と、左之助は障子のうちから怒鳴った。

「誰も居らん、出なおして来い」

「なんだ、いるじゃないか」

少年は中仕切の四つ目垣から伸びあがって、こちらをのぞいた。

「わしは留守居の者だ、何の用だ」

障子を細めにあけて、左之助は片眼だけを見せた。

「いつものお酒ですよ」

「………」

「お蘭さまもお殿さまも、いないのですか」

「お殿さまだって?」

「神保のお殿さまですよ。なんだ留守番のくせに知らないのかい」

やはり、そうだったのか。

お蘭が神保伯耆守に囲われていたのは、もはや、ほぼ間違いない。

そうではないかと、睨んではいたのだが、それがはっきりすると、左之助は、やはり一沫の淋《さび》しさは隠せなかった。

「そうか……そうだったのか」

あるいは、と思いながら、そのうらでは、そうでないことを願っていたようである。

三河屋の少年は、半月ごとに、一升ずつ届けることになっていたのだと言い、

「お殿さまは官軍に斬られて、医学所で養生していると聞いたからね、いらないんじゃない

かって、番頭《ばんとう》さんも言ってたよ」

でも毎月のきまりだから持って来たのだと、言う。

伯耆守が官軍に斬られたことを耳にしたのは、はじめてである。

夕方、お蘭がもどってきてから左之助は、軽い調子で言った。

「神保さんも斬られたんだって？　容態はどうなんだ」

三河屋の少年から聞いたと、かれは一升徳利に顎をしゃくった。

「隠していたのは、心配をかけないためでした。心労は、からだのためによくありませんから」

とお蘭は知的な医者の顔になって言った。

「病気じゃない、鉄砲傷だからな、心労もくそもない。それより武士の義理が立たねえ」

「御心配なく。傷の経過はよろしいのです。あたしが行かなくても、あちらは、医学所ですから、松本良順先生が、ちゃんと治療して下さいます」

いつもだったら、ここで、左之助は皮肉の一つも言いたいところだった。

(旦那《だんな》の傍にいってやらなくてもいいのかえ？)と。

お蘭はきびしい表情になっていた。左之助の戯《ざ》れ口《ぐち》を封じるように、笑顔を見せなかった。

気まずい雰囲気《ふんいき》のうちに、夕餉《ゆうげ》を済ませた。夕方から、また雨が降りだしていて、妙に心にしみ入るような夜になった。

お蘭が夜具をのべて、次の部屋に去ろうとしたとき、左之助は昼間から考えていたことを口にした。

「長いこと、世話になったな。そろそろ、出てゆかねば悪いと思っている」

お蘭は驚ろいたように眼をあげた。が、何も言わなかった。

「鉄砲傷を治して貰ったし、一度死んだいのちを拾ったようなものだ。のんびりと暮させて貰った。こんなにのんびりしたことは、はじめてのことだ。これから先も、ないことだろう。礼を言います」

無言だったお蘭が、鋭く光る眼をあげたのは、次の言葉を聞いたときだった。

「神保さんの度量には恐れ入ったな。おれだったら、とても我慢できないところだ。傷が治らなくてもほうり出している」

左之助の言葉は、お蘭の身には、あまりにも残酷だったかもしれない。

むろん、左之助も、彼女を傷つけるつもりはなかった。

ただ、神保伯耆守との関係に気がつかなかったことの間抜《まぬ》けさが、かれ自身を腹だたしい思いに駈りたてていたのだ。

(おれが神保の立場だったら、とても若い男を、妾と一つ家《や》に起伏《おきふ》しさせて平気じゃおれねえところさ)

それが口にさせたにすぎなかった。

「知らなかったとはいえ、神保さんには、悪いことをした。あとから原田左之助が詫びていたと、そう伝えて下さらぬか」

「——何のことでしょう」

お蘭は、睨むように、左之助を見た。

切れの長い眼を、大きく瞠《みは》ってきゅっと唇を結んでいる。凝っと見つめているうちに瞳が潤んでくるのだ。怒りとも悲しみともつかぬいらだたしさが、彼女の胸の中を泡立《あわ》てているようであった。

かたちのいい唇の両端が吊《つ》り上り気味に、吸いこまれるように頰《ほお》にめりこんでいる。その頰の生毛《うぶげ》が見えるような、柔らかさには清潔感がある。いわゆる〝囲われ女《もの》〟という言葉にそぐわない感じなのだ。

大名でも旗本でも側妾《そばめ》といえば豪奢《ごうしゃ》な衣類をまとい、贅美《ぜいび》な髪飾りを誇示して、美食に明け暮れていた。そうしたけだるい生活は、自然と、心身の機能を退化させて、日とともに化粧も厚く濃くなってゆくものである。

お蘭の姿には、それがない。飼われている女の弱さや浅ましさがないのだ。女ながらに、ひたすら勉学に励み、生々《いきいき》としている。目的を持った女の美しさといおうか。左之助がこれまでに接してきた女たちとは、あまりにも違っていた。

そのことは、お蘭自身も意識しているのではないか。

むしろ、つとめて、囲われ女のだらけた生活臭をふり捨てようとしているようであった。

左之助が洩らした感慨に反撥《はんぱつ》するようなその眼が、明らかにその辺の気持をあらわしていた。

その眼の烈しい光りには、殺気にも似たものがあった。

囲われ女とか妾とかの言葉は口にさせない勁《つよ》さが、お蘭のしなやかなからだに牝豹《めひょう》の生気を感じさせるのだ。

左之助は、突然、あらあらしい衝動で、五体が緊張するのを知った。それはけものじみた性の衝動であった。

(この女を、ねじ伏せて……)

仮面を剥いでやりたい。征服の欲望でかれは胸苦しさをおぼえ、

「お蘭どの」

と言い、縁側に近づいた。女の表情に、ふっと雲の影の横切《よぎ》るようにおびえの色が走った。

気丈ではあっても、女である。

その一瞬に変った表情が、左之助の気勢を削いでいる。

「いや、なに、何でもない……ただ、私が長居《ながい》することは、よくないことだと思ったのだ」

「…………」

「すっかり世話になった。この恩は忘れない」

そう言いながら、左之助は、お蘭が引き止めるかもしれないと、淡い期待を抱いていた。

もしも、彼女が強く引き止めるようだったら、三河屋の少年の言葉や、かれの推測は、間違っていたことになろう。

その期待は、しかし、お蘭の態度で崩れた。

「恩なんてそんな……」と、微笑を浮べて、お蘭は居ずまいをなおすと、「何ほどのことも出来ませんでした。ほんとうに治癒《ちゆ》するにはあと四、五日はお手当てしたほうがよろしいのですけれど」

「……………」

「でも、しかたがありませんわ」

ふっと淋しく沈んだ声になって、「大事なおからだですものね。また、戦さにお出でになるのでしょう」

「いや、何処とは決めておらぬが……」

「もう一日だけ、おとどまり下さいまし。当座のお薬を調合しておきますから。あの、日本橋の薬種屋から取寄せないと」

そんな言葉が、何か言い訳めいて聞えたのは、左之助の思いすごしだろうか。

お蘭は、通いの老婆がくると日本橋のその薬種屋に誰か走らせてくれるように、金包みと、処方を書いて渡した。

ところが、夕方になっても、その薬は届かなかった。

「どうしたのかしら。店を閉めているのかしら」

お蘭は落着かない様子で、いらだちを見せた。上野で彰義隊が破れて以来、急に街の人気《にんき》（世間の感情）が悪くなって、伝統的な江戸の気風が毀《こわ》れてきている。

従来の古いしきたりで運営されて来たことがらが、一つ一つ官軍の統制や気まぐれな行為で破壊されていって、市民は戦々兢々《せんせんきょうきょう》としている。

店も大戸をおろしたままの家が増えた。戦争で避難した者ももう戻ってきているはずだったが、そのままのところが多い。無人なのかと思うと、家の内でひっそりと暮しているのである。

若い娘や若妻などの姿を見ると、けもののように目を光らせて、入ってくる。何とか因縁《いんねん》をつけて、手を出そうとする。天朝さまの軍隊という文字通り錦の御旗で、暴行されても、泣き寝入りするしかないのだった。

お蘭はとうとう駕籠《かご》を呼んで、日本橋に走らした。


（今晩一ト晩だけか……）

お蘭が支度してくれた寝床にからだを横たえると、旅立ちの感慨が、胸を浸してくる。

僅《わず》かな期間ではあったが、やはり離れ難いものがあった。その執着の中には、やはり、お蘭が占める部分が多かったようである。

左之助は健康に自信がある。女性に対する気持も、旺盛《おうせい》であった。お蘭と一つ家に起伏することの苦悩は、傷の恢復とともに、日ましにはげしくなっている。

（人の持物《もちもの》だからな……）

左之助は、おぼろ闇に、お蘭の面影を描《えが》いた。

（それも伯耆守の……）

お蘭の態度は〝囲い女〟であることを否定している。だが、はっきりと、口にしないだけに、疑いは残っていた。

理知的な女の気性では、そうした言葉は、死んでも口にしたくはないのであろう。

それだけに、左之助の方でもやり難《にく》い。娘なら娘らしい、妾なら妾らしい、出ようというものがある。

以前の左之助なら、こういう難《むず》かしい女は、敬して遠ざける。一応の興味はあっても、野心は起きない。

だが、いまは、ひどく惹《ひ》かれている。お蘭の魅力であろうか、左之助が成長したのだろうか。

眠ろう、とかれは思った。

お蘭が戻ってこないのは、あの知的に輝やく眼で、かれの獣性を見ぬいたのかもしれない。

今夜は、雨はやんでいるようであった。

すっかり陽気が夏に入って、蒸《む》し蒸ししている。四月に閏があったので、気候は盛夏なのだ。

有明行燈《ありあけ》が点《とも》されているだけのおぼろな闇は、ねっとりとして、左之助の眠りを奪っていた。

汗ばみかけたときの肌の蒸れるような感触は、男の本能を甦えらせる。

左之助は充足したからだの中心に燃えるような熱い硬直を知った。

それは、お蘭が戻ってきたらしい物音を聞いたとき、益々、熱くたけりたった。かれは、凝っと闇の中で、呼吸をころした。なぜ、そうしたかわからない。お蘭をおどろかす気はなかった。おのれの欲望が呼吸になって、この夜気を汚すような気がしたのか？お蘭は次の間まで来て、凝っと寝息をたしかめているようであった。

（入ってくるか？）

左之助は、身じろぎもせず、気配を窺《うかが》っていた。

暫く――その時間が、どれくらいだったか、見当はつかない。極度に緊張していた。長いようでもあり、短かいようでもあった。

お蘭は襖《ふすま》に手をかけた。

襖が動いた。

よく磨《みが》きこまれた閾《しきい》は、軽《かろ》やかにすべって、一尺ばかりひらいた。

左之助は、息をころしたまま、うす目をあけて見た。

襖の間に、白い面輪《おもわ》が浮いている。

（入ってくるか？）

おぼろな大輪の花のような顔である。

それ以上、眼をあければ、狸《たぬき》寝入を見破られそうであった。だが、女の表情は、定かではない。お蘭がどんな心持でいるか、判断できないのだ。

やがて、お蘭の顔が、すっとひっこみ、襖の奥の闇は、また音もなく、せばめられた。

(あきらめたのか？……おれが寝ているかどうかだけを、見に来たのか)

それが女医生《おんな》として、患者を見舞ったものか、壮軀《そうく》の男への情意からのものかどうか。

左之助は、その女のとった態度の真意をはかりかねて、眼が冴《さ》えた。眠りどころではなかった。

かれは身を起した。どうしようもなく股間《こかん》が熱かった。

考えてみると、あれ以来なのだ。

六道ノ辻から少し入ったところの家で、お佳代という女を抱いた。

白昼のことである。妙な出逢いであった。真っ昼間、雨の音を聞きながらのまぐわいが最後だったから、もう半月になるわけだ。壮軀の禁欲が限界に来ていた。

おぼろ闇には、お蘭の甘肌の匂いが残っているようであった。

そう感じているのも、男の情欲が、異状なばかり昂揚《こうよう》していたからであろうか。

(牝《めす》の匂いに、牡《おす》が狂うか……)

左之助は、ひとり声もなく苦笑した。その笑いは、自嘲のこわばったものになった。

お蘭が押入れを開け閉めして、夜具をのべている音が夜の静寂《しじま》の中で、かなり高く聞えた。

左之助は、蒲団の上に胡坐をかいていた。

支度が済んだらしい。小用からもどってくる足音がした。

着物を着替えている、さらさらと衣《きぬ》ずれの音が、夜気の中に、なんと悩ましく迫ってくることであろう。

左之助は、おのれの息が、生《なま》ぐさく、炎のようになっているのを感じた。

（くそ！　このまま耐えろというのか）

裏は妙見《みようけん》の森。三方はひろびろとした田圃である。あまりにも、静寂すぎた。この気の遠くなるような静けさの中で、若く美しい女性と二人きりなのだ。

左之助はまた声のない、笑いに頰を歪《ゆが》めて立ち上った。

（半月、おれは耐えた……）

それが免罪符であるかのように、かれは荒々しく、襖を開けた。足音も、そして荒い呼吸も隠さなかった。

左之助の欲情した気配は、充分、お蘭には、わかったはずである。

臥床《ふしど》に若いからだを横たえたばかりなのだ。眠りに入るには早すぎる。

左之助は、寝所へ踏みこんでいる。灯は消えていた。

島田の髪が、夜の底に、触ってはならない貴重なもののように浮いている。女のほそい頸《くび》すじのたおやかさが、男の眼を射た。箱枕《はこまくら》だけに、えりあしが哀れなほど、いたいたしく見えるのである。

隣室からの灰明りが、なまじに、このお蘭の寝所を嬌《なま》めいたものにしているようであった。

向うむきに寝ていた。右を下にしているのはくせであろうか。それとも、かれの侵入を予期して背《そびら》をむけているのか。

凝っと、身じろぎもしない。

まるで、左之助のさっきの態度を真似しているかのようであった。いや、わざと、拗《す》ねているのかもしれない。

とすると、あのときのぞいたのは、すでに、女の方にその気があったのだろうか。

そうではあるまい。外出してきて、そのままの姿だったのだ。

それらのことが、走馬燈のように左之助の頭の中を駈けめぐった。

うすい夏ものの、掛蒲団を肩から少しずらしている。たしかに蒸し蒸しする夜ではあるが、この寝姿は、男を刺戟するのに充分だった。

「………」

胸を突き上げてくる情念が、名状し難い声になって奔《ほとば》しろうとするのを、ぐっと圧えて、左之助は女の枕元に立った。

「お蘭どの！」

かれは声をかけている。

無言で女性を襲うことは、左之助の武士が許さなかった。

かれは、そう言ったとたん、六年前の秋、京の屯所で局長の芹沢鴨を斬ったときのことを思いだした。

あれも雨の夜だった。芹沢もその腹心の二人、平山も平間も、女と寝ていた。芹沢と女は全裸だった。お梅というその女の肌の白さが、ふっと眼に浮んだ。

人間というより、女というより、何か、妖異《ようい》な白い生きもの、という感じだったのである。

（あのときは、声をかけただろうか？）

芹沢の名を呼んだだろうか？　ほかの言葉を発しただろうか？　すでに記憶は定かではなかった。

無言で襲ったような気もするし、ちゃんと、声をかけたような気もする。もっとも、土砂降りの雨だった。少々の声はかき消されたろう。

「お蘭どの……」と、かれはまた呼びかけ、膝《ひざ》をついた。

「おれは、そなたを……」

それにも返事はなかった。

が、聞えているはずだ。お蘭の肩は凝固したようになっている。

左之助は掛蒲団をそっと剝いだ。足をすべりこませた。

そのときも、まだ、お蘭は化石したように動かない。

左之助は言った。

「そなたを好きなのだ……」

そんなありふれた言葉ではなく、もっと、別の言葉があるはずだった。が、いまの左之助には、思い浮ばなかった。

もともと、これまでも、男女の間に甘い囁《ささや》きなど不要としてきた男である。それ以上の言葉は探しようがなかった。

お蘭は依然として無言であった。だが、聞いている。聞いたはずなのだ。

聞えていながら黙っていることは、許容と見ていい。

左之助はすばやく帯を解き、寝衣を脱ぎ捨てた。

これからおとこの行動に移ろうとしての動きが、若い女のからだにとって、刺戟でなくて何であろう。

そのときはじめて、お蘭は口をひらいている。

「──出て行って……」

蚊の鳴くような声であった。

よくは聞えなかった。左之助は思わず手をとめた。

「出て行って下さいまし」

思いがけない拒否の言葉がこんどははっきり聞えた。

「お蘭！……」

「いやです」

向うをむいたまま、身をすくめるようにし、お蘭は掛蒲団をひきあげ、鬢《びん》の下まで隠した。

「おねがい……もう、帰って」

蒲団に口がかくれ、声はくぐもっていた。

が、

（帰れ）

という一言が、左之助に衝撃を与えている。

(帰る?……どこへ帰るのだ)

いまや官軍に追われる身の、どこへ帰れというのか。

しかし、お蘭の言葉には、深い意味はなかったようである。寝所へ戻ってくれ、というくらいの気持だったのではないか。

左之助はひるみかけた心を、股間のふくらみが鼓舞してくれるように感じ、荒々しい動作で、下帯までとりはずしていた。

全裸である。いや、ふとももにだけ、布がある。鉄砲弾の傷口をおさえた包帯だけであった。

かれはその姿で、うしろから、お蘭のからだを抱いている。

「お蘭どの、男がここまで来たら、あとへは戻れぬ」

「いや!」

「きらいか、おれを」

「きらい」

「きらいなら殺せ」

そう言いながら、腕に力をこめた。右手は、襟《えり》からすべりこみ、乳房のふくらみに触れている。

「殺せ、殺すがいい」

左之助の手は、乳房に届いている。もがいてお蘭は、その手をはずそうとしていた。

「やめて、おねがい」

「いやだ、そなたがほしい」

箱枕と蒲団のあいだに手を入れるのが早かったのである。頸《くび》すじのいたいたしいまでの繊細さは、男の手を待っているようにすら見えたのだ。

寝衣の襟からすべりこんだ手は、女がもがくことで、かえって、乳嘴《し》に触れ、促されるようにつかんでいる。

ああ、とお蘭は呻いて、思わず男の手を、上から押えた。

そのにくい手は、はらいのけようとしても、爪を立てても、乳房から外《はず》れるどころか、やわやわと揉みしだいてくるのだった。

「…………」

お蘭の眼は閉じられてしまっている。

勝気ではあったが、そして、男に負けないつもりではあったが、いざとなると、その手を払いのけることもできないのだ。

腕力のちがいもある。が何よりも、若いからだに宿《やど》っている情感が、身内から抵抗力を奪ってしまったのではないか。

「おねがい……やめて、やめて下さいまし」

「いやだ」

炎で耳たぶを舐《な》められるような熱い男の息吹きだった。

「いけません、許されないことです、左之助さま、おねがい……」

「なぜだ、そなたが、おれを嫌いでなければよいのだ」

左之助の息吹きは、耳たぶから耳のうらがわにまわり、頸すじにまわった。そのあたりが、お蘭のもっとも弱いところだった。お蘭はもがいた。もがくうちに、男の手は二つとも、胸の双丘をつかんでいる。

もう、どんな力をもってしても男のからだははなれることがなかった。

うすい寝衣を透して、男の広い胸板が、背中を圧している。そして、頸すじや肩に這《は》いまわる男の口のあとが、そのまま、麻酔薬の効果のように、しびれてゆくのだった。

やがて、お蘭はいつしか寝衣の裾がまくれあがり、下肢《かし》が剝きだしになり、そこへ、男の硬いものが挑《いど》みかかっているのを知った。

まるで熱した焼き鏝《ごて》をあてられているかのようであった。洗った布の皺《しわ》伸ばしに用いる鏝が、絹の上をすべるように、お蘭の内股を這いあがってゆくのだった。

頸すじから肩や背に、男の唇が這いまわるのと、下からのおとこそのものの感触は、お蘭の抵抗を完全に萎えさせてしまった。

硬く熱いおとこのいのちが、粘膜に触れたとき、お蘭はそこが熱く潤んでいるのをおぼえた。

もう、お蘭は男のなすままだった。

瘦せがたではあるが、臀部《でんぶ》のふくらみは申し分なく、かれの触感を満足させてくれた。その行為が、完全に女の抵抗を止めさせたと知ると、左之助は微妙な感触にとどまってはいられなかった。

うしろから花芯に触れるのは、女性にとって、妖《あや》しい喜びを引き出すものである。その効果の大きさを知って、左之助は、反射的に伯耆守の房事をおもった。

お蘭が否定しようとしても、かれに囲われているのは、九分通り疑いない。とすれば、年ごろから考えても、お蘭を女にしたのは、伯耆守であろう。

お蘭のからだは、熟れていた。だが、おそらく、男といえば、伯耆守だけしか知らないのではないか。

そして、伯耆守は、女体を楽しむにも、愉《たの》しませるにも、おそらく、通常の、もっとも多くの男女が行うかたちしか用いなかったようである。

それは、男の熱くたけりたったもので背後から内腿を撫《な》であげられるというような愛撫《あいぶ》に全くの未知の歓喜が見えたからだ。それだけで、花芯が潤うのは、珍らしかった。いや、潤うという程度ではなかった。

左之助のそのものは、ひたひたと女の愛液にまみれ、からだをこちらにむけさせてから、かれがあらためて、そこへあてがったとき、いままでのためらいや拒否が嘘のように、歓喜のふるえすら露わに花びらはかれを迎え入れたのである。

胸をあわせ、唇をあわせたあと、左之助とお蘭はこの夜を完全に共有した。お蘭のしなやかな手が、左之助の頸にまわされ、かれの動きに合わせて、弓の弦のようにからだをしなわせながら、歓喜の声をきれぎれにあげ、かれに応《こた》えるのだった。

まるで、伯耆守とは、何ヶ月も行っていないようであった。

砂漠《さばく》の旅人が渇えた咽喉に、水を呷るように、飢えたけものが貪《むさぼ》り喰《くら》うように、お蘭はもとめた。

鬢が崩れ、髱《たぼ》が潰《つぶ》れるのも、省なかった。まるで、いま味わわねば、ふたたびありつけないものであるかのように。

左之助はつづけて、二度放っている。

お蘭がしがみついたまま、離れようとしなかったのである。女体は何度、絶頂感を得たかしれない。まるで尽きることのない泉のように、あとからあとからと、快楽のしるしがあふれでた。ゆたかな乳房の谷間に噴きだした汗が、左之助の胸に流れた。やがて、女は動きをやめたと思うと、静かな寝息をたてていた。

左之助にしがみついたまま、汗も拭《ふ》かずに女が寝息をたてはじめると、左之助も誘われて、眠りにおちた。

どれくらい眠ったろう。久しぶりの女体だっただけに、眠りに落ちるのは早く、短かい時間だったが、ぐっすりと熟睡《じゅくすい》したようだ。
二、三刻《とき》も眠ったように思ったが、あとから考えると、半刻くらいのものだったらしい。
眼が醒《さ》めたときは、まだ、同じおぼろ闇が、かれらを包んでいた。

左之助は眼の前、咫尺《しせき》のところに女の顔を見た。いや、お蘭は先に眼をさましていたのである。凝っとかれの顔を見ていたのだ。

「――起きていたのか」

「ええ……」

貴方の寝顔を見ていたの、と、お蘭は言おうとしたが、そうした言葉を口にするには、知性が邪魔だった。

（男に媚ることはない）

女でも立派にひとり立ちできるはずだからと、強気で生きてきたお蘭である。

むろん、まだ勉強中の身だし、伯耆守の世話になっているのだ。ひとり前の医者になってからの話だが、その自負が世間並の羞じらいを奪っていた。

どんな女にでも、娘のころに二度や三度の恋はある。お蘭にはそれがなかった。普通の娘が感じるような、男への憧《あこが》れや情意から、身を躲してきたのだ。

その気の強さも、左之助との交情で、崩れたかに見えた。

だが、娘らしい甘い囁《ささや》きは、彼女にはできなかった。

その双眸《そうぼう》に思いをこめて、男心に訴えるだけだった。

僅《わず》かの眠りではあったが、充足した左之助に、見返されると、どぎまぎして、眼を伏せてしまう。

その風情《ふぜい》が、男には、可愛らしいものに見えた。

なまじ鼻っ柱が強かっただけにその変化がおもしろく、男を満足させずにはいなかった。

(——おれが変えた……)

左之助は、女の手をとった。そして、おのれのものに触れさせた。

はっとして、引っこめようとするのを、強く押えて、

「もう一度」

と、言った。

「そなたを恋しがっている」

「いや!」

そうした戯れごとに馴れていないようであった。お蘭は、つと顔を背向けた。が、手は、男のものをつかんでいた。

すでに、いのちは甦っている。女の柔らかな手の中で、大きく息づき、期待に応えようとして熱気を伝えていた。

「ほしいかえ」

わざと左之助は聞いた。

「いやだったら」

と、かぶりをはげしく振りながら、女はしかし、おとこを導いているのだった。

左之助の眼の前で、闇は三度《みたび》、赤く染まった。

お蘭が積極的になったのは、かれとの交情が、嘗《か》つて知らなかった甘美なものであったか

らだ。

たしかに、その意味で、伯耆守は、女体を、ただ、ひらいた、というにすぎなかったようである。

行為が何度あったかは知らないが、お蘭が伯耆守のおとこに溺れることはなかったのではないか。左之助との交情によっておんなとして開眼させられたといっていい。

それは、許されざる行為に走るスリルが、一層の酔いを齎《もた》らしたのかもしれない。

どちらにせよ、お蘭の感激が三度の酔いをもとめたことである。

彼女は自ら掛蒲団を剥ぎ、白いからだをうつむけた。男の手が背中から臀部へすべってゆくと、箱枕を抱くようにして、腰を高くあげた。

その動きは、左之助を驚ろかしている。

(知っているのか?)

知っているはずはない。そうしたかたちの交情には未知のはずであった。

最初の接触のとき左之助は確信したのである。

かれのものが、内腿をせり上って、うしろから花芯に触れただけで、あれほどの動揺と羞恥と、そして困惑を見せたではないか。

その困惑には、未知のことに対する不安があった。恐怖が感じられなかったのは不安の中に、自分自身へのおそれがあったのではなかろうか。

伯耆守が教えてくれなかった歓喜への期待と、そして、どこまで陥《おち》こんでゆくかもしれないという、おそれ。

　こうした行為の中でも、お蘭には、いまの生活を変える気はない。目的を捨ててまで、愛に溺れることはない。

　そこに踏みとどまりながら、今夜のことは、いうなれば、淫夢《いんむ》として、過《すご》してしまいたいのではなかったろうか。

　その気持が、左之助の足音を聞いたときから、抱かれるまでの間の心の葛藤《かっとう》に、決着をつけたのである。

　その結論を得たことで、お蘭ははじめて、左之助に、許したのだ。

　それだけの理性が、お蘭にははたらいた。二度の行為のうちに、お蘭が、どこまで惑溺《わくでき》を望むようになったかわからない。

　少くとも、伯耆守が好《この》まなかった姿勢で、より以上の刺戟をもとめたいと思うようになっていたようだ。

　左之助の手が、背後から双丘の間をなぞるようにして、そこに触れると、微かに左右にゆらめかしながら、お蘭は、膝をずらして腰を高めていった。羞恥の顫《ふる》えと期待をこめた裸身の動きに、左之助は勃然《ぼつぜん》として、おとこの血が燃えたつのを感じた。かれの指は温かい泉に浸された。

　羞かしい。人間のもっとも陰微な部分を見られることだけでも、普通なら耐え難い。おぼろ闇ではあっても、眼を近づければ、見えよう。左之助の呼吸がえりあしのあたりにかかっているのがせめてもの救いだった。だが、お蘭がそういう姿態を自ら示したのは強烈な陶酔をもとめていたからだった。

（これだけ……これだけで、もう二度とは）

誰にも、こうした行為はもとめない。

お蘭のその欲望は、あたかも死を前にした者の、最期の希《ねが》いにも似ていた。左之助は、夜が明ければ出てゆくだろう。そしてふたたび相逢うことはない。その安心感も作用していなかったといえば嘘《うそ》になる。

それが、彼女をして大胆な姿勢をとらしたともいえる。

両の膝を曲げ、腰を高くあげて、男を迎え入れる姿になりながらも、そうしたかたちは、男がさせたのだというふうに持ってゆく、女の狡《ずる》さもお蘭にはあった。

男の好奇心が、うしろから花芯をなぶっている。女は、それに柔順なだけではないか。ただ従っているだけなのだ。

お蘭のその自己容認の詭弁《きべん》は、常日ごろ、男の言葉には反発することで、新しい女であろうとする意識が、命じたものでもあった。横暴で、傲慢《ごうまん》で、野卑な男に従っているだけだ、と。

女は、犯されることに被虐の快感がある。その姿態は、〝犯される〟場合の、もっとも普遍的なかたちでもあった。

そこには、地獄へ陥ちるにも似た喜びがある。お蘭はそれをもとめたのだ。

（いま、あたしは陥ちてゆく……でも、夜が明けたら……また甦えるのだ。夜が明けたら、また、医生のお蘭に戻る！）

お蘭はそれを信じて疑わない。自分の知性がそれを可能にすることを、疑わない。

だからこそ、いまひとたびの積極的な淫楽《いんらく》の世界をもとめたのだ。

箱枕を抱くようにして、突っ伏している。額《ひたい》を枕にあて、かたく眼を閉じていた。

男の指が濡れてゆくのがわかる。からだの芯から、血を波うたせ、心ノ臓が止まるような昂ぶりで、あらあらしく揺れ動くものが、その泉をゆたかにし、あふれ出ていく。

それは、上げ潮のように、間歇的《かんけつ》に、盛りあがり、柔襞《ひだ》からにじみ出るのだった。男の指は二本であった。二本とも濡《ぬ》れてゆく。濡らしてやることで、女の感動を男に伝える。指だけではものたりなくなるのが、わかっている。

その間の呼吸が合うことをねがって、お蘭の腰はゆらいだ。男の熱い息が、さらにはげしく、喘《あえ》いできたと思うと、その指がひき抜かれそれに代る硬く灼熱《しゃくねつ》したものが、襲ってきたのであった。お蘭は悲鳴に近い声を洩《も》らしていた。

まるで火の棒であった。からだの中心から刺り貫《つら》ぬかれて、お蘭は、

（死ぬ……）

と、おもった。

悲鳴がとぎれた。咽喉の奥がふさがれた。その灼熱は、一気に花芯を貫ぬいて咽喉まで達したようであった。

顔を横にむけ、箱枕にしがみついている。あえぐたびに乳房が揺れ、乳嘴が蒲団をなずった。それは、さらに快感をそそりたてる。

左之助の手に力がこもった。胴のくびれを、さらに締めつけるように巨《おお》きな手がつかみ、昂揚《こうよう》するほど拇指《おやゆび》が柔らかい膚に喰《く》いこむようであった。

かれの動きにあわせて、お蘭も動きながら、

（殺される……死んでしまう）

と、おもっていた。

咽喉がふさがれただけではなく、その逞しいものは、脳天へ突き抜けそうであった。食いしばった歯の間から、動きのたびに呻きが洩れ、お蘭は、右に左に、顔を振った。もう、羞恥心どころではなかった。が、すっかり崩れてすさまじい姿となったゆたかな髪がそのたびに大きく揺れ、顔にかぶさっているのが、この場合、救いにもなっている。髪はまるで深海の藻《も》のように揺れて、女の乱れのさまを物語っていた。その呻きや惑溺《わくでき》が、男の欲情を煽《あお》りたてていたのは否めない。

嵐《あらし》のような刻が過ぎた。

最後のとき、漸増する快感のなかで、左之助は、お蘭の唇をもとめ、そのままの――背後から負《お》いかぶさったままのかたちで、女の顔をねじまげるようにして、唇を合わせ、舌をからめた。

べっとりと汗ばんだ頰に髪が貼《は》りついていい、鼻も唇もまつわりついたままだった。

唇と唇の間に数十本の髪がからんでいたが、二人は意に介しなかった。歯と歯が触れるとき、ジャリッと、音がするようであった。あるいは、何本か咬《か》み切られ、甘い唾液《だえき》とともに嚥下《えんか》されたかもしれない。二人は同時に、絶頂に達した。

そのまま、女の裡《うち》に、かれはいた。女体が、それを望んでいることがわかった。かれが果てたあとまでも、ゆるやかに、何度も温かい潮は盛り上り、かれを包みこむのだった。かれがもしも、左之助が望んだなら、さらなる行為も可能だったろう。だが、刻がかれを追い立てた。

余後の恍惚《こうこつ》の中にどれくらい、いたろうか。気がつくと、お蘭は、肩を波打たせ、嗚咽《おえつ》していた。

あの逆上したような淫《みだ》らな行為のあととは思えないほど、そこにいるのは、しおらしい、素直な女であった。

「——あたし、羞しい……出て行って、顔を見られたくありません……暗いうちに、出て行って」

新しい波

どこへ行くというアテはない。

かれは追われる身なのだ。いま考えねばならないことは、彰義隊の落武者として、お蘭や神保邸に迷惑を及ぼすことのないよう、証拠を遺さないことだった。

かれは外へ出てから、もしも、官軍に捕まったら、この半月の間どこにいたことにしようか、と考えた。

（野宿していたというか）

だが、それにしては、身なりが綺麗《きれい》すぎる。

すべて、お蘭が整えてくれたのである。今朝出て行くという約束ではなかったが、近々に別離を迎えねばならないことはわかっていた。

お蘭の心づくし。男と女との交情はお互いに予期しなかったことである。

左之助はお蘭の好意に感謝していたし、お蘭の場合は、半ば義務的なものだった。

それにも関らず、夏物の一揃《そろえ》、きちんと紋服の対《つい》に袴で、りゅうとしたものだった。

ただ、髪が乱れたままだったが、これは総髪の茶筅《ちゃせん》に元結でくくっただけで切り下げたかたちである。

本来、こういう髪は主人持ちには許されない。旗本の頭ではない。だが、幕府の瓦解《がかい》にともない、従来の権威の崩壊が、かなり自由な空気を齎《もた》らしていた。

まだ夜は明けていない。東の空は漸くうすれてきていて、提灯なしでも歩けるくらいだが、湿った夜気は、まだ眠りを強《し》いているようであった。

どこかで、鶏鳴が聞えた。

それは、左之助の足を止めさせるくらい、するどく、かん高いものだった。

すると、それに応えるように、あちこちから、鶏鳴が暁闇《ぎょうあん》を破って聞こえてきた。

左之助は、一眠りしたいともおもった。

夜が明けないうちに出て行って、と、お蘭は言った。あれほど乱れたあとである。明るい朝の光の中で顔を見られたくなかったのであろう。また、かれを引き止めたいおもいが、朝とともに甦えるのを、恐れたからかもしれない。

着衣一式。大小。それに財布まで添えてあった。数えたわけではないが、ちらと見たところ、小粒で五両ほど入っていた。

戦争や御改新の不安で、諸式は騰貴しているが、五両あれば、ひと月ふた月は、困らずに過せる。逃亡の生活が、常態よりも費用がかかるのはしかたがない。かれはお尋ね者なのだ。

業平橋のところで、人影が見えた。暁の闇は、近づくまで、服装を判然とさせない。女ではない。左之助は、左手に傘をさしたまま、右手を懐中にさし入れた。そこには、弾丸の入ったピストルがずしりと重い鉄肌《はだ》をひそめていた。

ピストルの冷たい感触とその重量感には、頼もしさがある。浩気隊の隊長蒲生三郎から臨終の際に譲り受けたものだった。

人影は近づいてくると、橋の中ほどで立ちどまり、小腰をかがめた。

「お早うございます」

田畑の仕事に出てゆく農民だった。よく見ると、鍬《くわ》を担いでいる。

ほっとして左之助も挨拶をかわした。

小雨の中に菅笠《すげがさ》をかぶり、蓑を着ている。この雨の中でも仕事をするのだろう。戦さがあっても、政権が代っても、田畑はその動きをやめないのだ。作物は成長している。稲の発育のためには、草とりもしてやらねばならない。武士のように、意地だの面目《めんぼく》だのと、言いあっている閑はないのだ。

それも所詮《しょせん》感情の産物とすれば閑人のたわごとかもしれない。

左之助は業平橋を渡ってまっすぐに歩いてゆく。意識してのことではなかった。

橋からすぐに左へ折れれば、神保邸に出るのである。伯耆守はあの夜重傷を負ったが医学所で治療中だという。神保邸に行くのは無意味だった。留守屋敷に行ってもしかたがないし、彰義隊を匿ったことがばれたとすると、門扉に青竹を打たれているかもしれない。官軍の処罰は、かなりきびしいという。伯耆守も傷が治れば牢獄《ろうごく》行きだろう。

もちらほら見えてくる。


（おれは何処へ行こうとしているのか）

道は源森川に沿っていた。

漸く空は明るくなってくる。紫紺の美しい空に星の輝やきがしだいにうすれてき、人の影もちらほら見えてくる。

源森川を遡《さかのぼ》ってゆく二艘の苫舟《とまぶね》があった。

引潮と見えて、流れは速い。その流れにさからって漕《こ》ぎのぼってゆくのだから、舟足《ふなあし》はのろい。

丁度、左之助が歩いてゆくのと同じくらいだった。

人と舟は、平行して西に向ってゆく。

先の舟には、船頭が一人、老爺《ろうや》らしいが筋骨逞《たくま》しい男が、櫓を動かしている。

苫が盛り上っているのは、何か積み込んでいるのであろう。

うしろの舟にも積荷はあるが、女性が一人乗っていた。

川幅は二十間以上ある。若い女ということがわかるくらいであった。いつしか雨はやんでいて、少しずつ、あたりの風物が見えてくる。川面《かわも》が、しだいに光を湛《たた》えてきた。空の色がうつっている。東天紅である。美しい夜明けであった。

苫舟が近づいて来た。女が何か言っている。

左之助は足を止めた。女の姿が見えてきた。

「原田さま……」

女の澄んだ声が、夜明けの冷気の中に透った。

道から川におりるには、雁木《がんぎ》を伝わるようになっている。一丁に二ヶ所ずつくらい、作られているのは、このあたり瓦焼きの窯場が多いからでもあった。

瓦の粘土を運んできたり、出来上った瓦を運んでゆく。また洗濯《せんたく》や洗いものなども、雁木の下でするのである。

「原田さま？　原田さまでございましょう」

苫舟の中から声をかけてきたのは、おしのだった。

「やあ」

と、左之助は微笑で応えた。

「これは奇遇だ。その節は世話になった。いや、礼も言わずに逃げだしたりして、詫《わ》びなければならないな。あらためて、礼を言おう」

「あら、礼だなんて。こちらこそお詫びを言わなければならないのに」

川の中の舟の上と、岸とで話しているのは妙なものだった。左之助は雁木をおりていった。

「お父《とつ》つぁんです」

おしのは、紹介した。養父であろう。あのときもこの中ノ郷の親類に法事で養父母が出かけているといっていたが、その親類の家からの帰りでもあろうか。

「ごめんなさい、あのとき、遅くなってしまって、実は、あたし……」

おしのに悪気があったのではないことは推測がつく。

それよりも、左之助はここで遭遇したことに驚ろきと喜びを感じた。

この道を歩いていたからこそ、逢えたのだが、どうして、ここを歩いていたのだろう。はっきりとどこへ行くというアテがあってのことではなかった。が、こうして大川に向っていたということは、橋場に行くつもりだったのではあるまいか。

おしのに惹かれてのことではない。が、やはり無断で逃げだしたことが、うしろ髪を引いていたようである。

左之助はあたりを見まわした。

幸い、かれを見ているような眼はない。

「そなたの家に匿まってくれないだろうか」と、左之助は、おしのと養父に交互に言った。

「実は、この身を容れる場所がないのだ」

自嘲にまぎらした。もしも断わられたら――その可能性は大きい。ひっこみがつかなくなることを慮《おもんぱ》かって、笑いに包んだのだ。

おしのは養父を見た。大きくかれが頷《うなず》いたことで、左之助は吐息をついた。

「ようござんすとも、お出でなさいまし。話はおしのから聞いていました」

「忝《かたじ》けない。ほんとうに奇遇だ、こういうところで逢えるなど、思いもしなかったことだ」

左之助が雁木から乗り移ると、おしのは棹で岸を突いた。こうしたことに馴れているようであった。

苫の下に積んであるのは焼き上った瓦だった。

左之助は胡坐をかくと、苫に寄りかかって、おしのと顔を見合わせ、はじめて寛《くつ》ろいだ笑いを洩らした。

「悪かったな」

「え？」

「おやじさんさ、おれの分だけ舟足が重くなったろう」

「まあ、そんなこと。一人くらい増えたって」

「そうか、そうだな」

かれは苫の下からのぞいている瓦を見た。

「瓦何枚分かな、おれは」

二人は声を合わせて笑った。

舟は大川へ出た。橋の袂には、まだ検問の木戸があるという。官軍の残敵捜索の手は町々に及んでいるらしい。彰義隊とわかれば、まず、いのちは無いものと思われた。悪いことに彰義隊は、前将軍慶喜の恭順命令を聞かずに官軍に抗戦している。官軍にしてみれば、対等の敵ではなく、草賊としての処刑が出来るのである。

舟は大川をななめに突っ切るようにして橋場へ向っていた。待乳山《まっち》が、朝靄《もや》の中に浮んでいる。新町の寺の屋根が連《つら》なり、その切れたあたりに瓦焼きの窯が見えてきた。

「二、三日でいい。その間に、身のありかたを考える」

「二、三日なんてケチなことは仰有らねえでおくんなさいまし。困ったときは、人間、お互《たげ》えさまだ、ゆっくりと、傷養生をしておいでなさるがいい」

「傷のこと、知っているのか」

「へえ、おしのから、すっかり聞きました。お味方の鉄砲玉を喰《くら》うなんて、とんだ災難で」

その岸島由太郎はどうしたのか。

医者を呼びに行ったまま、戻って来なかったのである。

この橋場にもあらわれないという。

「ひょっとしたら……」

殺《や》られたのかもしれない。おかしなものだ。左之助は戒名のことを思いだした。

「あいつ、おれの戒名を持っていたはずだよ。あいつが殺られたとなると、おれの戒名が、あいつの墓に彫りこまれることになるかもしれないな」

呑気な調子がおかしいといっておしのは笑い転げた。

この窯元に来て二日目だった。

左之助は、あの若い医者を見た。千駄ケ谷の沖田総司の寄宿先で知った袴田順一である。

かれが来たのは、左之助の鉄砲傷のためではない。

あのとき、おしのに呼びにいって貰ったままになっていたのだが、今度は違う。

順一は、出先から、立ち寄ったといって、入ってきたのである。

丁度、そのとき、左之助は行水をつかっていた。

突然のことだった。おしのも全く予期しないことだったのは、ひどくあわてていて、小走りに駈け寄ってきたことでもわかる。

「隠れて」

と、言った。

「人が、来ます」

左之助は裸だった。武士のたしなみで下帯はしめたままの行水だったが、これには、さすがに狼狽した。

「刀！」

と、言った。

逃げている身である。刀はそばに置いてある。軒下のもっとも近いところに置いていたのだ。

おしのが、すばやい身のこなしで駈けよって手渡す。

そこへ入って来た男がある。

「あっ……」

意外だった。

あの医生の袴田順一である。

向うは、まるで知っていたように、女のような白い面てに、僅《わず》かに皮肉っぽい笑いをちらと浮べただけである。それは、全くあるかなしかのものであった。いうなれば、

（いたぞ！）

という感じなのだ。予期したことが適中したことの満足のそれであった。

左之助のほうは、そんな順一に何か不快なものを感じている。

驚ろきは対等のはずであった。追われる身にしてみれば、そうでなくてもヒガ目で見る。もっと大らかなものが二人の間に流れるはずだった。

「あんたか」

と、わざと、左之助は言った。

「随分と急がしいだろうな」

「おかげさまで。いろんな怪我人病人が増えたので、いい勉強になりますよ」

「なるほど、医者がひとり前になるには、患者を何人か盛り殺した方がいいそうじゃねえか……」

傍で、おしのがはらはらしていたが、思わず、原田さま、と言った。

「ははは、これは失言か。失言したようだ」

「いや、ほんとうですよ。私は三人ほど、ころしました」

「…………」

「ですが、医者の間では、ころしたと、言わないのです」

順一の顔はきわめて涼しいものだった。

「お亡くなりになった……ははは病気で死ぬのも、傷で出血が多くて死ぬのも、死ぬに変りはありませんからね。つまり、寿命というやつです」

　医者の言葉とは思えなかった。

　だが、左之助は黙っていた。お蘭を知ったときは驚ろいた。こうした人たちを、新しい、と呼ぶべきだろうか。たしかに、これまでに知らなかったものの考えかたをし、行動する。

（おれなんか、古すぎるというわけか……）

　古くても、生きてゆかねばならない。左之助はからだを拭《ぬぐ》った。

「いいからだをしていますな」

　順一は、軽い調子で言った。べつに感心したわけでもないらしい。

「刀剣の修業をすると、大体、からだつきが似て来ますね、立派なものです」

「くすぐったいぜ。角力とりじゃねえんだ。あんまりほめねえでくれ」

「いや、ほめたわけじゃない。それだけのからだをしていても、道を誤ると、この世におさらばをしなければならない、ということですよ」

　ますます嫌《いや》なことをいう。

「そうだ、沖田の病気はどうなったね。いくらかよくなったか」

　黙って、白い顔が横にふられた。

「悪くなったか……そうだろうな、上野の戦さが負けたと聞いただけでも悪くなるだろうな。見舞いにいって元気づけてやろう」

　その言葉が終るのを待って順一は、ゆっくりと言った。

「無駄ですな」

「え?」

「もう死にましたよ」

あまりにも、軽くいわれたので思わず、左之助は耳を疑った。

「おい、何といった?」

「お亡くなりになりましたよ」

「総司が?……」

「あの病気ですから」

なぐさめるというより、無責任な投げやりな調子だった。

これが、あのとき自信満々という表情だった男の言葉だろうか。

「きさま!……総司を、殺したのか」

「これは」

と、大仰に順一は驚ろいてみせた。

「いやしくも医者ですよ、そんなことは」

「医者の卵だろう、大きな口をききやがるな、沖田総司といえば、京では……」

怒鳴りかけて、ふっと、それが虚しく感じられた。

ここは江戸だ。京の話をして何となろう。もはや、新選組はないのだ。

近藤勇は処刑され、永倉は去り、土方も去り、沖田は死んだ。いまここで呻《うめ》いているのは、新選組の残滓《ざんし》のような原田左之助だけではないか。

「——そうか、死んだか……」

いまさら、この若い医生に文句をつけてもはじまらない。

左之助は着物を着ると、かれに背をむけて、小屋の中へ入った。

ここで二、三日休んだあとは、総司のところにゆくつもりだった。

総司が死んだとなると、千駄ケ谷には用はない。

あの近く六道ノ辻のしもた家にはお佳代がいる。が、お佳代とは二度と逢わない方がいいのではなかろうか。

(どうする、左之助、え、しっかりしねえ)

呆然《ぼうぜん》としている左之助を、外から順一が冷たい蛇のような眼で見ていた。


若い医生の袴田順一は、上野の戦さで、負傷者が激増したことで急にインターンがひとり前の医者に昇格したようなものであった。

そのことが、この男を鼻持ちならないものにしてしまったようである。

だいたい原田左之助は、怜悧《れいり》さやエリート意識をあらわにした男を好きになれない。生理的な嫌悪《けんお》を感じるのだ。

順一は医生としては、優秀かもしれないが、好きになれない種族であった。沖田総司の養生先で初対面したときは、それでも、

（総司の病気を治してくれるのだから）

という感謝の気持が、こちらにあった。

そのせいで、嫌悪感を無意識のうちに圧えていたのかもしれない。

総司を死なせてしまった——と聞いて、怒りが湧《わ》いたのは、その圧えていたものが、一度に噴き上ったからだった。

総司の死をいたむ気持もある。が、いうならば持病だったし、肺患は不治とされていた時代だから諦《あきら》めのつかない話ではない。

何よりも、順一の態度だった。

医者としての思いやりと熱意がなさすぎる。

患者を死なせてしまったことの苦しみがなさすぎる。

医者に多くをもとめるのは間違っているにしても、誠意が感じられないのは、許し難かった。

あれだけ自信満々としていたのが、総司が死ぬとけろりとしている。左之助にしてみれば、瞞《だま》されたような気持だった。

（あの末成《うらな》りののっぺり野郎め、叩っ斬ってやったら、どんなにすっきりするか）

そのほうが、総司の供養になるかもしれない、とすら思った。

順一が茶を一ぱい飲んだだけで帰ったあと、おしのは、不安げな眼の色になった。

「こうしてはいられません」

と、言った。

「あの方《かた》は……なんだか心配ですわ」

落着かない眼の色になっている。

「何が心配なのだ」

「それが……」

はっきりとは、おしのにも言えないらしい。隠しているのではなく、なんとない不安を感じるというのである。

「やっぱり、ここには居らっしゃらない方《ほう》が」

「――出て行けというのか」

六尺の身を入れる場所もない左之助には、その言葉は、かなり強い衝撃だった。

「いいえ、そんな意味じゃありません」

おしのはあわてた。

「そんな意味じゃない、といっても、そういうことになるじゃないか、迷惑なのか」

「ちがいます、ちがいます」

夢中で叫ぶようにいう女の眼に思いがけなく、涙が光っていた。

「違うんです、そんな意味で、あたし……」

哀れなほど、狼狽しているおしのだった。

温和しいおしのは、どう言ったら、気持がわかってもらえるのかその言葉を探そうとして、かえって混乱していた。

「原田さまを、あたし、そんなふうには」

「お尋ね者だ、この左之助は」

投げやりにかれは言った。

「新選組の生き残りで、彰義隊の死に損ない……ははは、どっちにしても、官軍に知れたら、この首ァ胴についていねえ」

「いいえ、いいえ」

夢中でかぶりを振る、おしのの眼の涙が、左之助には、あまりにも思いがけなくて信じられなかった。

「だってよ、そうじゃねえか、全くの縁も由縁《ゆかり》もねえお尋ね者が舞いこんできたんだ、迷惑なのがあたりまえ、匿まって貰おうとする方が間違っているんだ。左之助も、落ち目つづきで、つい甘えが出たようだ、勘弁してくんな」

「違います！」

ほとんど、叫ぶように、おしのは言い、左之助の胸にとりすがった。

多くの言葉を知らない温和しい娘が、何とかして、真意を知って貰いたかったのだ。

「あたし、原田さまが、いつまでも、居て下さるほうが、あたし、どんなに嬉《うれ》しいか。ほんとうです。あたし、いつまでも、いつまでも……」

「――迷惑がかかるぜ」

「いいんです、そんなこと。でもあたし、お救けしたいんです。ひょっとしたら、あの方は……」

はっきりしないことを、口にはしたくなかったのだ。ただ、胸を浸しにきた不安感が、彼女を駆りたてたのだ。

「あいつ、密訴するというのか」

「いいえ、それは、わかりません、でも、そんな気が」

「気がするだけなら、心配することはない」

「でも……」

胸にすがったまま、おしのは哀しそうに見上げる。いっぱいに盛り上っていた涙が、下瞼《まぶた》からあふれ、したたり落ちた。

「………」

左之助は胸が詰るような感動に襲われ、思わず、おしのを抱きしめていた。

行きずりにすぎないのだ。一日、二日、夜露をしのぐところを与えてくれるだけでも有難いのだ。信じられないほどであった。

「有難うよ、おしのさん」

左之助は頬《ほお》ずりして言った。

「お前の気持は忘れないぜ、有難う」

「………」

おしのは新たな涙が睫毛《まつげ》を濡らしてくるのを、凝っと怺《こら》えて、左之助を見上げている。唇が微かにわななないている。おしのが聞きたかったのは感謝ではあるまい。もうひと言《こと》——好きだという言葉を。

原田左之助は〝死に損ない〟と渾名《あだな》をつけられたほど、乱暴者である。新選組は乱暴者が多かったが、その中で、殊に目立ったのだから、相当なものだ。

松山にいるとき、切腹しかけたまま、命をとり止めた。その傷痕《きずあと》がくっきりと下腹に真一文字に残っている。

そんなことが〝死に損ない〟の語源であったのはいうまでもないが、渾名になると、〝打ち殺しても死なない奴〟という意味が強くなる。運命に克《か》つとか、いささか狂気じみた激発的性格なども、含まれて、いかにも左之助らしい渾名になっている。

喧嘩ばかりでなく、女性に対しても、激発的だった。男は一般に誰でも女好きに違いないが、だからといって、直ちに行動にあらわすとはかぎらない。

社会的な制約がまず、頭に浮ぶ。だが、左之助の性格は、第一衝動に従ってしまうことが多かった。そんなことも、トラブルの原因になったにちがいない。

だが、さすがに、おしのに対しては、それ以上の行為に出ようとしなかった。

なぜだろう。おしのが若すぎたからか。ひとり前の娘として成熟はしている。

だが、性格が控え目で、まだからだにも蒼《あお》さが残っているようであった。その清純さが、まだ未通女《おとめ》らしい。左之助には、その蕾《つぼみ》がふくらんでいて、春風を待っているにしても、その花を開くことにためらいをおぼえた。

お蘭とのことがあって、まだその余香が残っていたせいか。

その辺のところは、おしのには察しようもなかった。

(好きだ)

という言葉を、左之助が口にしたのは、彼女を離してからだった。

「おしのさん、お前を好きだ、だがどうにもならねえ」さらに涙があふれた。おしのは、喜びで笑顔になろうとしながら、涙にまみれた顔は、妙に歪《ゆが》んでしまうのだった。

「いいんです、原田さまさえ、御無事なら……」

そんなおしのがいじらしく、左之助は男の血が音をたてて流れるのをおぼえた。かれは、その衝動を笑いでまぎらしている。

「駈け落ちしてえような気持だぜ。はははは、左之助もなっちゃいねえな」

「原田さま」

「好意を無にしちゃ悪いからな、じゃァ退散するか。といっても、アテがないが、そうだな、あいつ総司が死んだと言いやがった、墓詣《まい》りにでもいくか、いや、待てよ、まだ墓は出来ていねえだろうが」

ともかく千駄ケ谷のあの家にゆけば様子がわかる。そう思ったとき、官軍がやってきたのである。

あのときは、岸島と舟で逃げだした。

そのことを知っていたかどうか、こんどは大川の方から来たのである。

「いけねえ」

がやがやと、喚く声が、薩摩訛《なま》りだったので、ぴんと来た。

左之助は、咄嗟に、窯の中へ入ろうかと思った。

この瓦焼き場では、窯が幾つか空地に据えてある。追い詰められたら、誰でも考えるところだ。

瓦焼き窯は大きくて、充分、人間が入れる。だが、誰でも考えるところはまた一番、目につくところでもある。

この小屋は簡単なものだった。寝るところもあるにはあるが、普通の家としての複雑さはない。隠れるには都合が悪い。

「床下か……天井うらか」

その天井うらもない。梁《はり》が剝《む》きだしである。その梁につかまっていれば——上さえ見なければ、見つかることはない。だが、危険が大きい。見つかったら、もう逃げられない。

「鼠じみたことはいやだな」

そう言っているうちに、喚きは大きくなる。何か言い争う声も聞えた。

「あ、ジェラールさまが」

その声を聞きつけたように、おしのが、叫んだ。

「ジェラール？」

聞きちがえかもしれない。それを問い返す時間がなかった。姿が見えたのである。左之助は裏へ駈けだした。

裏に柿《かき》の木がある。家の棟すれすれに立っているのだ。咄嗟にその枝の太さを思いだした。

(屋上なら、見つからない)

この小屋では、もっとも安全なところだとおもった。

木に登るのは馴れている。伊予の松山で育ったころは、木登りでも、他の悪童たちに負けなかった。

かれは素早く、柿の木にとりついた。枝から板庇《いたびさし》へ。ちょっと危ないと思ったが、身軽く、片足かけただけで、屋根へのぼった。

瓦焼きの小屋のくせに、瓦ではない。板を剝いだ、こけら葺きで下手に歩くと、めりめりといきそうであった。

左之助は板屋根の上に腹這《ば》いになり、川岸のほうをのぞいた。

伝馬船らしいのが見え、そのまわりに小舟が三艘、群り寄っている。

小舟のへさきには、それぞれ、小旗が立っていた。その旗印までは見えなかったが、威丈高に喚き散らす言葉の訛りは、薩摩か佐土原か、いずれにしても南九州の強い方言であった。

(何を怒鳴ってやがるのか)

左之助は、気楽な気持になった。

もともと、性はのん気なほうなのだが、追われている身のくせにふっと、気を軽くした。

どうやら左之助を追って来たのではないらしい。

（おれを捕えに来たのではないのか？）

これは意外だった。

すっかり、原田左之助追捕の兵だとばかり思っていたのである。

（おれではないとすると……）

おしのは、変な名を口にした。日本人のそれではない。一度聞いただけでは忘れてしまいそうであった。

（そうだ、ジェラ……ジェラールとかいった）

うろおぼえである。そんな名前が、軽くおしのの口から出たことも意外だったし、もし、それが、異人であったら、尚更、ふしぎである。

（異人などが、どうして、ここへ来たのか）

おしのが、どうして、そんな者を知っているのか。

妙な発音の、たどたどしい日本語も聞えた。男である。男だとすると、おしのとの関係も、また別の問題が生じてくるわけだが、いまは、左之助を直接捕えに来たのではないというだけで、充分だった。

（高みの見物だな、これは）

左之助は、少し身を乗りだして尚、よく見えるように、顔を動かした。

川岸の樹が邪魔をしてよく見えない。三艘の舟から何人かが上ってきた。大きな男が見えた。それが、異人らしい。

（ふむ、なんだか知らねえが、こいつはひょっとすると、うまく行くかもしれねえ）

左之助は脱出の可能性を感じた。

かれは、この間に、あの伝馬船で逃げだせるのではないかと思った。

官軍の三艘のうち一艘は猪牙《ちょき》らしいから、かなり舟足は早い。こいつに追いつかれるかもしれないが、猪牙はせいぜい三人までだ。

三人くらいならなんとかなる。

もう足の傷もお蘭のおかげで殆ど治癒している。三人を相手にしても、おくれはとらない。早い話が、万一のときは、ピストルを使えば、二人は仆《たお》せるのだ。そうすると、あとは一人。

一人くらいなら、かなりの強豪でも、負けない自信がある。極端にいえば、剣のほかには使い道がない男なのだ。剣ひとすじに生きてきている。

左之助は脱出を考えると、屋根からおりた。自分を目ざしてきたのでなければ、充分、舟に忍びこめる。

がやがやと喚きながら、官軍と異人が窯の方へやってくる。官軍は全部で十人ほどだ。

猪牙も岸の杭《くい》につないでいる。

左之助は、樹々の蔭《かげ》を這《は》うようにして、川岸へ近づくと、伝馬船にすべりこんだ。

幸い苫がかぶせてある。その汚ない苫を頭からかぶって凝っと息をころす。右手はピストルをつかんで引金に指をかけ、いざとなったらぶっぱなせるように持った。

隙《すき》を見て、とも綱を解き放すことだ。ともかく、ここから離れることが先だから、どちらに流れるにせよ、その流れにある程度まかせてから、漕ぎだせばいいのである。

伝馬船の船頭がぶつくさ言いながら、もどってきた。

「芋野郎め、なんだってんだ。ふん、浅葱裏《あさぎうら》のオイドンが、夜鷹《よたか》にだってフラれやがるくせによ、戦争に勝ったからって、でかい面《つら》をするなって」

何だかんだと、糾問されたのだろう。船頭は、勢いよく腰から煙草入れをとりはずすと、ぽんと、音を立てて、蓋《ふた》を抜いた。

左之助は、方針を変えた。この船頭の様子では、かれが潜んでいるのを発見しても、官軍に売り渡すようなことはないだろう。

苫の下から、声をかけようかと思ったが、急に驚ろかせて妙な悲鳴でも立てられたら、官軍が聞きつける。

やはり、川の中へ出てからがよさそうであった。

苫の下には、瓦が積んであった。暗いなかで、手で触ってみると、変ったかたちである。ざらざらと、模様らしい溝《みぞ》が彫ってある。

そうしているうちに、また話し声が近づいてきた。

「――私、帰ります。こんなこと困ります……」

異人らしい。たどたどしい日本語ではあったが、声は怒りに顫《ふる》えている。

「帰れ、帰れ、毛唐に用はなかたい」

「間誤々しちょると、そん赤毛をそびき抜いて毛帽子にしたがる和郎《わろ》が出てきもそ。足元の明るかうちに帰ったらよごわそ」

どっと官軍は笑った。馬鹿にした笑いである。

「私、何の関係も、ありません、瓦、買いに来ました、いけませんか？」

「よかよか、瓦買いでよごわした、女郎《だるま》買いで無《の》うて、ほんによごわした」

また、どっと哄笑《こうしょう》がおこった。異人は大股《おおまた》に歩いてきた。大男である。

「小七《こしち》、船、出して下さい、帰ります」

傍若無人な官軍の兵士たちをまともに相手をしても、無駄だと思ったのであろう。異人は伝馬船に飛び移った。

（こいつァ妙ちくりんなことになったぜ）

左之助は、いよいよ出る機会を失ってしまった。

が、こうなると、もう、運を天に任せるだけで、成るようにしかならない。

船は官軍の哄笑に追われるようにして、岸を離れた。

かれらが、すぐに小舟に戻らなかったのは左之助にとって幸いであった。

左之助が顔を出したのは、吾妻橋を過ぎてからである。

「――旦那、もうそこが吾妻橋でござんすが、どうしやしょう」

船頭の声を聞きながら、飛びだす頃合を計っていた。

「中ノ郷の藤次のところへ船をやりますかい、それともほかにどこか……」

「帰ります。私、帰ります。ケチつきました、縁起《えんぎ》、悪い」

苫の下で聞いていて、左之助はちょっと驚ろいた。

たどたどしい日本語のくせに、ケチがついた、などと結構うまいことを言う。

「官軍、私、きらいです、大きらいです、大々《だいだい》きらいですね、世の中、悪い人が強いです、サツマ悪いです、チョウシュウ悪いですね……」

船頭に向って言っているというよりは、胸に渦巻いている不満を口にだしてしまいたいようであった。

日本語では、思うように表現出来ないと思ったのだろうか、あとは何やら自国語になって、べらべらと饒舌《しゃべ》りだした。

そのなかに、ハラダ、ハラダ、というのが聞きとれた。

（ハラダ……おれのことじゃねえか？）

異人が、かれの名前を口にするのはおかしい。むろん、左之助のほうでは、まるっきり、その男を知らないのである。

すると、船頭も、その言葉だけはわかったように、

「原田左之助とか言ってましたねえ、どんな野郎か知らねえが、とんだ人騒がせだ」

と、合槌《あいづち》をうった。

「そうです、ハラダサノスケ、私関係ありません、私、迷惑です。大変、迷惑……」

「ま、しかたがねえやな、戦争なんだからよ。異人さん、日本にゃ泣く子に地頭《じとう》、って言葉があるんで、文句を言ってもはじまらねえよ」

「泣く子に地頭、知ってます、よくない、サツマ地頭、いけません、日本、悪くなります」

「しかたがねえやな、おまはんが言ったように悪い野郎が強いんだァね、この世はもう闇《やみ》さ……」

いよいよ、左之助は出るのが難かしくなった。

この異人に迷惑をかけたのはやはり、左之助らしい。

官軍は左之助を捕えに来たにちがいない。丁度そこへ、この異人の伝馬船が近づいたのだ。

(おれがいるのを知って来やがったのか？)

誰かが密告したのだ。

はっと、頭に閃《ひらめ》くものがあった。あいつだ、と口走りかけた。

人をいつも見下すような眼つきをして、うす笑いを浮べた、のっぺりした顔が浮んだ。

(袴田の野郎だ)

あの若い医生だ。本所の神保屋敷が襲われたのも、あの男の裏切りなのではないか。松本良順のところに使いが行ったままだった。あの男が聞きつけて、官軍に通報したにちがいない。

(あいつが裏切ったのか！)

歯軋《はぎし》りしたいような気持であった。

だが、考えてみれば、これは裏切りとはいえないかもしれない。

袴田順一は、左之助にも彰義隊にも、何の恩も義理もない。幕府《ばくふ》の禄《ろく》を食《は》んでいたとすれば、ただの医生なのだ。もっとも、たとえ軽い身分にせよ、これは武士の面よごしになる。袴田が武士かどうかということになると、難かしい。ただ一人前の医者として、御典医になれば脇差を差して乗物にも乗れる、士分であることには違いないのだが、インターンのうちは、現在でもそうであるように、身分の解釈が難かしい。

しかし、武士の面よごしという点では、最大の裏切り者、勝海舟という男がいるから、順一ていどの男の罪は、軽いほうかもしれない。

左之助には、そうした比較論は通用しない。憎い相手だった。

（あの野郎、どうも虫が好かねえと思っていたが、とんでもねえ野郎だ。こうなったら、総司だってまともな死に方をしたかどうかわからねえぞ）

一服盛ったのかもしれないとすら、疑いたくなる。

一方、そんなところに、人が潜《ひそ》んでいるとは知らない異人は船頭相手に、べらべらまくしたてていたが、疲れたように、苫の上に腰をおろした。

靴音《くつおと》が近づいたので、左之助はあっ、と思ったのである。どすっと、重石を頭に乗せられたようであった。

さすがに声は洩《も》らさなかったが、驚ろいたのは異人の方だ。

仰天して飛び上った。安定しているはずの瓦が動いたのだ。いや、動いたというより、ぐにゃりと軟らかく、潰《つぶ》れかけた。

「……?」

わけのわからない叫びをあげて異人は、ポケットから小型のピストルを取りだした。

こうなったら、しかたがない。左之助は苫をはねて顔をだした。

「おっと、撃っちゃいけねえ、人間さまだ。海坊主が船へ上ったんじゃねえ、やめてくんな」

あとで笑い話になったことだが一呼吸おそかったら、発砲していたところだという。

何しろ、異人は官軍に腹を立てていた。時が時である。苫が動くなど、人間以外の動物か、この国で半ば信じられている〝物ノ怪《け》〟の類《たぐ》いと思われてもしかたがない。発砲されても、あきらめるしかなかったろう。無断で侵入していた左之助の方が悪い。

「小七、と称ったな、この船はどこへ行くんだえ」

と、左之助は船頭に言った。

「どこか、その辺に着けてくれねえか、どこでもいいさ、タダ乗りしたんだから、突き落されても、文句もいえねえところだ」

そんな左之助の態度は、異人を安心させたらしい。あのときの官軍の尋問や調査と思い合わせて、頷《うなず》けることだった。

異人はピストルをしまうと、コンニチワ、と、笑顔になった。まだ幾分の不安を翳《かげ》らしたまま、

「ハラダ、さん？　ハラダサノスケですか」

「そうだ、その原田左之助だ。妙なことで、迷惑をかけたようだが、堪忍《かんにん》してくんな。悪いなァ薩長の奴らだ」

「サッチョー、そうです、サツマ、チョーシュー、悪いです。でも、しかたない、戦争、負けましたね。弱い、負ける、しかたありません」

「おいおい、負けたから弱いときめつけられちゃ、かなわねえぜ、あいつらァ、お前さん方がアームストロング砲なんか売るからいけねえのだ、刀と槍《やり》なら、芋《いも》や狐《きつね》に負けるはずはねえ」

弱いと言われたのが癪《しゃく》で、思わず、まくしたてたが、異人のほうはきょとんとしている。あれだけ日本語ができても、こういうふうにいきまかれると、急には返事のしようがなかった。

左之助も、自分の昂奮が急に羞かしくなって、

「まあ、いいやな、異国とは事情が違うんだ、わかってくれというほうが、無理だろう。とにかく助けて貰ったことだ。礼を言うぜ」

それでわかったらしい。異人は手を差し出した。左之助も握手くらいは知っている。握りかえすと、これで朋友《ほうゆう》というわけか、と、おもった。

「小七、どこでもいいぜ、岸へ着けてくんな」

「降りるんですかい。旦那、彰義隊の御詮議《ごせんぎ》は厳しいですぜ。ここいらでは、すぐに見つか

っちまいますよ」

「うむ……だが、いつまでも厄介になっているわけにもゆくめえ。この異人さんは、どこまで行くんだえ、横浜だろう」

「そうです、私、ヨコハマ、関内です、ハラダさん、あなたヨコハマにくる、大丈夫ですね」

異人がよくするように、肩をすくめ、両手をひろげて、かれは言った。

「サツマ、来ません、居留地、大丈夫です」

「ジローなんとか称ったな、お前さんにこれ以上、迷惑がかかっちゃいけねえ」

「心配ない。心配ありません、私、ジェラール。ジローない」

「ジェラールか、ジェラ、か、言い難いなあ、ジャラがいい、よしおぼえた、お賽銭《さいせん》がジャラジャラとおぼえりゃいい。ジャラールにしてくれ」

「ジェラでもジャラでも同じようなものでんね」と小七は笑って、「ところで旦那、どうなさいます、横浜《ハマ》まで遁《とん》ずらなさいますかね」

「横浜か……」

そいつも悪くないと左之助は思った。

居留地

原田左之助の環境は一変した。

人間の運命とは不思議なものである。新選組のような荒くれの集団では内部抗争だけでも、多くの者が仆れた。夷狄《いてき》排斥と反幕府のテロが横行した京の巷《ちまた》で、毎日のように血の雨を浴びながら六年の歳月を生き残っただけでも運がいいといわねばならない。

京に着いたときから、戒名を作っていたくらいで、まっさきに死ぬと思われていた左之助が、鳥羽伏見の戦いでも生き残り、江戸に帰ってきて、彰義隊でも、命拾いした。こうして生きていることが不思議でならない。その不思議さを誰よりも感じていたのが、当の本人だった。

「死ななくていい奴が死に、死ぬはずの奴が、ぴんぴんしてやがら。世の中は思うようにいかねえものだ」

生きていることを感謝するというよりも、自分でも信じられないほどだった。

これは何かの間違いではないかとさえ思った。こんなはずはない。夙《と》っくに死んだはずのいのちが助かっているというのも、死人の錯覚ではないだろうか。

左之助が、ときどき、そんなふうにすら思うようになったのも、横浜の居留地という特殊な場所で生活するようになったことと無関係ではないかもしれない。

居留地は安政の条約で外人たちが住むように設計造成された街であった。

もともと、横浜村は、漁師の家が十数戸ちらばっていたという寒漁村だった。ところどころ沼地で、津波がくると、村中水浸しになる。そんな場所だったが、野毛の山などを削って、埋め立て工事をし、堤防を築いて海岸通りは石を敷いて、靴《くつ》が濡れないようにした。防波堤も作られ、波止場もぐり石で固めて、漆喰《しっくい》を塗り、堅固に作った。

一直線の海岸通りから、大岡川まで、きちんと碁盤の目に区劃を割り、整然とした街が出来上って、遊廓《ゆうかく》までが作られた。港崎町の遊廓あとが、いまの横浜公園で、敷地がそっくりそのまま残っている。

海岸通りには運上所が中央にあり、すぐ南側に米国の一番館が立てられた。木造洋館が珍らしく開港当初は、見物客で賑《にぎわ》った。

物見高い江戸っ子たちは、

「アメ一を観《み》に行こう」

といって、わざわざ、弁当持参で出かけた。むろん神奈川泊りである。

アメ一につづいて、英一番館、仏、蘭、独、というふうに、洋館が増えていったが、攘夷浪人たちの異人斬り、洋館焼討ちが頻発《ひんぱつ》するようになると、関門での身分調べが厳重になるなどしたが、その過激な暗殺者たちが天下をとったのだから、異人たちの立場も妙なものになった。

当時の外国人の眼から見れば、明治維新も、単に小国の動乱にすぎない。文明先進国を自負するヨーロッパでは、この国を極東の小さな後進国としか思っていなかった。いずれも植民地政策の飢食《えじき》にするつもりで、はるばるやってきたのは疑いのないところである。

今日、南米その他の国々でよく起っている政変の類いに等しく、利益の追求を目的として乗り込んで来たかれらが、両勢力のどちらかに接触することで、明日の地位を固めようとしたのも、当然かもしれない。

そして、この場合、イギリスが勝った。

フランスの日本駐在公使ロッシュは幕府に力を入れすぎた。イギリスの勝因は、ぬけ目なく、新興勢力と結んだことだ。薩摩や長州の過激派勢力は当初、攘夷をスローガンにしていた。

それが、掌をかえして、同盟するなどとは、文明の波を導き入れようとしていた幕府にとって、裏をかかれたようなものである。

薩長の行動には国粋理論にしても、主義主張の一貫性が見られない。幕末十年間の行動の変化と矛盾が物語るものは、ただ反幕であり、権力への妄執以外の何物でもなかった。

イギリスの極東政策は、フランスに一歩の遅れをとっていた。その差をちぢめるには、新興勢力に力を与え、政変を起さしめるに如くはない。

いわゆる生麦の変で、イギリス人が薩摩藩士の兇刃《きょうじん》に倒れたのが薩英戦争の起りだし、長州が外国船に無謀な砲撃をしたのが、馬関（下関）戦争を惹起《じゃっき》したのだが、それらによる多大の犠牲も、新興勢力と結びつこうとする経済侵略の路線の前には、〝忘れることの出来る些事〟だったのであろう。

そして、その狙《ねら》いは成功した。

幕府は倒れ、薩長の天下が現出した。

フランスの立場は苦しいものになった。公使ロッシュは幕府の倒壊により、局外中立を唱え、他の公使にも働きかけて、居留地の動向を中立維持に持っていったが、所詮、失脚は目前だった。フランス政府としても、ロッシュを解任することで、新政府の鼻息を窺《うかが》うしかなかったのである。

六月には新任公使として、ウートレーとウェルニーが到着している。

政権が幕府から薩長の新政府に移っても、外人対策は早急には改められなかった。幕府の作った居留地の制度はそのまま、新政府の踏襲するところとなった。

むろん、外人たちは居留地の自治権の拡大と同時に、東京への進出を働きかけていたが、二世紀半にわたって作られた幕府の制度を改革し、新政府の権力を永久のものにするための仕事が山積している新政府としては、当分現状維持が望ましかったのであろう。

横浜の外人居留地というと、すぐに甃《いしだたみ》とガス燈や人力車などが聯想《れんそう》されるが、まだガス燈も、人力車もなかった。

甃にがらがらと轍《わだち》の響をひびかせて通る馬車も、外国人たちだけのもので、日本人は横目で羨望《せんぼう》しているだけであった。

ジェラールと名乗る男に伴われた原田左之助は、外輪のついた小蒸気船の稲川丸に乗って横浜へやってきた。

これは江戸小網町の回漕《かいそう》問屋松坂屋弥兵衛がアメリカ人から買入れたもので、永代橋と横浜海辺《うみべ》通りの波止場の間に往来しているものであった。

ジェラールの洋館は運上所の近くにあり、中国人夫婦を召使いにして暮していた。

「居留地は条約で治外法権です、ここなら、役人も入れません」

ジェラールは、左之助に安心して暮すように、と言った。

治外法権という意味はよくわからなかったが、居留地が役人の権力も及び難い場所であることは、大体、知っていた。

左之助も嘗《か》つては攘夷熱に浮かされたことがある。あれは時代の狂熱というか、情熱的な青年が一度はかかるハシカのようなものだった。

毛唐がこの国の中に、かれらだけの自治的な場所を持つ——単純な考えの青年たちが、憤激するのは当然で、それだけの事で、攘夷浪士の群れに投じた者も尠くない。

その治外法権の場所が、いまは左之助に安らぎを与えてくれる場所になっている。

(妙なものだぜ、六十余州にからだを容れる場所のねえおれが、毛唐の家でのうのうとして

いられるたァ、世の中も変ったもんだ)

左之助は、横浜に来るつもりは、まるっきり、なかった。追捕の官軍の手の届かないところまで、遠去かればそれでよかった。

誘ったのはジェラールである。

左之助の方に好意を断わる積極的な理由がなかったことも、伴われるままに、蒸気船に乗ることになった。

横浜の居留地という〝日本の中の異国〟に、興味を感じたのは蒸気船に乗ってからであった。

これまでは、横浜の驚くべき変り方や、その異国の都市を模したといわれる甃の街などの噂を断片的に耳にしていただけで、多少の興味はあっても、それ以上のものではなかった。

京都の生活は、居留地へ関心を抱くには、あまりにも、忙がしく目まぐるしかったのだ。

すべてを失って、追われる身となったいま、居留地という奇妙な場所の生活に浸ることができるというのは、左之助にしてみれば、全く別の世界に生れ変ったようなものであった。

(――六年間も、勤皇だ攘夷だと斬ったり斬られたり、殺し合いをやってきたのが、何のためだったのか、わからなくなってきたぜ)

それが実感だった。

六年間の新選組の行動が、無駄《むだ》だった――とは思わないまでも、いまの原田左之助には、徒労だったような気がしているのは事実である。

（一体、なんのために、おれたちは、あんなに、苦しんできたのだろう）

時勢の大きな流れに抗して闘ってきた歳月が、重苦しく思いだされるのだ。

そこには、たしかに誇りはあったが、どうにもならない巨大な力に向っていたのではないか。

その渦中にあるときは、使命感や志士の意地や、成り行きや、いろんな要素がからみあって、かれを血風の中で行動させた。

こうやって、潮の香の匂っている洋館の中で終日、無為に過していると、そうした過去が、冷静な眼で、振りかえられるのであった。

（やっぱり、熱に浮かされていたのだなあ）

あの乱刃の中で死んでいった友人たち、同志たちが哀れでならなかった。

左之助は、何も為《す》ることがなかった。

若い男にとって、何も為ることがないというのは、退屈を通り越して、苦しいほどだ。

食事は中国人の阿媽《アマ》が、きちんと決った時間に運んでくる。

最初は、臭くて、咽喉を通らなかった。

パンやビスケットにはすぐに馴れたが、バターとかチーズというのは、臭くて何度か吐きだした。

牛乳もはじめのうちはとても飲めた代物《しろもの》ではなかった。が、湯を沸《わ》かすように熱くして飲むと、意外に飲み易く、左之助は好きになった。

豚や牛などの食肉には、左之助ははじめから抵抗がなかった。若いころ、伊予の松山で暴れていたころには、鶏や赤犬などはよく食べていたし、蛙《かえる》や蛇《へび》なども、美味《おいし》いと思った。もともと、宗教的な男ではない。かれの半生は良俗の世間と歩調を合わして来なかった。先祖の命日に精進していては、乱刃の下でナマスにされてしまう。

良俗とされる生活慣習を守っていたら、とっくに左之助は京都でむくろになっていたろう。かれが、枚挙にいとまのないほどの危機を乗り越えてくることができたのも、その動物的な逞《たくま》しい生き方のせいでもあった。

ひと月たち、ふた月たち、横浜の海にも、冷気を感じさせる秋が来るころには、左之助の鉄砲傷は全く癒えた。

暑熱の盛りにも、用心して、外を出歩かなかったのがよかったらしい。

若い左之助が体力を持てあましているさまは、他人目《はため》にもそれとわかるのか、ある日、中国人のヤンが、にやにやしながら言った。

「サノスケ、女、いるか？」

女、いるか？

こう聞かれて、左之助は面喰《めんくら》った。

あまりも唐突だった。

女、居るか、ではなく、女、要《い》るか？　であろう。ヤンは、左之助が咄嗟に返事が出来ないのを見ると、卑猥《ひわい》な手つきをしてみせた。

そんな手つきをしなくとも、目尻《じり》を下げ、にたにたした表情で充分、意味は通じていたのである。

「女を世話してくれるというのかえ」

「女、いるね」

意が通じたとわかって、ヤンは一層、相好を崩した。

「美い女、いるね、安いね」

そう言われると、左之助は、兆《きざ》してきた欲望が、凋《しぼ》むのを感じた。

「礼を言うぜ、世話してくれようってのは有難いが、お断りしよう」

「女、いらないか」

「いらない、ほしけりゃ、口説くさ」

左之助は、ガラス窓から、外の通りを見おろした。

居留地は、吉田橋の内が関門になっていて、そのために、関内という地名さえ生じ、現在でも使われているが、中央に波止場や、運上所などがあって、海に向って右側が外人街で、左側が商店街になっていた。

このころはまだ、大岡川沿いはまだ田圃や沼地が多く、埋め立てが一方で行われているというふうで、吉田橋も当初のままの木造だった。

関内では行き来は自由なので、外人も日本人もこだわりなく往来している。

日本の娘が、何という髪型なのか、外人のそれを真似たり、折衷して新奇な髷を結い上げたりして、得々と往来している姿が、窓から眺められる。

女には自信のある左之助なのだ。

往来に出て、声をかけることも考える。

(女を他人に世話してもらわなきゃならねえほど、左之助は落ぶれちゃいねえぜ)

といいたい気持だった。

「いらないか」

ヤンは不服そうだった。好意をはねつけられた不満ではない。

若い男が、何ヶ月もひとりでいるのは苦しいだろうとの思いやりが、この男にはわからないのかというもどかしさだった。

「安いよ、安いね」

「忝けねえ、安くっても高くっても、いいんだ。そのことは」

「ムッシュ・ジェラールも、言ったね。サノスケ、女、いるね」

ジェラールが、そこまで心配してくれているのか。

縁もゆかりもない身が、衣食住の世話になっているだけでも心苦しいのに、そこまで考えてくれるとは、感謝を通り越して気味が悪いほどだ。

「ジェラの旦那に言ってくれ、おれもいつまでも厄介になっているわけにはいかねえ、もう、ホトボリもさめたろうから、何か仕事をしなくちゃな。女より、仕事の世話をしてもらいてえのさ」

(どうやって生きてゆくか?)

原田左之助の前には、何よりも生活の困難が立ちふさがっていた。

時代の変転は、敗者にとって、苛酷なものである。

幕府の瓦解は、武士という階級の生活体系を根幹から揺さぶり、倒すことになるわけだが、このころは、まだ、誰もそこまでは考えていない。

薩長土とその与党の藩士たちは巧みに馬を牛に乗り換えたことで活路が開けたと思っている。

生きる道を失ったという痛切なおもいは、幕臣と、左幕流の人々の胸にきざまれたことであった。

いつまでもジェラールの厄介になっているわけにはいかない。

といって、居留地を出る決心はつかなかった。

出れば捕まるのだ。左之助はただの幕臣ではなかった。新選組の幹部として、京洛では、薩長方の過激派志士を殺傷している。その私怨《しえん》を、天皇の政府の名のもとに霽《は》らそうとしている。素顔を曝《さら》すことも危険であった。

(名前を変えなきゃァな)

夜の治安が悪いという理由で、無燈や被《かぶ》り物も禁止されている。

六月の太政官布告に——

〃無提燈《ちょうちん》往来の者これあり候はば、見付け次第、召捕るべく候。市中に於《おい》て乱妨致し候者は帯刀の者といへども用捨なく召捕り、万一、手に余り候はば討ち果し苦しからず候事〃

とある。

野盗や胡乱《うろん》の者の取締りに名をかけて、彰義隊の残党や官軍に反抗する者を抹殺《まっさつ》してしまおうとする意図は明らかであった。

（左之助をやめて、佐助にするか……原田佐助……原田もいらねえな、ただの佐助でいい）

どうせ、武士ではいられないのだ。帯刀というだけで、官軍の方では、まず、敵か味方かと警戒する。

町人に対しては、はじめから安心感を持つのだ。

いまの左之助にしてみれば、両刀を捨てることの屈辱感も、うすれかけていた。生きることのほうが大事なのだ。

（佐助……左之助と大して違えがねえか？　左吉のほうがいいかもしれねえ）

と、いうところに落着いた。

左之助の左吉が、ジェラールの瓦焼き場で働くようになったのは、八月も終りに近くなってからであった。

ジェラールは、仏人でアルフレッド・ジェラールと呼ぶのが正しいらしい。が、当時の日本人には、横文字は蘭学から入った者が多かったから、正確な発音は望めない。

フランス人とイギリス人の区別が出来ないのが常態である以上、ゼラルド、とか、ジェラールとか、ゲラードなどとも呼ばれて、また当人もこだわらなかったようである。その素姓もかなり、あいまいだった。

ジェラールだけではない。当時の横浜に来た外人たちは、素姓のあやしい一旗組が多かった。むろん、善良な者もいたし、ヘボンのような名医で宗教家もいたが、食い詰め者が尠くなかったのは事実である。

ジェラールの正業は何であったか、よくわからない。その来日の詳細もわからない。国籍も判然としない者が多いのだ。ドイツ領事をオランダ人が兼任していたり、単なる利益代表が公使を称したりしていた。

こういう連中だけに、ジェラールは、まだましな方であった。かれは井戸掘りの工具をヨーロッパからとり寄せて、小さな井戸掘り会社を起したり、豚の需要が増したと聞くと、磯子辺の農家に養豚を奨め、その販売に責任を持つという契約をしたりした。

慶応末年から明治にかけて、横浜の人口は、異常な膨脹《ぼうちょう》を見せている。

慶応四年八月の「もしほ草」という新聞には、〝此節日本人多人数、横浜に来りて住居せるより、近村の借屋、貸座敷までもみなふさがりたり。外国人もこれに驚ろけり……〟とあり、また〝三ヶ月以来、横浜の開けかた以前の四倍に及べり〟と、ある。

どこまでこの数字が正確かはわからないが、つづいて〝此有様にて当冬に及ばば、江戸より人別《にんべつ》（人数）多かるべし〟と驚ろいているのだから、かなりの信憑《しんぴょう》性が窺《うかが》える。

ただ、膨脹したというのではなく、江戸から来た者ばかりでなく、ほかの土地からの移入者も多いのは、日本中が戦火に灼かれているからであり、横浜は外国の軍艦が警固（居留地の権益保護を名目として）していて、戦争に巻きこまれたり、怪我をしたりする心配がないからだと、分析している。

外国貿易の面から見ても、運上高（関税）一ヶ月八万弗《ドルラル》以上にもなっているというのだ。戦争景気にはちがいないが、居留地の異常な繁栄が推測できる。

こうした景気は、目先の利いた者には、一種のゴールド・ラッシュに見えたろう。ジェラールがいろんなことに手を出して走りまわっていたのは、それだけ才覚があったからだし、同じ金儲《もう》けでも、堅実だった。

居留地の発展は、洋館の建築増築を促し、洋瓦の需要と高騰を齎《もたら》していたのだった。

「瓦焼きの手伝いくらいはできるかもしれねえ」

左之助の申し出に、ジェラールは頷いた。

「手が足りない、助かります。サノスケには、手間賃、二倍あげます」

「なあに、一人前でも高すぎるだろうぜ、何もできねえ素人だ」

たしかにその通りだった。左之助の左吉は、ひと月と経たないうちに、その仕事をやめている。

瓦焼き、といっても、左之助の左吉に出来ることといったら、せいぜい、土運びか、土捏《こ》ねくらいのものだった。

ジェラールは本国で建築関係の仕事をしていたのだろうか、江戸の橋場や中之郷の瓦焼きの窯元に洋瓦を発注していたのだが、需要に追いつかないと、運送に手間どるので、かれは横浜で瓦焼きを考えついたのだ。

居留地の中には、瓦を焼くような敷地はとれない、願い出て、山手の元村のはずれに、広大な敷地を借り受けて、窯を幾つも築いた。

もともと塵芥《じんかい》捨て場で、猫や犬の死骸《しがい》も転っていたところから、借り賃も二束三文だったろう。

それに願い出た時期がよかった。

大政奉還によって、名実ともに幕府は政府の権限を失っていた。この三月から、横浜も東征総督の統治下に入り、横浜裁判所の管轄するところとなり、外国事務局などが設置された。四月下旬には、横浜裁判所は神奈川裁判所と改称され、運上所が横浜役所となっていたのが、あらためて横浜裁判所となった。

こういう時代の変遷にともなうややこしさをかえって好機としてジェラールは巧みに瓦焼き場の権利を摑《つか》んだのであろう。

この可否は別にして、ジェラールの瓦は、洋館の拡張増築を願う外人たちにもてはやされた。

日本の屋根瓦は、いわゆる雌雄の組み合わせからなる波型で、雨が入りこまず流れをよくしているが、洋館の場合、勾配《こうばい》が違うので、波型ではなく、長方型の平型だった。裏面にこまかく、幾何学模様を刻んだ、手のこんだものだった。

はじめは、土捏ねをやらされた左之助も、十日も経つと、型に原料の粘土を詰める作業に変った。

木型はジェラールが指物師に作らせ、彫師に模様と銘を刻《きざ》ませたということだった。

この窯場で型とりをやり、夜はジェラールの洋館にもどってくる。

そういう生真面目《きまじめ》な仕事も、はじめのうちは、自分が生れ変ったようで面白く感じたが、半月以上経つと、段々と、嫌気《いやけ》がさしてきた。

同じ仕事の繰り返しだから、刺戟は何もないし、左之助のような生れつき気性の荒い、血の気の多い男には、こういう素朴な仕事はむいていないのかもしれない。

「兄《あに》い、左吉の兄い」

日が暮れて、手足を洗っていると、小亀という男が近づいてきた。

「まっすぐお帰りですかえ」

「小亀か、曲《まが》って帰《けえ》ろうにも、道ァまっすぐだとよ」

「へえ、そいじゃァ銭コが貯《たま》ってしかたがありますめえ、気晴《ばら》しに手慰《てなぐさ》みをおやんなさったら如何で」

小亀は壺《つぼ》を振る手つきをした。

「――博奕《ばくち》か」

「へえ、嫌《きれ》えな道じゃありますめえ」

「まあな……」

「へへ、顔に書いてありまさ」

顔、といわれると、左之助は反射的に気をひきしめる。どこで知った顔に逢うかしれない。元新選組の幹部で彰義隊の残党だ。官軍の耳に入ったら、今度は逃れられない。

小亀は、そんな左之助の表情を、下から上眼づかいに媚びるように見上げて、

「丁半《これ》もやらねえ、女《れこ》もいねえ、じゃァ、せっかくの好い男が、爺《じじい》むさくなっちまいますぜ」

「とっくに凋《しぼ》んでらァな」

左之助は苦笑した。

昼間は洋瓦の土捏ね型どりで泥にまみれ、日が暮れると、ジェラールの洋館に帰って、ヤン夫婦の作った夕食を済ませて寝る。その単調な生活の中で、しだいに刀が錆《さ》びてゆくように、覇気を失ってきているのが、自分でもよくわかる日々であった。

「そいつァよくねえ、一ト晩賽《さい》ころを転がしてみなせえ、生き返りまさあ」

「そうだろうか。賭場《とば》はどこだ」

と、左之助はもう行く気になっていた。

賭ける金はある。

本所のお蘭の家から出るとき、しのばせてくれた五両の小粒が殆ど手つかずに残っていたし、ジェラールは約束通り、手間賃を払ってくれる。生活に不自由がないので財布はふくらむ一方だった。

「太田部屋で今夜は面白えのがあるんでさ」

と、小亀は言った。

先年、大火があって居留地の大半が焼けた。いわゆる豚屋火事といわれるものだが、そのとき、遊廓も焼失している。

そのため吉田橋を渡った太田新田の埋立地に、遊廓が新設された。居留地の復興は至上命令だったし、遊廓もまた絶対必要な設備だった。人足たちが諸国から流れこみ、使いものにならなかった湿泥地《しつでいち》や古沼や入江がどんどん埋め立てられて、新しい横浜が拡充されていった。

新開地では、当初の計画が完成してからでも、あとから、仕事が増えてくる。太田部屋には、いつも、二、三百人がごろごろしていて、夜になると、丁半博奕が開催される。

神奈川裁判所でも、部屋博奕には見て見ぬふりをする。博奕や女遊びは大目に見てやらないと、欲求不満で騒ぎが起るのだ。まだ東北では戦さがつづいている。完全に政権を把《つか》んだわけではなかった。

左之助の左吉は、途中で豆絞りの手拭《てぬぐい》をすっとこ被りした。万一、顔を知っている者に見つかったときの用心だった。

「瓦焼き場のなかまでね、左吉っててんだ」

小亀が部屋頭に紹介した。それだけだった。素性を根掘り葉掘聞くことはない。こういうところに集ってくる連中は、たいてい何かの暗い過去がある。

「亀のなかまなら、妙な真似はしねえだろうな」

と、部屋頭の藤七が念を押すように言ったのは、左之助の左吉が挨拶のときも、頰被りをとろうとしなかったからだ。

「へえ、ちょいと、面疔《めんちょう》を患《わずら》っていましてね」と、左之助はぬけぬけと言った。「きたねえところをお見せしたんじゃァ、場の気分が悪くなるんじゃねえかと思いまして」

「まあいい、目立たねえところに坐ってくんな」

どうせ、いかさまで巻き上げるだけの鴨だから、咎《とが》めることもない、と思ったのだろう、藤七はうすら笑いで頷いた。

博奕というやつは、少しやらないでいると、勘が狂う。

考えてみると左之助は賽ころを手にしなくなって久しい。

こういう鉄火場の雰囲気は好きだから、隅っこに膝を割りこませて、賽ころの音を聞いただけでわくわくしてきた。

見ていると、横浜の景気をそのまま反映して、朱銀や分金《ぶきん》が動いている。どうせ日庸取《ひようと》りの小便博奕、五十文百文のやりとりだろうと思っていたが、結構、旦那博奕に近い線だ。

もっとも物価が高騰して、ただの土運びでも、銀の七匁や八匁にはなる。つまり金一両の八分ノ一で、二朱銀を張るのは一日の稼ぎを賭けることになるわけだが、どうせ宵越しの金は持たないのが自慢の連中なのだ。

「兄い、豆絞りの兄い、黙って見ていても、銭は鳴かねえぜ」

中盆《なかぼん》が嫌味な声をかけてきた。

「へえ、こいつァ悪かった。久しぶりでね、つい、みんなの気合に呑まれていたんだ」

「張ってくんねえ、天井なしだ、百両でも千両でも、かまわねえぜ」

これも嫌味だ。肌脱ぎの壺振りが、けしかけられたように、じろりと隻眼で見た。

この男、額に刀傷がある。眉が半分削られたように傷痕《きずあと》に呑みこまれていて、眼がつぶれている。

「兄い、左吉兄い、早く賭けておくんなさいよ」

小亀はびくびくしながら、一朱銀を指で押した。

「は、半だ」

「そうかい、じゃァおいらは丁と行こう、まず、二分だ」

分金を二枚、ぽんと置いた。

「ほう、新顔が、二分張ったぜ。さァ、張った張った、半目が足りねえ、張った張った」

二間《けん》の雪道《ゆきみち》、お犬ころころというのは、畳二枚に金巾《かなきん》の白布をぴったり張った上を賽ころが転げるさまを称うのだが、その雪道も、残雪のように、かなりうす汚れている。

博奕は運である。ルーレットなどの機械を用いる場合には、機械の癖もあるし、確率も考えられる。

が、丁半博奕には上手下手はない。もっともツキということはあるから、そのツキを上手に生かすかどうかくらいの違いだ。

左之助はツイていた。

出目《でめ》は四六の丁で、

（こいつァ押し目だ）

と、思って強気に出たのが当った。

偶数が丁、奇数が半である。賽ころ二つの合算で決めるから、一と三、三と五など奇数丁目になる。が、これは丁張《ちょうば》りでは半チクといって、強運に入れなかった。二つとも偶数であるところに、ツキが丁にあると見た。

所詮、非論理的な社会の言い慣《なら》わしにすぎない。丁がつづけて出たのも偶然だろう。

左之助は瞬く間に、二十両ほど儲けてある。ツイているときには強気に出るのが、左之助の信条だ。

「さあ、もう一ぺん丁が出るぜ、こいつを全部だ」

ずいと、二十両を丁方《かた》に賭けた。

負けても、もともと。半目と出て、そっくり取られても、遊んだだけ得という気持だった。

その思いきりのよさが、勝運を呼んだのか、六のゾロ目《め》で、四十両になった。

「客人、随分とツイていなさるね。あんまり一人で掻《か》き込まれちゃァ、場が淋しくなる。壺振りを代えますが、よござんすか」

苦々《にがにが》しげに見守っていた藤七が声をかけた。

イカサマでなくても、疲れたディラーは客の強気に対応できなくて、裏目裏目と出てしまうのだ。気合というか、精神力が作用するところが、博奕の面白さでもある。

「ああいいとも」

鷹揚《おうよう》に左之助の左吉は返事をした。

「誰がやっても同じことさ、今夜のおいらァ、ツイているのだ、丁目ヅキかね。壺ん中で、賽ころがこんばんは、と挨拶しているのさ」

「はははは、面白え人だ。じゃァ、わっしが壺を振らせてもらいやしょう」

藤七が壺振りの席に坐った。着物を脱ぐと肘《ひじ》までびっしりの彫物だった。背中いっぱいに水滸伝の花和尚《かおしょう》魯智深《ろちしん》の図柄で、両手の肘のあたりは雲竜模様になっている。

たしかに、ディラーの交替は、遍《かたよ》ったツキを換えることが多い。

が、それにしても、藤七になってから、左之助の張り目は、ことごとくそれてきた。

「君子《くんし》は半目に賭けねえのさ」

などとうそぶいて、丁に張っていたのが、半目つづきになってきた。君子もくそもない。半に賭けた。と、嘲《あざけ》るように、逆目の丁になる。

「ツキが落ちたようだね、左吉兄い」

早くからおけらになっていた小亀がおそるおそると言ったときはもう左之助の膝《ひざ》前に一両と残っていなかった。

「運ぶ天ぶさね、しかたがねえよ兄い……」

小亀は外へ出ると、慰めるように言った。

鉄火場では酒や寿司が出る。空腹では勝負が出来ないし、徹夜でやる者が多い。勝てば勝ち酒、負ければヤケ酒で、小亀はあまり酒は強くないから、寿司をヤケ食いしようと思っていたのを、左之助の左吉に促されて外へ出たのだ。

「なあ、勝つときもありゃ、負けるときもある。それが勝負ってもんだから……」

「よしな」

左之助はうるさげに言った。

「おめえに慰めてもらうことはねえ」

「だけどよ、誘ったのは、おれだから」

「遊んだのは、おれさ」

「…………」

「ははは、面白かったぜ」

負けおしみだと、小亀は思った。

が、月明りの中でまじまじと見ると、左之助の表情は大金をスッたあとの無念さなどないようであった。

「そ、そんなら、もう少し遊んでいりゃよかったのに。寿司くれえつまんで」

「意地の汚ねえことを言うな。面白かったってえのは、イカサマの手口をとっくりと拝見したってことさ」

「なんだって」

「これから、もっと面白くなる」

左之助は背後をふりかえって言った。

「見てな。ちょっと派手にやるぜ」

太田部屋から一町ほどくると小藪《やぶ》がある。水神さまが祀《まつ》ってある。そこで、左之助は足をとめた。

「藤七はこの道を通るんだな」

「へ？」

「藤七は勝負のあと、遊廓の情婦《いろ》のところへ帰るといったな」

「へ、へえ……そんな話でしたよ」

太田部屋へゆく途中、小亀は部屋の誰かれの噂を、あれこれと、とりとめなく話してくれた。その中に藤七が後家《ごけ》好きで、いまは遊廓芸者の何とかという女のところに入り浸りだと話していたのを思いだしたのだ。

「亀次って女なんでさ。年増ですがね、こいつもまた金棒《かなぼう》引きで」

「小亀に亀次か、いっそ、おめえが譲って貰《もら》ったらどうだ」

「じょ、冗談いっちゃいけねえ、あんなのと一緒になるくれェなら、吉田橋の引っ張りのほうが、まだ垢《あか》ぬけしてまさ」

待つほどもなかった。藤七らしい影が小屋から出てくるのが見えた。一人ではない。影の様子では三人らしい。

ここで待ち伏せしたのは、イカサマを追求するつもりだろうか。三人が相手だとすると、これは大変なことになる。小亀は首をすくめた。

「あ、兄い、こいつァ危《やば》いですぜ、出直したほうがいい」

「恐いか？」

左之助は、からかうような調子で、

「恐けりゃ、帰んな」

「え!? だって、おめえ」

「帰るがいい、そら、顫《ふる》えがとまらねえぜ、風邪をひいたんじゃねえか」

「こ、こりゃ武者顫いだ」

「らしいな、帰ったほうがいい。花和尚が風邪をうつされたら、また恐るだろうぜ」

左之助の左吉は平気らしい様子だ。小亀のような男には、太田部屋の部屋頭藤七の名は、大したものらしいが、所詮、開港地の飯場《はんば》の小頭にすぎない。新選組の幹部で暴れ者だった原田左之助の眼から見れば、とるにたらない小物なのだ。

小亀は、ほっとした。喧嘩《けんか》に巻きこまれなくて助かる。

だが、それでもさすがに、逃げてしまうのは〝左吉〟を見捨てるようで、走りだすこともできなかった。

「どうした、小亀兄い、早く帰ったがいいぜ」

左之助は近づいてくる藤七たちを見まもりながら、

「足が動かねえのかえ、そんならそのへんにスッ込んでいるがいい。飛ばっちりを受けて、怪我をしちゃ、夜鷹《よたか》にもモテなくなるぜ」

「へ、へえ……そうさせて貰いまさァ」

藪かげに、小亀がうずくまったとき、藤七たちの馬鹿笑いが聞えてきた。

やはり三人だった。何やら高声で話しながらやってくる。イカサマで勝ったのでいい気持になっているのだろう。

「——利口ぶっている野郎ほど、インチキが見ぬけねえのさ、特に今夜の、あの馬鹿は何とかいったっけな」

「頰かぶりの野郎ですかえ。あの馬鹿、太田部屋だってえのに面《つら》を隠しやがって」

「瓦焼き場の土捏ねだとか聞きましたがねえ、どうせ兇状《きようじよう》持ちでさ」

「兇状持ちでも何でもかまわねえさ。銭コさえ運んでくりゃ、こちとらには大黒《だいこく》さまだ。そうそう左吉とかいっていたぜ。どうせ、出まかせの名前だろう」

「盗ッ人か人殺しにちげえねえ、異人館荒しでもやってるんじゃねえですか」

「かも知れねえ、今度来たら、また頂くさ。金の蔓《つる》だ、ていねいにもてなしてやんな」

その鼻っ先に、ぬっと、左吉は出た。むろん、頬かぶりをしたままである。

ぎょっとして、藤七がのけぞるのへ、左之助は笑いを含んで言った。

「礼を言うぜ」

「な、なんだと！」

「もてなしの礼をしなきゃな」

言下に、藤七は頬骨が割れたような激痛でふっ飛んでいた。

藤七がふっ飛ぶのと、他の二人が、提燈を捨てて、原田左之助に襲いかかってくるのは、殆ど同時だった。

喧嘩馴れした動作である。瞬間に左之助は一人の男の手に刃物があるのを見た。地上に落ちて燃えだした提燈の火明りを掠めて、白刃がぎらっと光ったのだ。反射的に左之助は身を躱していた。流れる腕をつかんで逆にひねりあげながら、飛びかかってきた別の男の股間《こかん》を蹴《け》上げている。骨の折れる音がして、捻《ねじ》りあげた腕が、すっと軽くなった。

藪のかげでうずくまって見ていた小亀が、首をすくめて、二三度またたくうちに、この争いは終っていた。あとには二つの提燈が燃えているだけで、三人の男が地上にもがいていたのである。

「小亀、済んだようだ」

と、笑顔で振りかえった左之助の呼吸は少しも乱れていない。

「泣く子も黙る太田部屋というから、どんな鬼か化物が棲《す》んでいるかと思ったら、可愛いい連中だ。まるで寺子屋で餓鬼を相手に柔術《やわら》を教えているようなもんだぜ」

「…………」

「藤七、といったっけな、さっきは御立派な文身《もんすけ》を拝見したが、おめえにゃ花和尚魯智深はちッと御立派すぎやしねえかい。いっそ、そんなものは削りとったほうがいい。ついでだから、この左吉が手を貸してやるぜ」

奪いとった匕首《あいくち》で、藤七の縞《しま》の着物の背中をすーっと切り裂いた。

「助けてくれ」

さっきの威勢も失《う》せて、悲鳴をあげる藤七の頸《くび》すじを押えると、

「虎《とら》は死して皮を残すってェからな、泣くこたァねえ、藤七さまのお彫物だ、鞣《なめ》せば異人に高く売れるぜ、十文や二十文にはなるだろう」

「助けてくれ、堪忍《かんにん》してくれ」

「おい、泣くやつがあるか、イカサマの藤七さまが泣いちゃ賽ころが可哀想だ」

「イカサマだって？　そいつァ何かの間違いだ」

言い張る藤七の袂をさぐると、賽ころが四つ、出てきた。

「こいつァイカサマ賽じゃねえっていうのかね」

「そ、それは……知らねえ、知らねえ」

「ほう、賽ころさまが勝手に袂へ入ったと言いたいらしいな。背中の花和尚はそんな野郎の背中にくっついているのは嫌《いや》だとさ、やっぱり、引《ひ》っ剝《ぺ》がすか」

匕首の刃を頸すじへあてて、力を入れようとした。藤七はまた悲鳴をあげた。

「かなわねえ、堪忍しておくんなさい。金ァ返します。実は相談してェことがあって、兄貴《あにき》を試してみたんだ」

「試すだと?」

「怒っちゃいけねえ、金儲《もう》けの話なんだ。とにかく、その匕首《ドス》を納《おさ》めておくんなさい」


原田左之助は藤七に案内されて遊廓の中の亀次という芸者の家に行った。

いわゆる廓《くるわ》芸者である。明治も半ばすぎから、芸妓《げいぎ》と娼妓《しょうぎ》の地位が逆転して今日に及んでいるが、以前は芸妓は文字通りの芸をする者で、したがって、芸者は芸妓を必ずしも意味しなかった。

男の芸者も多かったが、幇間《ほうかん》という呼称が普及するにつれて、男芸者という表現は廃《すた》れていった。

横浜の港崎《みよざき》町遊廓が豚屋火事で焼けたあと、吉田橋の南側に新しく縄張《なわば》りされた遊廓でも、殆ど以前の敷地を模して作られている。

はるばると地球の裏側からやってきた海の男たちのためにも、こういう施設がないと、附《ふ》近《きん》の住民たちは安心できない。

何かにつけて弱い立場の幕府は外国公使たちの突き上げもあって昼夜兼行で遊廓を作っている。

廓芸者たちの長屋は、廓の中にあった。娼妓のほうはいうまでもなく籠《かご》の鳥で、大門から出るのは大変だったが、芸妓もまた他出には鑑札改めやお届けなどが面倒だったらしい。

左之助は大門の内に入るのははじめてだった。

「毛唐相手の女とは寝る気にならねえな。おめえの亀次という芸者は、毛唐の旦那を持っているのか」

「御冗談でしょう。芸者は毛唐なんか相手にしやしません。いえね、向うさまで、相手にしてくれねえので、へえ」

腕を折られた男は、もう一人のやつが介抱して小屋に引返している。

亀次の家に来たのは、小亀と三人だった。

「儲け話というのを聞こうじゃねえか、いい加減なことを吐《ぬ》かしやがると、背中の皮を……」

「それだけは御免蒙《こうむ》らせて貰いまさ、因幡の白兎《うさぎ》になっちまう。左吉兄い、この藤七はイカサマはしても嘘《うそ》と坊主の頭は結《ゆ》ったことがねえのでさ。ただね、この仕事ァ、ちっと難しい、腕と度胸だけじゃ足りねえ、頭もいるんだ。食い詰めの馬鹿野郎ばかりじゃ百に一つもうまくいきっこねえのでね」

藤七の言いつけで、小女《こおんな》がどこかへ出ていった。黒塗りの猫脚膳《ねこあしぜん》には、刺身や香のものがのっていて、長火鉢の胴壺《どうこ》ではお湯が沸いている。

こんな真夜中でも酒肴《さかな》の用意が出来ているのは、藤七は気のむいたときやってくるし、亀次も大まがきの岩亀楼や五十鈴楼などから戻ってくると、飲みなおすからだった。

「素面《しらふ》では話になりません、いま、呼びにやりましたので、まあ、一盞《ひとつ》……」

「誰を呼びにいったのだ」

「金主《きんしゅ》でさ……女でね」

「おんな?……」

左之助は、眉をひそめた。

金儲けの話というのに、女だとは。意外だった。女だから金儲けに無縁だとはかぎらないが、左之助の認識からすれば、意外だったのは否めない。

「ああ、美い女でね……」藤七はへらへら笑っている。「若年増だがね、二十歳を二つ三つ越しているかねえ、美い女だが勝気で、あっしなんぞ、鼻の先で、ふんだ」

「そういう女は、さっさと抱いてしまえばいいのさ」

「抱こうにも、押し倒そうにも、手が出ねえ」

「ふうん、それでよく太田部屋の人足頭がつとまるな」

「男と女は、違わァな。ことに相手が美い女だと、どうにもならねえ」

二人の話をよそに、カマスの干物をむしゃむしゃやりながら、急がしく盃《さかずき》を口に運んでいた小亀がひょいと顔をあげて言った。

「へえ、亀次姐《ねえ》さんくれえのブスが丁度お似合いというわけで」

「この野郎、のぼせた口をきくんじゃねえ、あいつだって女のうちだ」

「全く、割れ鍋にトジ蓋《ぶた》たァよく称ったもので」

その亀次がもどってきたのかと思った。戸口に足音がした。

左吉はさすがにここへくるときには豆絞りの頬かぶりはとっている。大門を入るとき、脱がされた。もう狂気じみた攘夷浪人などはいないはずだが、外人のほうでも不安なのだろう。廓役人たちがかぶりものを注意した。

以前は関内へ入る武士は、刀に鑑札をぶら下げさせられたり、甚しいときは、両刀を預けねばならなかったほどだ。

かぶりものを注意されるくらいは、横浜の遊廓としては大した進歩だった。

「来たようだ」

と、藤七は戸口のほうを見た。

「こんばんは……それとも、お早ようといった方がいいかしら」

聞いたような声だと思ったのである。左之助はふりかえり、入ってきた女を見た。

六畳に四畳半のせまい芸者長屋で、間の襖を開け放してある。何度か来て馴れているのだろう。玄関の障子を開けて上ってきた女は、あっ、と声をあげて棒立ちになった。

「左之……」

思わず、叫びかけて、あわてて語尾はのみこんだのだ。

左之助もはっとした。立ち直るのが、かれの方が早かったのは、何度も危険をくぐり抜けてきた経験のせいだろうか。

女は——お佳代だった。

左之助のほうも、その名前を嚙《か》みころしたのである。

「左吉ですよ、姐さん、久しぶりでござんすね、瓦職の手伝いでね、へえ、もう、左吉も落ぶれたもんでさあ」

相手にうっかり名前を言わせないために一気にこう言った。

お佳代は崩れるように坐った。それは、衝撃の強さを物語っていた。凝っと左之助を見つめたまま、まばたきも忘れたように、その場に坐ってしまったのである。

（お佳代……）

呼びかけたい思いを圧えたのは、彼女のほうで、どう名乗っているのかわからなかったからだ。

左之助のようなお尋ね者であるはずはないが、最初から、得体の知れぬ女だったし、沖田総司との関係から、どういう立場になっているかしれない。

六道ノ辻のあの家にいるとばかり思っていたのが、この横浜に来ているということだけでも、境遇の変化を物語っている。

幕府の瓦解は、多くの人々の生活を変えている。

「左吉でございます、久しぶりで。姐さんもちっとも変らねえや」

左之助は彼女の驚愕《きようがく》を柔らかくほぐすように、笑いかけた。

「あのころも、おきれいだと思いましたがね、なんていうか、こう、また一段と垢ぬけして……横浜にいる女は毛唐の魔法できれいになるって聞きましたがね、やっぱりほんとうだ」

「左吉……さん」

「どうです、ちょいと逢《あ》わねえうちに、あっしも男振りがちっとはあがりましたかね。シャボンで毎日、面をこすっているんだが」

漸くお佳代は自分を取戻したように、笑いだした。

「ほんとうに、お久しぶりですこと。でも、吃驚《びつくり》しましたよ。よく御無事で……」

「あ、ああ、なにね、不死身でござんすからね、叩っ殺しても死なねえ」

彰義隊などと、おくびに出されては困るのだ。

驚ろいたのは藤七も同じである。呆れたように交互に見やって、

「なんでえ、知っていなさったのか。お佳代さんが左吉兄いを知っているたァね」

「珍らしかねえやな」と、小亀がしたり顔になって、

「二人は似合いだァね、えへへ、左吉兄い、これはタダじゃ済みませんよ」

何よりも、左之助が驚ろいたのは、お佳代が金儲けの〝金主〟として、あらわれたことであった。

お佳代のほうにしてみると、自分の名前を知られていないつもりだった。原田左之助の姓名は官軍から聞いた。あれから、また調べに来たのである。手先になった町役人も来た。むろん、知らぬ存ぜぬで通してしまったが、雨の日のあんな出合いだっただけに、印象に強く残っている。

（そうだ、この女からは、総司の着物をそっくり貰っていたのだ）

あのときの女の気持は、いまだにわからない。もしも再会したら、どんなつもりだったのか聞いてみようと思っていただけに、左之助は愉しくなった。

「藤七、このひとか、さっきの話の金主は」

「そうでんね。お互《たげ》えに知っているのなら話ァ早い。お佳代さん、頭と腕と度胸の三拍子揃った男てえのが、こちらさんなのさ」

お佳代という女は、一体、何をしているのか、どういう素性なのか、まるきり知らないのだ。

いかに混乱のなかとはいえ、奇妙な関係にちがいない。

お互いに名前も知らず、行きずりに一刻を楽しんだ。

その女と偶然に再会したというのも、運命かもしれない。

「左吉さんなら、願ってもない相棒さ」

と、お佳代は、白い咽喉をそらして、けらけら笑った。

その肌の白さに、左之助の左吉は、あの雨の日のことを思いだした。

（不思議な女だ……）

沖田総司とは、どこまでの関係だったのか。

総司のために仕立てた着物をそっくり、左之助に着せている。しつけ糸をしゅっしゅっと引き抜いて、くるくると指に巻きとったときの指を、ひどく愛しいものに感じたものだ。

その指で、お佳代は銚子《ちょうし》をつまんだ。

小指を浮かせて、軽くつまみあげた手つきも、艶《えん》なものだった。

「おひとつ」

と、流し目に見る。

「もらおうかね」左吉は、調子をあわせて、「横浜《ハマ》でめぐりあおうとは思わなかったぜ」

「よくご無事で……」

その言葉に想いがこもっていた。

「ああ、死なねえさ、不死身の左之……左吉だわな。ところで、お佳代さん、といったっけ、その儲け仕事というのを聞こうじゃないか」

「ええ、お話ししますよ。だけど、話を聞いてから、いやだと言われちゃ困るの。左吉さん、必ず承知して下さいますかえ」

お佳代は笑いを消している。その表情は真剣だった。

ほかの者だったら、左之助は、そんな条件に首肯しなかったろう。

（この女には、助けられた恩がある）

恩だけではない。あの時の甘美なおもいが、それを許す気持になっていた。

「いいとも、お佳代さんの考えだ、何でもやるぜ」

「うれしい」

お佳代は胸に手をあてて、大仰に喜びを見せた。

「おいおい、いい加減にしておくんなさい、見ちゃいられねえ」藤七は眉をしかめて、「危い仕事をやろうってェのに、ここでいちゃついていちゃ話にならねえよ」

「うるさいねえ、お前は黙っているんだよ。ここであたしが毛唐なら、お黙りっ《シャラップ》て言うところさ」

お佳代の計画というのは、鉄砲の売買だった。新式のライフル銃が五千挺《ちよう》、アメリカ船で運ばれて来たというのである。

米国の太平洋郵船会社《パシフィック・メイル》の〈サンタ・モニカ号〉が横浜に入港したのは七月十九日である。この船に五千挺のライフル銃と弾薬三万斤が積み込まれたままになっているという。

「五千挺も！　ほんとうか、それは」

左之助には信じ難い話だった。

鳥羽伏見の戦さで、会津藩の精鋭や勇猛の新選組が破れたのも、薩長土が用意した新式の鉄砲のためだった。

上野の戦さでも、愚かにも、同じ失敗をくりかえしている。

いま、戦さは関東から東北に移っているが、新式の銃砲弾薬なら会津をはじめ抵抗軍は咽喉から手が出るほどほしい。

官軍にしても、総督府の威力で献金は幾らでも使い放題だから、値段に糸目はつけない。居留地の外人は、たいていが一山あてるためにやってきた連中だし、領事や公使といっても、私の取引で商売に精をだしている者も多い。

無一文でやってきた者が、半年後に大金をつかんで帰るという例もある。そのブローカーたちが、どうしてそんな儲けを見逃しているのか。

「嘘だと思うでしょう、誰だって」

お佳代はにこりとした。

「それがつけ目なんですのさ、これには事情があるんです」

懐ろから、うすい和綴《わとじ》の新聞をとりだした。

現代のような新聞紙ではない。小冊子だから、いうなれば新聞誌である。

幕府が倒れるという大動乱に際して、情報をもとめる世間の要求にこたえ、新聞が相次いで発行された。当時三十種以上でている。

題字は〈東西新聞〉と読めた。

左之助のはじめて見るものだった。

日附は五月十四日。定価一匁とある。上野の戦いの前日になる。それから三ヶ月も経っているのに、この新聞を見たことがないのは、発行部数が少ないのだろう。続刊されているかもっとも、当時は新聞といっても、週刊や旬刊が多く、中には月刊くらいのものもあった。どうかもわからない。

お佳代が示した記事には、こうあった。

先日脱走彰義隊ととなへ、横浜へきたり弾薬を七万斤のちゅうもんなりしが、脱走のものには売ること相ならず申候へば、うらみ顔にてたちさりしと、右の者実は会津の藩士と申《もうす》事也。

「鉄砲屋じゃァ、お布令《ふれ》を恐がって売ってくれない。そこである人の口ききで、アメリカから買うことにしたんですよ。手金を打ってあるから、わきへ流すことはできない。これをそっくりこちらへ貰おうという話なんです。左吉さん、一役買って下さるでしょうねえ」

需要に応じて、中古でも鉄砲の値ははね上っている。以前は一挺十両くらいで買えたものが、十五両十八両で取引されていた。

もっとも、この数年間に鉄砲は長足の進歩で性能がよくなっている。

先込めと元込めでは価値が数段違うし、銃身に施条のあるなしでも違う。連発となれば尚更だった。

「なんでもその舶来鉄砲は、シャープスといって、そりゃァ上等なんですって」

「シャープスか、知っている」

原田左之助は頷いた。

「シャープスにも、古いやつと新しいのがある。新式なら四十両はかたい」

一挺四十両にして五千挺。気の遠くなるような値段である。

「夢みてえだな」

　ごくりと、藤七が生唾《なまつば》をのみこんだ。

「待てよ」と、左之助は冷静だった。「それだと、売値は二十万両ということになる。手金は幾ら打っているんだ」

「二万両だとか聞きました。なんでも五千挺で六万両という約束だったそうですよ」

「二十万両、いやさ十五万両に売れても大儲けだ。五千挺の取引だと一挺あたりの値は安くなるから、まあ大負けに負けるとしても、四、五万両の儲けだ」

　狸《たぬき》の皮算用をしていると、いつの間にか、その大金が目の前に積まれているような錯覚を起してしまう。

　そんな大儲けできる話が、そこらに転がっているなど、全く信じられない話だった。

「ついでくれ、大きなやつがいい」

　茶碗《ちゃわん》をとって、左之助はなみなみとつがせた。

「どうも変だぜ」

　頭を冷やさないと、その変なところがわからない。ぐっと一息にあけて、大きく息をついた。

「そうだ、お佳代さん、それだけ儲けるには、まず資本《もとで》というやつが要《い》るじゃねえか。どうもおかしいと思ったぜ」

「そ、そうだ、左吉兄い、あと四万両てえ金がなきゃ、五千挺の鉄砲は手に入らねえわけだわな。お佳代さんえ、そんな大金、どこで拾ってくるかね」

お佳代は黙って笑っている。何か成算があるらしい。

だが、あの六道ノ辻の家のたたずまいを見ても、とてもそんな大金があると思えない。

「左吉さんにここで逢えるなんて、神さまのお引合わせかしら」

「…………」

「腕と度胸のある男が三人もいれば大丈夫と思っていたけど、左吉さんなら、一人でも出来ますよ」

一人で五千挺の鉄砲をどう運ぶのか、それも四万両の資本を使わずに手に入れるというのである。

左之助は呆れたように、お佳代を見まもった。

新式のシャープス銃は後装施条銃で操作も簡単だし、着弾距離も長い。先込めのスペンセルなどに比べると、十挺分の働きをする。

それが五千挺もあれば、

（薩長に一泡《ひとあわ》吹かせることができるなあ。ひょっとすると……）

形勢逆転も夢ではない。会津へ運ぶことが出来ないだろうか。と、原田左之助は考えた。

会津藩ではむろん、費用は充分払ってくれるだろう。

船に積んで迂回して新潟へ上げるのが一番確実な方法であったが、その新潟の港はすでに官軍の手に落ちていたし、太平洋岸も、官軍に寝返っているという噂だった。

その船も、藩船などすべて官軍に徴発されていた。つい数日前まで品川沖に徳川の軍艦並に帆船がいた。

これは徳川亀之助が全面的に恭順ということで、乗員の歎願《たんがん》もあって碇泊《ていはく》していたのだが、突然、黒煙を吐いて脱走してしまったのである。

榎本釜次郎が軍艦頭で、その指令によるものだった。

「瞞《だま》された」

と、官軍では激怒したが、あとの祭りだった。

その話を左之助は洩れ聞いて、溜飲のさがる思いだったが、残念だったことも事実である。

おそらく、東北に向ったのであろうが、抗戦の気持があると知っていたら、左之助も乗りこんだかもしれないのだ。

「――売るといっても、東軍の手に渡すことが難かしいぜ、船は無いし……」

「官軍さまが買うて下さるわな」

藤七はもうすっかり酔い痴れている。

「馬鹿野郎、薩長の奴らに、新式鉄砲を渡せるものか」

「…………」

「二十万両が百万両でも渡せねえ」

「おいおい、まるで、徳川の家来衆みてえな口をきくじゃねえか」

「いや……」

「商売に官軍も賊軍もねえわさ、おタカラを貰いさえすりゃいいのさ」

「いやだ」

その鉄砲丸が、同志たちを殺傷するのだ。金のために裏切る気は手左之助にはなかった。

「おらァ、下《お》りるぜ」

「左吉さん！」

「薩長の手助けなんか、死んだってするものか」

「左吉さん、まあ、待っておくんなさいな、あたしだって……」

沖田総司に惚《ほ》れたり、官軍に追われている左之助を命がけで匿ったお佳代だ。金儲けに目の色かえても藤七ほど、卑しい気持はあるまい。

「官軍に渡しゃしませんよ。だから、考えがあるといってるじゃありませんか。とにかく、任せて下さいな」

お佳代の話に信憑性《しんぴょうせい》を感じたのは新聞記事だけではなく、契約書を持っていたからである。それは、お佳代の切札《きりふだ》だったらしく、二人きりになってから、はじめて、左之助に見せている。英文と和文と二通で、二万両を内金として受取ったという内容だった。

むろん、左之助には英文は読めないから、和文のそれと二通に大きな割印が捺《お》してあるのを見て、察しただけだったが、まず、間違いはなさそうであった。

署名は、会津藩士、中川主馬《しゅめ》。ちゃんと花押《かおう》もある。

「中川か」と、左之助は一瞥《いちべつ》するなり、驚ろきの声をあげた。「中川主馬……知っている。京都では何度もあったことがある」

「まあ、それは奇縁だこと」

「おれなどと違って、まともな男だったな。酒は強かったが、乱れることがなかった。祇園や島原で飲んだこともあったが、いつも、最後の段になると、まっすぐ黒谷の屋敷に帰っていった」

「飲むだけなんですか」

「飲むだけさ。会津の連中は酒が強い……」

「女ぎらいかしら？」

お佳代は、左之助の下腹部に手を伸ばした。弁天町のお佳代の家だった。話が済んだあと、左之助はお佳代の家に泊ったのである。もう夜が明けかけていた。障子の隙間《すきま》から、朝の光りが洩れていた。

お佳代が情熱を甦えらせたのは、左之助との再会に昂奮していたせいもあるが、かれが相棒となったことで、いよいよ、この計画が実行に移せるということにあったようだ。

そのはげしい行為のあとで、なおも、余情を愉しむように、お佳代は、左之助の胸に顔をうずめていた。

左之助の手が離れようとすると、いや、と身を揉んで、抱擁をもとめるのだった。

「ねえ……」と、女の掌は、柔らかく、かれをつかんでいた。「ほんとうに、女ぎらいの男っているかしら、薩摩っぽうは、ヨカ稚児とかいって、男同士で変なことをするっていうけれど」

「男に女、女に男だ。だがな、会津の男はしちっ固いんだ。国もとに残してきた奥方《おくがた》に済まないといってな、つまり、操《みさお》が固いのさ」

「まあ、遊廓にいって、何もしないで帰るなんて、信じられない」

幕末の島原は多分に各藩の公用方の社交場の意味があったのだが、そういうことを、お佳代に言っても、しかたがなかった。

「生真面目なんだ。だから、負ける戦さとわかっても、やる……男の意地というような単純なものじゃない、武士のまっとうな生き方なんだ」

(あの固い男が……)

中川主馬の風貌《ふうぼう》を左之助は思い浮べた。

主馬とこのお佳代の関係はわからない。この女とは、肌合があまりにもちがっている。普通の男だったら、この女のことだ。何もなしでは済まない。が、主馬とのことなら、疑う必要はなさそうだった。

会津藩士といっても固い男ばかりではない。妻子と離れての京住いは、必然的に、遊里の女と関りを持つことになる。

そういう男も多かった。が、薩摩や九州の勤皇を旗印にする連中とはかなり違っていた。

よくいえば、質実剛健、悪くいえば融通のきかない石頭が多い。

勤皇とか攘夷討幕を叫ぶ薩長のいわゆる志士たちは、志士なるがゆえに不安をかき消す妙薬として、酒と女に溺《おぼ》れた。

酔うては枕す美妓《びぎ》の膝、醒《さ》めては論ず天下の事、というのがかれらの日常であり、またその生活が得意でもあったのだ。

そんななかで、会津人だけが、きわだって、もの固く見えたのはしかたがない。

新選組は、功によって、旗本になったのだが、もともとは浪人の集団であり、当初は〝京都守護職（会津松平肥後守）の御預り〟というかたちをとっていた外郭団体で、のちにその関係は変るのだが、心情的行動には、そのかたちがずっとつながっていた。

気楽な新選組から見ると、会津人は、よく我慢が出来ると感心するほど、万事に、几帳《きちよう》面《めん》で、律儀で、もの固い。

酒に関しては実に話がわかるのだが、こと女のことになると、放縦な新選組と行動が合わない。

中川主馬は、その固物の方の典型だった。固物だから藩でも信頼して大金を預けていたのであろう。

「そんな固い人と、原田さまのような柔らかい人とお朋友《ともだち》なんて、おかしい」

と、お佳代は言った。手が動いている。左之助の男は、また目ざめてきていた。

「性格が反対のほうが、かえっていいのさ。お互いに相手を認めあうからな」

「男と女は？」

「こいつァ、性が合わなきゃ、楽しくならねえ」

「あたしたちのように？」

お佳代の手は、指は微妙に動いて、かれの昂ぶりをもとめている。

「どうかな、お佳代、お前に逢ったら、聞こうと思っていたことがある」

「…………」

それが何か、聞きもしないうちから、お佳代は、はげしくかぶりを振ると、ふいに身を起して、かれの唇を唇でふさいだ。

お佳代は察したのだろうか。左之助の質問の内容がわかったということは、その危惧《きぐ》を感じていたのかもしれない。

すでに左之助のからだはふたたび昂ぶっている。

だが、それ以上に、お佳代は燃えているのだ。左之助は、意地悪くその誘いを拒んで言った。

「大仕事をやるからには、お互いに気が合わなきゃなるまい」

「え、ええ……だから」

「まあ、待ちな。急ぐことはないさ」

「…………」

「その前にはっきりさせておこうぜ」

「なにを？」

「六道ノ辻で、危ないところを助けられたっけな」

「そんなこと」

「いや、事実は事実だ。礼を言わして貰おう」

「水くさいことを」

「命の恩人は、忘れねえよ」

「忘れなかったら、ね、もう一度……」

お佳代は燃えている。眼が光っていた。凄艶《せいえん》といいたいほどだった。

「それとこれは別さ。おれだってお佳代が好きだ。恩返しにもう一度なんて、浅ましいぜ。好いて好かれて、楽しむのが、男と女だ。おっと、話をそらしちゃいけねえ、はっきりさせたいことと言うのは……」

「聞かないで」

はげしく、お佳代は叫んだ。

「おい、おい、何も聞かねえうちから、それァ、ないだろう」

「何も聞かないで！」

「そうはいかねえ、この三月《みつき》以上の間、そいつばっかりが、頭にひっかかっていたのだ」

そうでもねえがね、と、左之助は、自分で自分の言葉を、肚裡《はら》のなかで否定した。ちょいと大仰に言わなきゃこの女に誤魔化されるからな。

「実ァ、総司のことだ」

「…………」

「沖田総司だ」

「…………」

「おい、シラばっくれちゃいけねえよ。お佳代、お前がその糸口は教えてくれたんじゃねえか、総司のために仕立てた紋服ひとそろい。おかげでおれは、大きな顔で上野入りが出来た。お藤さまで、と言うところだ」

「だったら、何も」

「いやさ、だから、はっきりさせてェのさ。総司と、あったのか」

「…………」

「総司に抱かれたのか」

「ばかなひと」お佳代はそっぽをむいた。「沖田さまは病身じゃありませんか。それに、左之助さんとはお人柄がちがいます」

「すけべいじゃねえってのか。当った、嘘じゃねえ。だが、そこらの娘なら、いざ知らず、お前だからなあ。ほら、また……」

「いけすかない！」

お佳代は身を揉んだ。男の指先をじっとりと濡らして、女の情感の盛り上りは否定できなかった。

「そんなことはどうでもいいじゃないのさ」

「よくはねえ」

「だって過去のことを」

「総司のことでなけりゃな、おれも気にはしねえさ」

沖田総司は美男でこそなかったが、性格がさっぱりしていて、背が高く、腕も立つので、女たちに人気があった。

左之助を新選組〝隊中一の美男〟と書いたものもある。左之助自身は暴れ者で〝美貌とか美男とか称われると、なんだか小馬鹿にされたようで、むしろ腹が立ったものだ。ともあれ、新選組という団体の中で二人が目立って女にもてたのは事実だ。

仲も良かったが、反撥《はんぱつ》しあうものもあった。このお佳代が沖田総司に傾斜していたことは、あの紋服ひと揃えでもわかる。

「――もう済んだことを、いまさら、どう言っても仕方がないでしょう」

「総司が死んだからか？　あいつは、おれの心の中に生きている」

「…………」

「おれが知りたいのは、総司がどうして死んだかだ」

「そりゃァ、胸が……」

「病気だけか？」

左之助の声は嫉妬《しっと》とか戯れではなく、真剣なものになっていた。

その眼の光りに、お佳代もうつつな気持を引き戻されたようである。

「ええ……そうじゃなくて？　だって昔からというでしょう、だんだんひどくなって」

「そう思うか、ほんとうに」

「…………」

「それなら、なぜ、紋服などを作ってやったんだ」

「そりゃア……」

「死に目が見えた男のために、紋服を仕立てさせるなんて、尋常じゃねえ」

「一体、何を言いたいんですよ」

お佳代は身を起した。

「あたしゃ医者じゃない。総司さまのからだが、どのくらい悪くなっていたか、わかりゃしない。でも、一時は、元気だったんです、だから、本復したときにと思って」

「そうだ、一時は元気になったと言っていた。おれが以前に逢ったときも、元気そうに見えたが、あれは、から元気だ。もとから冗談の好きな、陽気なやつだったからな」

「でしょう、だから、あたし」

「その元気なやつを殺したのは誰かと聞いているんだ」

「そんなこと、そんな殺したなんて、冗談も休み休み言って下さいな」

お佳代は蒲団《ふとん》の上に坐りなおして、

「左之助さんは、女心を知らないんだ、随分、女遊びしたような顔をしているけど、ほんとうの女の気持なんて、わかりゃしないのさ。紋服を作れば、病人は、それを着たいと思うでしょう、元気になれば、あれが着れる。そう思うことも病気を治す力になるんじゃないかと、あたし、そう思って」

思いがけなく、お佳代の眼に涙が盛り上っていた。

お佳代の涙は、左之助の胸を打った。新選組の暴れ者で、女の涙に動かされるなど、恥だと思うような男だったが、その心情を思うと、哀れを誘った。

（そこまで、沖田総司のことを想っていたのか）

総司と寝たかどうかはわからない。あの病気は、消耗性で、瘦せおとろえてゆくのだが、かえって性欲は進行するという。

見舞いにゆくうちに、積極的なお佳代に挑発されなかったとはいえない。

（あのからだで、この女に誘われたら、ひとたまりもねえ）

だが、ほんとにお佳代が総司を想っていたら、そういう無茶なことはしないはずだった。お佳代の涙に左之助は、それを信じようと思った。志が挫折《ざせつ》したまま死んでいった友人の思い出を、けがしたくない気持もあった。

「おれも、死因がお前にあるとは思っちゃいねえ」

「あたり前ですよ。ちゃんとお医者さんにかかっていたんだし」

お佳代は、ほっとしたように言い、また膝を崩して、左之助の胸にしなだれた。

「ねえ、総司さまのことは、しかたがないじゃないの。惚れていたのは、ほんとうです。でも、岡《おか》惚れ……たとえ、病気が治っても、あたしなんか相手にしてくれなかったでしょうよ」

「かもしれねえ、総司は、おれよりは、面食《めんく》いだ」

「あら、ひどい！　じゃァあたしは醜女《ブス》だということになるじゃないか」

「いやさ、おれには釣合がとれてるってことさ。まあいい、総司が死んだとき、お前はどこにいた？」

「あたし……丁度、用事があってこの土地へ来ていたんです」

「じゃァ、死水は誰がとったんだ？」

「あの……若いお医者さんが」

「順一か！」

のっぺりした袴田順一の顔が思いだされた。

「彼奴《きやつ》か⁉……」

総司が死んだと聞いたとき、卒然として浮んだ疑惑が、あらためて甦った。

あのときも、なぜか順一のことを怪しく感じた。女のような細い眉と朱《あか》い唇のうすっぺらな感じで、信頼のおけない男だった。医者というより、陰間《かげま》あがりの小間物屋というほうが、柄《がら》に合っている。

その蒼白《あおじろ》い顔の裏に、小狡《こずる》い、冷酷な血が流れていると見えた。

「彼奴が総司を殺《や》ったのか」

「まさか、そんな」

「いや、おれの勘は当る。彼奴に違いない」

「でも、病気が……」

「たしかに、総司は弱っていた。悪い野郎は、弱り目を狙《ねら》うんだ。一服盛っても、人は気がつかねえ」

「でも……なぜ？」

なぜ、医生の袴田順一が、沖田総司を毒殺する理由があるのか。

お佳代にはそれが疑問に思えた。

「あんなに、親切にお薬を下さった方なのに」

「その薬だって、何だかわかったもんじゃねえ、毒を少しずつ盛っていたかもしれねえ」

「でも……なぜかしら」

「さあな」

左之助は、凝っとお佳代を見た。女盛りのむんむんするような生気が、顔にも、からだにもあふれている。

左之助との交情が一層、その肌を酔ったように仄赤く染めていて、熟れ肌というにふさわしい。

「自分に聞いてみることさ」

「あたし？」

「お前さんに惚れたんだろう、ところが、お前さんは総司に惚れている。となりゃ、総司が

「まさか……」

と、否定しようとしたが、お佳代の声は力がなかった。

「ああいう男は、陰性だからな、へらへらした面の下で何を考えているかわかったもんじゃねえ、腹ン中はどぶ泥だ。盛り殺すのはお手のものだ。剣をとりゃ病気で弱っていても天下の沖田だ、めったなことには負けねえが、毒には勝てねえ」

左之助はとうとう、順一の仕業《しわざ》とひとり決めしてしまった。

「あの野郎、叩っ斬ってやる。総司の仇《かたき》だ。きっと大きな面をして、一人前の医者で候《そうろう》とやってやがるに違えねえ」

それにしても、左之助は追われている身だ。迂闊《うかつ》に江戸へは舞い戻れない。折を見て潜入するしかない。そのうちに余炎《ホトボリ》もさめるだろうという微かな期待はある。

あまり金に執着のない男だったが、この横浜に来てみて、金に対する見方《みかた》が、大分違ったようだ。

居留地は新開地である。伝統のある土地のような因習も人情もない。

ことに多人種が混然と生活していて、治外法権ときていては、金がすべてだった。

金がいのちに優先した。いのちも金で買える、というのが居留地の実感だった。

そこへ転げこんだ儲け仕事なのである。

「うまくやろうぜ」

憎いやな」

左之助は、お佳代を抱きすくめ、熱い息で囁《ささや》いた。

「うれしい！」

男の息だけで、お佳代はまた燃えてくるのだった。

そのお佳代と連れだって海岸通りの安房《あわ》屋孝右衛門方を訪れたのは中一日置いて、三日目のことだった。

左之助は紋服に袴で大小を横たえている。

「会津松平家中、天堂大作、内密の話があって参った」

と、初対面の口上した。すでに事前にお佳代が根廻《ねまわ》しをしていたので、左之助の大作は奥の土蔵に案内されている。

安房屋孝右衛門は、居留地でも豪腹な貿易商として聞えていた。生糸を主に扱っているが、銅、真鍮《しんちゆう》、唐銅の細工物など、売買を禁じられた品物の取引で巨利を博している。

はじめは本所の肥前屋の手代をしていたのだが、カジメの取引で資本を作って独立したという。

カジメという海草は当時、安房の海岸でいくらでも採れたものだが、開港間もなく、外人がほしがっていると聞くと、孝右衛門は故郷へ飛んで帰って、親類や知人からタダ同然で買入れ、商館へどんどん売込んだ。

百斤が銀二分から三分くらいで売れた。これは房州の常識では実価の十倍くらいに当る。

開港当時はお互いに事情がわからないから、なんでも売買が成立したが、

「異人は妙なものを欲しがる。こんな肥料《こやし》にしかならないものを、どうして大金を出して買込むんだろう」

と、孝右衛門は儲けながら首をひねった。

普通なら、そうは考えない。買手がいさえすれば、納得がいかなくても、売りまくる。孝右衛門の成功は一年ほどで、さっと手を引いたことだ。

英一番館などでも沢山買込んだが、もっとも多く買ったのは七十三番館で、何千俵というカジメをそこら中の倉庫を借りて入れるという始末だった。

ところが、実は、これは間違いだとわかった。外人たちが買いたかったのは板昆布《こんぶ》で、板昆布にしては値段が安いというので、どんどん買ったのだ。

間違いとわかって、ぱたりとカジメ買いは中止したが、さて、在庫の始末に困った。

どこかで売ろうとしても、誰も日本人はカジメなど大量に買わない。

売れないとなると、蔵敷料《くらしきりよう》が大変な額になる。自分の屋敷内でもカジメが腐ってゆくとなると、始末に困る。

「誰か引取ってくれないか」

と、とうとう取引相手だった孝右衛門のところへ話を持ち込んできた。

「よろしゅうございます。だが、タダじゃこまる。一俵につき二百文出しておくんなさい」

こんな阿呆《あほ》らしい話はないが、引取料を払っても始末するしかないので、泣く泣く、了承した。

孝右衛門は、荷物はそのままで保土ヶ谷や根岸あたりの村へ話して一俵二百文で売ることにした。

それには運賃こみだから、口をきいただけで、手を汚すことなしに莫大《ばくだい》な儲けをして、孝右衛門は独立したのだ。

「異人はこす狡いが、欲《よく》たかりで馬鹿が多い、あいつらから儲けるのはいい気持ですよ」

と、左之助にも言った。

「それで、鉄砲の話はわかりましたが、一体、わたくしに幾ら儲けさせて下さるので？」

新選組の連中は近藤勇をはじめ、無骨な剣客ぞろいだから、商売という点では、まるっきり、才能がない。

その中でも、原田左之助などは、最《さい》たるものだった。

もともと武士という存在そのものが、商売など出来ないように生れついている。大名家が倒れると家臣たちが路頭に迷うというのも手に職がなく、ツブシが利かないからであり、そのためにも、浪人になることを極度に恐れたのだ。

鉄砲の取引なども、所詮、資本がなければ、手をつけられない。

それくらいは左之助でも考える。

その資本を聞いたとき、お佳代は笑っていたが、どこからか、紋服を持ってきて、

「会津の御家中に化けて下さいな」

と、いわれたときまで、まだどうやるのか見当もつかなかった。

「おめえとは、妙に紋服に縁があるなあ」

そんなことを言っていたくらいだ。

安房屋孝右衛門を訪れたのは、残りの四万両を出させるためだったのである。

はじめ、その計画を打ち明けられたとき、左之助は懸念した。

「そんな大金を出すかえ」

「金持ちというのは、金にきたないんですよ。十万両の儲けと持ちかければすぐ乗ってくるんじゃないかしら」

その通りだった。

孝右衛門は、二つ返事でこそなかったが、話に乗ってきた。手広く商売しているだけに、新式シャープス銃の値段も知っている。

「四万両出しましょう、その代り五千挺の売り捌《さば》きはすっかりわたくしに任せておくんなさいますか？」

「なんだって!?」

「お任せ下さりゃ、あなた方の利益として、五万両差し上げますよ」

「どういう意味だ」

「失礼ながら、あなた方では、大金は儲けられない。わたくしなら五千挺二十万両に売り込める。わたくしには持ち船があるのでね」

民間の船は官軍に徴発されているはずだった。

「運上（税金）が損なのでね、アメリカ船ということにしてあります。アメ公はすけべいだから、女郎を抱かせりゃ、オーケーですのさ」

五千挺もの鉄砲と三万斤の玉薬《たまぐすり》を運ぶには、船が必要なのである。

翌日、藤七と小亀を供にして、左之助の天堂大作と孝右衛門はサンタ・モニカ号に乗り込んでいった。

孝右衛門は手代に命じて自分の持ち船をまわさせた。

小さいながら蒸気船で、インジアナ号という。米国旗が船尾にはためいている。

舳《へさき》に立って、潮風をここちよく頬に受けながら、左之助は懐中のピストルをそっと触っていた。

霧の町

あらかじめ話は通じてあったので、甲板には数人の男が出て待っていた。見上げるような大男たちである。左之助も日本人としては背の低い方ではないが、完全に頭だけが上にある連中に囲まれるのは、気持のいいものではない。

金ボタンの厚いラシャの船長服を着た男は、パイプをふかしていた。かれはウォルシュと名乗った。

でっぷりと肥って腹の突きでた赤毛の五十男が、契約者のサムだった。

この男は、終始葉巻を喫《ふ》かしていて、時々、思いだしたようにフロックコートを着た胸のチョッキから、懐中時計をとりだしては、パチンと蓋をあけて見る。

はじめは時間を気にしているのかと思ったが、そうではないらしい。それが癖らしい。かれがその癖をはじめると、船長のウォルシュは、ぷいと横をむいた。

だが、不愛想な船長に比べて、サムは愛嬌《あいきょう》がよかった。大きなからだで、にこにこしながら手を差し出した。口の上下を蔽《おお》った髭と頬髯《ほおひげ》がつながっていて、葉巻を咥《くわ》えていると、赤っぽい草むらから、煙がむくむくと吹き出しているようで、左之助は、ふと冬の野焼きを思いだした。

「中川主馬に頼まれて、約束の鉄砲及び弾薬を受けとりに来た」

と、左之助は言った。

「私は会津藩の天堂大作だ」

出鱈目《でたらめ》の名である。この取引の間だけの名前だった。

「わたし、サム・エドワーズ。おぼえやすい。なまえ、ね。サム。サムというなまえ、たいへん、おおい、まちがえるといけません、サム・エド、さむいえど、とおぼえてください」

達者な日本語だった。

「寒い江戸か」

左之助はお佳代と顔を見合わせて苦笑した。

「全く、お寒い江戸だぜ。そいつを温かくしてやろうってんだ」

「では、品物を頂きましょうか」

安房屋孝右衛門は藤七と小亀に顎をしゃくった。千両箱を四つ持ち込ませている。

「ここに四千両あります。あとは船に持って来てある。品物と引換えの上、差し上げましょう」

わざわざ一つの蓋を開けさせて、小判を見せた。外人はこうしなければ、信用しないのである。

そのときになって、ふいに、サムは困惑の表情になった。最初から、傍にいた痩せた目つきの鋭い男に何か早口に言った。その男は出ていったと思うと、すぐに戻ってきた。二人の黒人を伴っていた。二人ともやはり巨漢だった。一人の方は上半身裸で、ランプの灯りに、その黒褐色《かっしょく》の肌がてかてか光っていた。

痩せた男は荒い格子縞の三ツ揃の背広に赤いサテンの蝶々《ちょうちょう》のようなネクタイをつけていた。頬骨がとがって、深くくぼんだ眼窩《がんか》を、枯草のような眉が蔽っていた。瞳《ひとみ》は灰色であった。どこを見ているかわからない。

この男は、最初からにこりともしないのである。

(いやな野郎だ)

と、原田左之助は思っていた。

(まるで、死神みてえだ……そのくせ、赤い蝶々なんかつけやがってよ)

痩せて腕力もなさそうだから、体力的には恐れるにたらないが、眼つき顔つきが陰険な感じがする。こういう男にかぎって、飛出しナイフやピストルを隠し持っているのだ。

左之助も万一を慮って、いざといえばピストルを取出せるように懐中してきている。すでに中川主馬が二万両渡してある。あと四万両を渡せば、新式のシャープス銃五千挺が手に入るはずであった。

この横浜での貿易は、面倒だった。本来、取引するには、居留地の港湾《ハーバー・マスター》長に話を通じなければいけないし、いまでは、東征総督府、つまり官軍の政府の管轄下にある。運上(税金）の問題もある。それ以上に、鉄砲などの武器は、私に取引を禁止されていた。むろん、〝東軍〟に渡ることを恐れているのだ。

すべて強引に新政府が買上げてしまおうとしていた。

その間隙《かんげき》を縫っての取引だからこれは容易ではない。

夜を選んだのも、そのためだった。鉄砲の受け渡しを見られたらそれまでなのである。

その弱みは、しかし、左之助やお佳代の方だけではない。

サムの方でも同じことなのだ。ただ、左之助はいまや官軍に追われる身で、それだけ、立場が悪い。

そこに突然、二人の黒人が入ってきたのだから、左之助はぎょっとなった。

（なんだ、こいつらは）

サムの態度が変ったのも、思いがけなかった。

「なんだえ、この連中は」と、左之助は強く出た。「鉄砲を買いに来たんだぜ、黒人の奴隷をほしくて来たんじゃねえよ、サムの旦那」

会津藩士天堂大作、にしては巻舌すぎるが、こうなったら、礼儀正しくはしていられない。

「シャープス銃五千挺、どこにあるんだね」

サムは、肩をすくめ、両手をひろげて、困った顔をしてみせた。

「五千挺、ない」

「なんだって？」

「うってしまいました。チョーシューのヤクニン、しつこいね。けいやくしょ、みせました。だめです、むりやりです。わたしのせきにんではない」

不可能だったと、サムはいうのだ。

長州の役人が来て、鉄砲を無理矢理、買い取っていったという。新政府の権勢の前にはどうすることもできない。

だから、〝私に責任ない〟というのだ。

いかにもアメリカ人らしいものの考えかただった。

「冗談じゃねえや」

左之助の天堂大作は、かっとなって立ち上った。

「べらぼうめ、薩長の奴らが、何を吐かそうと、約束ァ約束だ。中川主馬との約束はどうなる。そうあっさりと、責任逃れされちゃァこっちは立つ瀬がねえ。やい、人をコケにするのもいい加減にしやがれ」

昔だったら、この啖呵《たんか》で、尻をまくるところだが、会津藩士と称して羽織袴で乗り込んできているので、まさか、羽織の裾をまくるわけにもいかない。

左之助は、大刀の鐺《にじり》でとんとんと床を打って、サムを睨みつけた。

「薩長がどうのと、そんなこたァ聞きたかねえやい、どうしてくれる」

その左之助の態度に、二人の黒人が忠義顔をして、前へ出ようとした。一人は尻のポケットから大型のナイフをとりだし、ゆっくりと刃を起している。

それはしかし、ゼスチュアだったのかもしれない。サムは、いかにも、驚ろいた風で、大仰に両手をひろげて、黒人をとめた。

「…………!」

叱りつけている。ナイフをひっこめろと怒鳴ったらしい。

その声が大きいほど、態度が派手なほど、左之助やお佳代の眼にはわざとらしく見えたのだった。

(ちぇっ、何を芝居をやってやがんだ)

見えすいたやりかたに、一層、腹が立つ。

「おい、サムの旦那、お寒い旦那よ。ここはメリケンたァ違うんだ。日本国じゃ、そんな芝居は浅草三座はいうまでもねえこと、田舎まわりのおデデコ芝居でもやらねえぜ」

「ミスタ・テンドー、おこるいけない。一寸待て《ウエラメニツ》」

左之助の怒り方が思ったより激しかったので、かれは狼狽《ろうばい》した。

「てっぽう、まだある、たくさんあります」

「なんだって、おい、それじゃァ何も妙なことを。そうだろうな、二万両の手金をとって知らぬ顔の半兵衛をきめこむはずはねえと思ったよ」

「その、にまんりょう、てっぽうあります」

くどくどサムは弁解しだした。

薩長の兵隊に無理矢理提出させられたが、二万両分としてシャープス銃千五百挺と弾薬を残してある、というのである。

「ミスター・サム、それじゃ話がちがいまさあ」孝右衛門も椅子《いす》から立ち上った。「それじゃ四万両持ってきたのはどうなるんだ、え？」

わざわざ四万両もの大金をひそかに運びこんだ意味がない。五千挺の鉄砲と三万斤の弾薬を動かせば、莫大な利益があがる。

この動乱を利用して、横浜一の富商にのし上ろうとしている安房屋にしてみれば、大損の感じだった。

「契約違反だぜ、そりゃァ、この安房屋の立場はどうなるのだ」

まだ損をしたわけではない。が商売人というものは、胸算用して成算があれば、もう儲かったような気になる。

四万両も蔵出ししたというだけで、それは十万両くらいになって戻らねばいけない金なのだ。

それに、中川主馬が渡した二万両分だけの銃器弾薬では、安房屋孝右衛門は何のためにこのサンタ・モニカ号に乗り込んできたのかわからなくなる。

その分に関しては、何の権利もないのである。

自分の持船のインジアナ号を動かしたのも、巨利がつかめると信じたからだ。

（蒸気の薪代《たきぎ》も馬鹿にならねえのだ……）

このままでは引き下れなかった。

「天堂さん、話が違いすぎる。これじゃ安房屋は引き下れません。ハマの安房屋が、こんなチョボ一にふりまわされて蒸気船を動かしたと知れては、明日から大きな顔をして商売をやっちゃゆけませんよ。どう顔を立てておくんなさるつもりで」

「つもりもへったくれもねえ。文句はこのサムに言ってくれ」

左之助も、事態がこう変化しては、急にどうしていいかわからない。

「まあ、ここで言い争ってもしかたがないじゃありませんか」

お佳代があわてて口をはさんだ。

「とにかく、二万両分だけ、シャープス鉄砲があるというから、いいじゃないの。頂戴《ちょうだい》して帰りましょうよ。話はそれからだって……ねえ」

お佳代は左之助に眼でものを言った。どうせ二万両分タダ儲けになるんだから、いいじゃないか。

蠱惑《こわく》的な眼がそう言ったように左之助には感じられた。

「そうだな。じゃ、サムの旦那よ、シャープス銃と玉薬一万斤、頂いて帰ろう」

「おお、サンキュー、それでとりひき、解決《フィニッシュ》ですね」

サムは両手で左之助の手を握りしめ、大きく振った。それから、あの赤い蝶リボンの男へ早口で何か言った。たしかにシャープス銃《ガン》の言葉も聞えた。

港湾長や、横浜裁判所の役人に感づかれてはならないのだ。ゆっくりと鉄砲を調べているひまはない。それでも、木箱に詰められた銃を二つ三つ、左之助は調べて見た。孝右衛門も、何度か銃の取引をしたことがあるので、知識はある。雷管や火薬も一応、調べている。

あわただしい取引だった。

千五百挺のシャープス銃と一万斤の火薬及び雷管を船から船へ移すのは容易ではない。

サンタ・モニカ号は、横浜の沖に碇泊していて、居留地の海岸からは、小さく見えた。

ほかにも諸国の軍艦が居留民保護の名目で十数隻、碇《いかり》をおろしているし、小さな船まで数えると、四十隻あまりが、点々と浮んでいる。

それらの灯が夜の霧ににじんで美しい夜景だった。

サンタ・モニカ号はそれらの中の一つにすぎないから、少しくらい灯りが多くても、さして目立つはずがないと思ったが、船長とサムは、ひどく、そのことを恐れているように、火夫たちを急がせ、灯を点《つ》けさせなかった。

「灯りがなくちゃァ、作業がやり難いぜ、足もとを明るくして、さっとやっちまえばいいのに」

短気な左之助はじりじりして、その慎重さを非難したが、サムは、そうではない、とかぶりをふって言った。

「よるは、よく、ひがみえるね、カンテラでも、みえるね、かいがん、ちかい」

海岸から近々《ちかぢか》と見えるというのであろう。

たしかに、夜の灯は、どんなに小さくても、見えるかもしれないが、サムと船長の態度は、大げさすぎると思われた。

そのために、運搬が危険だっただけでなく、シャープス銃をよく調べることもできなかったのだ。

むろん、品物も見ずに受けとったわけではない。サムは木箱の一つを開かせ、新式の銃を見せた。

それはたしかに新品で、精巧なものに見えた。錆《さ》び止めのグリスが塗ってあって、藤七などは、その油が手について、ベタベタすると文句を言ったくらいだ。

「この品なら、立派なものだ。三倍には売れる」

と、安房屋はほくほく顔になったが、左之助は、そこまで手放しで喜ぶ気にはなれず、

「木箱を全部調べてみたいが、そうもできねえな」

「そんなことをしていたら、夜が明けちまいますぜ」

藤七があわてて遮った。

「いや、夜明けどころじゃねえや、二日がかり三日がかりになりまさあ」

「そうだ、だから、案じられるのだ」

「天堂さん、そいつは取越苦労ですよ」と、安房屋は自信たっぷりに頷いて、「私もハマの商人《あきんど》だ。品物を見る眼はある。こいつは大丈夫でしょうよ」

安房屋はせめてインジアナ号での運賃と、いい買手を見つけて利鞘《りざや》を大きく稼ぎたい様子だった。

だが、二人の思惑を裏切って、思いがけない事が起ったのである。

千五百挺の鉄砲と一万斤の火薬と雷管は、大変な重さだった。

インジアナ号の吃水《きっすい》は、ずぶずぶと沈み、安房屋をひどく狼狽させた。

「いけねえ、船が沈んじまう」

あわてて、搬入を中止させた。

「残りは伝馬船に乗せるがいい」

と、左之助は提案した。

だが、安房屋は首を振って、

「そいつは心配だ。役人に調べられたら、逃げ道はありません」

「だが、どうせ賭《か》けじゃねえか、二度に運ぶか」

「いや、それも……」

必ずしもサンタ・モニカ号は信用できないのだ。話がまとまった以上、早く引取ってしまわねばならない。

「今夜は、このまま沖に止めておいて、明日、出発しましょう」

「…………」

「このインジアナ号にあるかぎり鉄砲は安心です」

「そうかな」

と、左之助には、不安が残っている。

「安心です」と、安房屋は強調した。「ごらんなさい、ユニオン・ジャックです。あの旗がある以上新政府でも、手を出しませぬ」

残念なことだが、事実その通りである。

「じゃどうすればいいんだ」

「小判を伝馬に移すのです」

安房屋は、どうだこのアイデアは、と言わんばかりに、赤い鼻をうごめかして、

「小判なら、たとえ高額でも、文句はつけられない。せいぜい、献金しろ、と威《おど》かされるだけです。こいつァ、はねつけりゃいい」

持ってきた四万両の小判のうち半分を伝馬船に移した。二万両の小判と千両箱の重さは、およそ大の男五、六人分の体重に匹敵する。

伝馬船もずっと吃水から下った。

しかたなしに、そこで止めて、あとはインジアナ号に残したままとし、残りの銃と弾薬を全部、移した。それでもまた吃水はかなり下ったが、気をつけて動かせば大丈夫だろうと思った。

インジアナ号には屈強の者を残して、伝馬船には、一番軽いからと、お佳代を乗せた。

あとは船頭だけである。

「あたくしに任せておけば、安心ですよ」

と、お佳代は艶然と微笑した。

ところが安心ではなかった。

その伝馬船は夜闇《よやみ》の中でまぎれて見えなくなってしまったのである。

ヨコハマの海は、異常に霧が湧《わ》いていた。霧の多い港ではあったが、この夜は特にひどかった。まるで厚ぼったい幕のように重く、濃い。

「いまに着くだろう」

と、多寡をくくっていた安房屋は完全に裏をかかれた。お佳代と二万両はとうとう桟橋に届かなかったのである。

「沈んだのか」

左之助は、それと聞くと、咄嗟《とっさ》に口走った。

「無理だと思ったが、やはりな……もう海の底だ」

「いや、沈むはずはない。第一、それなら、救いをもとめるはずじゃ、これはあの女狐《めぎつね》に瞞されたのだ」

安房屋は口走った。太っ腹らしく見せて、実は小心なのだろう。

ともかく探すしかなかった。安房屋はインジアナ号を引き返させた。いまきたコースの近くをゆっくりと戻ってみたが、お佳代と二万両を乗せた伝馬船はとうとう見つからなかった。

港の関係者に頼めば手分けして探してくれるが、秘密の取引をしたあとだけに、それができないのだ。

「あきらめることだな」

と、左之助は、安房屋をさとした。

「二万両の損というだけさ」

「冗談じゃありません。簡単に二万両と仰有《おつしや》いますが、二万両儲けるためには、どれだけの苦労と月日が……」

「愚図々々いうな、お前ほどの大商人が、見っともないぜ。どうせ千五百挺の売却で大儲けできるではないか。二万両分を上乗せすれば済むことだ」

「さあ、そいつもね。握ってみなくちゃわからないことで」

「商売ってェ奴は、必ずしも儲かるとはかぎらないのだろう。損することもあるだろう、それが商売の面白さだろう」

「世間様はそう仰有いますがね。あいにくとこの安房屋は、これまで一文も損をしたことはありません」

傲慢《ごうまん》なくらい、安房屋は毅然として言った。

「そこらの連中と一緒くたに扱われては迷惑でございます」

「そうか、そいつァ御立派なことだ。それなら尚更だ。一度くらい損するのも御愛嬌のうちだ。つまりお前さんの勉強になったということだ」

それは左之助自身にもいえることであった。そのときはまだ不確かではあったが、

（ひょっとすると、お佳代のやつ二万両の現金《ナマ》に目が眩《くら》んで……）

とも思った。

千五百挺の銃器と弾薬一万斤を処分して、利益の配分までを考えると、手間がかかるし、実現までには危険も介在するのだ。いや、それが大きいのである。場合によっては、一文にもならないかもしれないし、いのちを落とすこともあり得る。

危険を超えての五万両より、いまの二万両の方がいい。勝気で商才にたけたお佳代の考えそうなことであった。

「天堂さま。あなたさまのお知合いだそうで、安房屋は信用したのでございます。つまりは、あなたさまを信用した。こいつを裏切られたとなれば、どういうことになりますか」

「死人に聞いてみたらどうだ」

と、左之助は突っぱねた。

さっぱりした気性の原田左之助は、何事にも、くよくよと湿《しめ》っぽく愚痴っぽいのが嫌いだった。

たとえ、損だとわかっても、衝動に従うことが多い。

二万両とお佳代の失踪《しっそう》は、仕方がない、という気持だった。

安房屋が愚図々々いうのが癇《かん》にさわる。藤七や小亀が間に入らなければ、安房屋と斬合《きりあい》になったかもしれない。

「とにかく、この鉄砲をどう捌くかだ。そいつを早くやりましょうぜ」

と、藤七が言った。

そうするよりしかたはないのだ。それも一刻も早いほうがいい。遅れると時期を失する。

銃器弾薬などは、戦争が済めば値が下る。

殊に、新式銃の開発が、史上例を見ないほど進歩している時である。

半年経てば、この施条後装式シャープス銃も旧式になってしまう。需要の多いいまだからこそ高く売れるのだ。

「もう官軍は、会津の方まで攻め込んでいっているそうですぜ、十日ほど前に白河が落ちたとか聞きましたから。急いだ方がいい」

安房屋としては必ずしも、東軍に売らねばならない義理はなかった。

むしろ商売の利と資本の回転からいうならば、手近の買手に高く売る方が得だ。

左之助が目を光らしている間は、しかし、それが出来ないのである。

「官軍の手に入るくらいなら、船ごと沈めてしまったがいい」

と、左之助は一歩も退かない。

インジアナ号が横浜の港を出ていったのは、夜明け近かった。

船の出入りには一々届けがいるし、動乱の最中だけに船内捜索されても文句はいえない。

それを無視するには夜と闇にまぎれるしかなかった。暁闇のうちにインジアナ号は出航したのである。

房総沖で夜が明けた。

「いよいよ、一か八かの勝負でございますなあ」

安房屋は気をとり直して、胸算用をはじめている。

「こんな無茶な航海ははじめてでございますが、一体、どこの港に着けますか」

「常陸の水戸じゃどうだ。あそこから会津へ運びこむのは遠すぎるか」

「何しろ重い品物ですから、よほど陸上の距離が近くないと」

「仙台では、行きすぎになるか」

左之助は、よくあの辺の地理を知らない。概念的に東北の国別や山川を知っている程度だ。会津若松にもっとも近い港がどこか、判然とは知らぬ。

「会津は山国《やまぐに》だったな、こいつァ弱った。なぜ、山ン中にあるんだ」

外輪のついた蒸気船といっても、太平洋横断は難かしい小型である。横浜へ持ってくるのにも、曳いて来たくらいで、独力では危険が伴うのだ。むろん安房屋が購入したのは、日本だけの廻漕《かいそう》問屋としての目的からであり、大洋へ出す気持はない。

夜明けに江戸湾を出たインジアナ号は房総沖をゆっくりと、北上した。

何しろ積荷が重いから、奔走は危険だった。

それに官軍がどこまで攻めていっているかよくわからない。下手をすると、せっかくこれだけの苦心をしながら、積荷もろとも奪われてしまうことになる。

その点は、必ずしも東軍が相手でも安心できないのだ。

東軍と一口に言っても、徳川の旗本から譜代大名の遺臣、近年に募集された歩兵や、義に感じて彰義隊に入った者もいる。必ずしも武士とはかぎらない。町人や農民や、無頼の札付きもいる。

状況が変り、追い詰められると、人間は何をしだすかわからない。

戦さに敗れて凶暴になっている者が多い。鉄砲の正常な取引は、大名を相手にしなければ、成立するはずがなかった。会津まで搬入する間の危険も大きかった。

それも、官軍がどこまで進攻しているかで違ってくる。

一日、半日であわただしく情勢は変化しているのに、まるきり様子がわからないのだ。流言が混乱と不安を煽《あお》り、恐怖が妄想《もうそう》を生んで、さらに混乱を大きくしている。

「出たとこ勝負だ」

と、左之助は平気だったが、安房屋は商人らしく、確実な利益計算を忘れない。

「二万両失《な》くしてしまったのですから、是が非でも、五万両六万両儲けださないことには、気持が納まりませぬ」

「商売人てえやつは、欲深だなあ。三万両に売れても一万両の儲けじゃねえか」

「とんでもないことで。このインジアナ号の薪代、損耗代、私の日当、危険料、それに資本に対する利益分……天堂さん、蒸気もタダでは噴きださないのですよ」

安房屋は金のことになると、目つきが変ってくる。

そのインジアナ号が水戸領の平潟《ひらかた》の港へ着いたのは、横浜を出て四日目だった。

ここから会津へ搬入しようというのか。

水戸は徳川御三家の一つで前将軍慶喜の出身地である。それだけに間違いないと思われたのだが、用心して、探りを入れることにした。

「小亀、様子を見にゆこうぜ」

左之助は端艇《ボート》をおろさせた。


水戸領の平潟といえば、現在の茨城県の最北端の港である。

つまり、現在の福島県境になる。いわき市に隣接しているわけだが、当時は磐城《いわき》のくにで、安藤対馬守の領地だ。

磐城のくには平《たいら》城の安藤対馬守信勇三万石と、三春城の秋田信濃守映季五万石、相馬中村城の相馬因幡守季胤六万石、棚倉城阿部基之助六万石などがある。

これらの藩は奥羽同盟に参加して、会津、仙台などと一体になって、官軍に抗戦している。

だが、いずれも小藩で、圧倒的な官軍の攻勢の前には、籠城《ろうじょう》も難かしく、次々と陥《お》とされているという。

それらの情報も、しかし、噂であって、正確かどうかはわからない。

「万一ということがあるからな。イザとなったら、おれたちにかまわず、碇を引上げて突っ走ってくんな」

と、原田左之助は安房屋孝右衛門に言い遺した。

「そして、相馬に向うがいい。たとえ、ここの磐城平が陥ちていても、相馬中村の城はまだ大丈夫だろう」

それも五分五分くらいで自信はない。官軍はただ単純に奥州街道を北上しているわけではない。日光街道、北陸道のほか、日本海から大軍が越後の新潟へ上陸したという話だし、たしか鎮撫《ちんぶ》総督が太平洋から仙台に入ったのは六月だと聞いた。

水戸には前将軍慶喜が蟄居謹慎しているが、すでに常陸のくには水戸家のものではない。新政府による官制改革は迅速で着実だった。その一つの廃藩置県も、東軍の抵抗をよそに、着々と実行されている。

粥川光明という、聞いたこともない名前の男が常陸知県事として発令されたのも、すでに二ヶ月も前であった。

薩長のシンパの大名たちは、たいてい従来の藩主がそのまま名称だけ知藩事になった者が多い。

賊軍ときめつけられた藩にはどこの馬の骨ともわからぬ者が征服者として乗り込んでくる。この連中の苛酷《かこく》な行政は、まず残敵掃討と、見せしめの残虐な処刑である。

新選組創立以来の幹部で彰義隊で活躍した原田左之助ということがわかれば、権力誇示のためにも、大喜びで、斬首の上、獄門ということになる。

（べら棒め、まだ獄門台の上に乗せるには早すぎる首だぜ）

端艇の上で、左之助は首すじをなでた。

夜陰に乗じて、潜《ひそ》かに上陸しようというのである。オールを漕《こ》ぐのは難かしい。漕手は安房屋の手代《てだい》の由蔵というのがつとめた。

「小亀、捕まっても吐いちゃならねえぞ」

「へえ……そのつもりですがねえ」

小亀の返事は頼りない。

左之助はもとより、小亀にしても、この常陸のくにの最北端の平潟の港は、はじめてだった。

まるきり様子がわからないのだ。

夜と闇だけが、味方だった。

「奴らに見つかったら、いのちは無えものと諦めな」

左之助はその覚悟はできているのだが、小亀の方は、とても、そこまでは諦めきれない。

「とんでもねえことになった。こんなことなら、来なきゃァよかった」

「馬鹿野郎、常陸のはずれまで来て、いまさら、泣き事を言うなって」

インジアナ号は平潟沖というよりは、大津岬の沖合に止めてある。灯も消した。

港が官軍の手に圧えられていれば、沖合に碇泊した蒸気船を調べにくる。乗り込んで来てからでは遅い。糊塗《こと》のしようはないのである。

このあたりに大砲など備えてあるはずはないが、目をつけられたら、あとが面倒であった。

端艇を港のはずれの岩蔭《かげ》に漕《こ》ぎ寄せると、左之助たちは闇にまぎれて上陸した。

「やれやれ、これからどうするんで？」

「手分けして探すのだ。官軍の奴らがいるなら、屯所《とんしょ》がある」

「そうですかねえ」

「屯所が見つからなくとも、名主の家か何処かに、官軍の奴らがいれば、すぐにわかる」

「いたら？」

「帰るのさ。ここに帰って来い」

「へえへえ、一人でゆくんで？」

「当り前だ」

「なんだか心細くてならねえ」

「馬鹿野郎、しっかりしろ。さ、あっちへ行け。おれは、こちらへまわる」

左之助は闇を透して見た。港といっても横浜のような大きな港から見れば、漁港にすぎない。

砂浜には、漁船が二、三十艘《そう》引き上げられている。漁師の家が点在していて、鬱蒼とした木立の中に寺院らしい大屋根なども見えた。

陰暦八月下旬である。四月に閏《うるう》があった年なので、季節はずっと遅れている。現在の十月半ばの気候だ。夜に入ると風は冷えてくる。

左之助は両刀を差して袴の裾を縛った旅姿で笠《かさ》を被っている。町人姿に窶《やつ》した方が、人目に立たなくていいと藤七たちは言ったが、どうせ、怪しまれたら、最後なのだ。そのときは武士らしく死にたかった。斬りまくるにしても、短刀ではしかたがない。両刀たばさんでいれば、悔いがない。

小亀は松林の中を縫ってゆく。左之助は漁舟や干網などを利用して人目に立たぬように、浜辺を歩きだした。

漁師の家にまだ灯が点っている。

話し声がしている。漁師は朝が早いから、就寝も早いはずだった。もっとも、まだ五ッ刻（午後八時）くらいである。夕餉《ゆうげ》が終っての家庭の団欒《だんらん》の時刻であろう。

左之助は一軒の家に近づいた。

粗末な小屋で、戸の隙間からのぞける。

囲炉裡《いろり》の火が赤々と燃え、四、五人の顔が見えた。半裸の逞《たくま》しい男が、五郎八茶碗を大きな手でつかんで飲んでいる。酔いが濁み声を大きくしているのであろう。もともと漁師は波浪の中で叫ぶので、声帯が大きくなる。いわゆる胴間声である。

官軍の存在を示すような何かがあるかもしれないと、視線を走らしたが、それらしいものは何も見えなかった。普通の漁師の屋内にすぎない。

左之助は足音をころして、次の家をのぞいた。

そこは老人夫婦が、やはり囲炉裡にかけた鍋から汁物を掬って貧しい夕餉を楽しんでいた。

その次の家では、子供たちはすでに寝ていて、土間では五十男が、四ツ手網をつくろっている。

何の変哲もない静かな漁師の生活である。

他に五、六軒のぞいてみたが、いずれも、特別に左之助の気を惹《ひ》くようなものは、何もなかった。

（この様子では、官軍は来ていないようだが……）

だが、安心はできなかった。

もし官軍がいるとしたら、多勢ではあるまい。それほど、官軍の人数は余ってはいない。当然、城攻めの方に重点が置かれている。もし、いたとしても、一小隊か半隊くらいのものだろう。

だとすると、目立ち難いかもしれない。名主の家か肝煎《きもいり》の家にでも仮寓《かぐう》しているはずだ。それらの家がどこにあるかも見当つかなかった。昼間だったら、発見し易いのだが、月のない夜の闇は、近くまでいかなければ、わからない。星空を割るほどの大きな建物でなければ区別がつかないのである。

といって、漁師に聞くわけにもいかなかった。

人間はもともと保守的なものだ。侍には、士道というものがあり、まともな藩では藩校に通わせ、幼時から、侍の道を教育している。

その是非は別にして、そこには生き方にワクがある。そのワクをはみだすことは〝恥〟とされる。

恥を知ることが武士道の第一歩でもあるのだが、他の生活は違う。人を蹴落《けおと》しても、人を瞞しても儲けさえすればいいというのが商人道だとすれば、恥も外聞もない。自己規制が全くないから、信頼すればひどい目にあう。

うっかり信用してかかると、密告されるかもしれない。新しい権力者に追随しなければ、生きてゆけない庶民なのだ。卑劣な方法で天下を盗《と》っても、官軍は政府の兵隊にちがいなかった。

その、官軍は、いた。

何軒目だったろう。どうせ、ここも同じことだろうと思って、一瞥《いちべつ》しただけで行き過ぎようとした家だった。

どこの家も囲炉裡の火を、明りの代用にしている。漁師だから、魚油などは豊富なはずなのだが、もともとそういう習慣が一般的だ。

その火明りの中で、男女がからみあっていた。うすい蒲団をかけた下で、男女がうごめいている。

女の嬌声《きようせい》が洩れ、それは、ふいに含み笑いに変ったり、男の激しい、犬のような息づかいが聞えた。

左之助は、ひとりで、にやっとした。

隙間の多い小屋である。のぞき穴に不自由しない。左之助は、興味を感じた。

(こいつァ、とんだ枕絵だぜ)

こんな立場でなかったら、ゆっくり鑑賞したろう。残念だが、ゆっくりしていられないのだ。

未練を残しながら、立ち去ろうとしたとき、女が、かん高く叫んだのだ。

「ああ、好き、好きだよ、官軍さん、好き!」

そう聞えた。言葉に訛りは強かったが、意味がわからぬほどではない。

左之助の足は止っていた。

女はまた叫んだ。

「もっど、もっど強く!……ああ、好い……官軍さん、力が強いがら好きだよう」

聞きあやまりではない。左之助は、視線を転じた。

脱ぎ捨てられた軍服が見えた。黒ラシャの、いわゆる筒袖だんぶくろである。石橋で用いるしゃぐまの毛帽子も大小と一緒に無雑作に投げだしてある。

いよいよ間違いない。

官軍がいることは、これではっきりした。どれくらいの人数がいるか。

(あいつ、長州だな)

しかし、いまは、その人数は問題ではなかった。たとえ、この港に小人数でも、とにかく、かれらがいるということは、近くに本隊の存在を明らかにするものだ。

インジアナ号から上陸するというだけなら、岩場の方で出来ないではないが、多量の弾薬をおろし、会津へ運んでゆかねばならないとすると、人数の多寡ではなくなる。

会津への道程は長いのだ。急いだとしても、七日や八日はかかる。

左之助は船に早く帰るべきだった。

かれは、軒下から離れようとした。とたん、音がした。

軒下に立てかけてあった櫂《かい》が倒れたのだ。

ぎくりとしたとき、夢中になっていた男が、動きをやめて、顔をあげた。

「誰だ、そこにいるのは」

噛《か》みつくように喚いた。


福島県の会津地方では、明治維新から百年以上も経った現在でも当時の歴史を語るのに〝官軍〟という呼称は口にしない。

侵略軍を〝西軍〟と称う。

明治維新の戦いを官軍賊軍という新政府用語で語るのは父祖の怨念《おんねん》からしても、口にし難いのだ。

また、その事件をとらえるのにアメリカの南北戦争に比較して、東西の戦いと観《み》る気持が残っている。

新政府の基礎が固まってから、十年後の西南戦争では、逆に薩摩が〝賊軍〟と呼ばれ、賊の首魁《しゆかい》西郷隆盛は城山で最後を迎えるという皮肉な歴史の輪廻《りんね》を、われわれは見るのだが、明治維新の動乱は、一つ間違えば、徳川方が官軍になるところだった。

動乱の渦中に錦旗を担ぎだしたというだけで、官軍の名称を号したにすぎない。冷静な眼で見るなら、東西戦争という意味がわかる。

東軍西軍という呼称は、この国を地勢的に東西に分断しての戦いだったという理由からも、頷けるところである。

薩摩や長州、土佐などを主体にした西軍の者たちの殆どが、関東以北は、はじめて見る山河であり、接するところの人々もまた、はじめてであったろう。

歴史は、この西軍が東北の無辜《むこ》の人々に乱暴をはたらき、残忍な凌辱《りようじよく》や殺戮《さつりく》を恣《ほしいまま》にしたことを伝えているが、勝利者意識というものは、三十年前の米軍による占領中の状態を想起してもわかる。

その男と女が、どういう経緯で関りを深くしたか、名前も残っていない。僅かに訛りで長州らしいということがわかっただけである。

東北の女性は、概して色が白い。新政府の権威をかりた官軍狐にしてみれば、珍らしくてしかたがなかったのであろう。

その女性に狂っているように見えても、やはり、異郷に在《あ》ることの不安が神経を醒《さ》ましていたのであろうか。

原田左之助が、不覚にも音を立てたとき、その男は、女の乳房から顔をあげて誰何《すいか》したのだ。

（しまった！）

左之助は逃げだそうとした。

あわただしく、あたりを見た。その男の噛《か》みつくような大声が、近所に聞えたかもしれない。

幸いだったのは、浜辺の漁師の家は、軒を並べていないことだ。

左之助は、息をころした。

「誰だ、のぞいていたな」

男は裸身のままはね起きると刀をつかんだ。下帯もしめていない。素っ裸であった。

「わかっちょる、逃がさんぞ」

がたっと戸が開いた。白刃が先に出た。左之助は暗がりに息をひそめ、刀の柄に手をかけている。

左之助の姿が見えなければ、風のいたずらだと思うだろう。

浜辺は潮風が強い。立て掛けた櫂が倒れるのは珍らしいことではあるまい。

だが、長州の男は、意外に執念深かった。しゃぐまの毛帽子をかぶるのは小隊長以上であ
る。酔っていても、女体に溺れていても、雑魚兵《ざこへい》とは違うのだ。

「いたはずだ、気配がしたぞ、誰だ、のぞいちょったのは」

素っ裸で白刃を握って喚いているのは、いささか滑稽《こっけい》であった。

暗がりに潜んで、左之助は凝っと見まもりながら、笑いがこみあげるのを押えきれなかっ
た。

ふふっと、声が洩れたが、幸い、それは潮風が攫《さら》った。

「やい、出て来い！」

隊長は喚いた。

「わしのしちょることを盗み見したとは許せん、ぶった斬ってくるる」

さっそうと、大刀に素振《すぶ》りをくれて、夜気を切った。巨漢である。かなり長い刀を、軽々とあつかっている。

刀は長州人好みの直刀《ちょくとう》だった。攘夷熱に浮かされていた長州の過激派では、十年ほど前から、競って直刀を需《もと》め、〝復古《ふっこ》刀〟と称した。攘夷の志士を号するアクセサリーでもあった。

おそらく、三尺は超えていよう。

一口に三尺の秋水と称うが、刃渡り一メートル近くになると、平均的膂力《りょりょく》では、重くて自在にふりまわせない。

左之助も偉丈夫だが、かれの差料は二尺五寸五分が適応している。

その長州の隊長は、上背もあり、裸の体軀《たいく》もみごとだった。

戸口から洩れる水明りで、胸や背中にまだ生々しい刀傷があるのが見えた。鳥羽伏見の戦いで受けたものか、江戸から進んでくる途中のものか、どちらにしても、かなりの腕前にちがいない。

銃創なら、後方にいても流れ弾丸を蒙《こうむ》ることがあるが、刀は斬り合わなければ、傷つくことがない。その刀傷は、あるいは、その刀傷の分だけ東軍の者を倒したという証拠でもあろう。

「やい、どこに隠れている。隠れても無駄じゃぞ、出てこい。いま出てくれば許してやる。土下座して詫《わ》びるだけで、許してやる。さもないと、家来どもを呼んで、探し出して八つ裂きにしてくれるぞ」

なおも喚いている。これだけ喚くと、普通なら声が涸《か》れるものだが、この男の声帯は特別のように、野太《のぶと》い。

このまま喚かれては、隣り近所が起き出すのは、間もないことだ。

左之助は肚裡《はら》をきめた。

(止むを得ぬな、こいつ斬らねばならぬか)

左之助は暗がりから出た。

「喚くことはない。まあ、刀をおさめろよ。いや、その前に下帯をするのだな、見っともないぞ」

たしかにみっともよいものではなかった。

男でも均整のとれたからだなら、全裸でもおかしくないが、この長州の男は、見上げるような巨漢だが、下腹がせり出していて脚が短かい。顔つきもよくない。下卑《げび》た顔は、その半生の陋劣《ろうれつ》な生活を物語っている。こんな時代でなかったら、軽輩として愚かしい日常をおくっていたろう。

火明りが、かれの股間《こかん》の一物をてらてらに光らしていた。毛深い男である。その部分の縮れたものが、下腹へつづき、胸毛との境界もわからないほどだった。

その全裸で、大刀をひっさげているのである。多分、この男は、全裸を人前に曝《さら》しても何とも感じないような半生を過してきたのであろう。

ぬっと出て来た左之助を見て、驚いたようであったが、その眼におのれの全裸をさらけたことには、何の羞恥心も感じないようであった。

ただ、驚きは、近所の漁師か夜遊びの若者くらいにしか思っていなかったところに、武士の姿があらわれたことであろう。

「うぬ……」あらたな怒りがこみあげたように、かっと、唾《つば》を吐いた。「うぬは、なんちゅう奴じゃ、武士が浅ましい覗《のぞ》きをしよって」

「ははは、おのれの卑しさで、人を計るやつがあるか」

左之助は応酬した。

「たしかにのぞき見はしたが、まさか、妙なことをしているとは思わなかったのでな」

「な、なんと……」

「長州の奴が、こんな磐城のくにに来てまで、土地の女を犯しているとはな」

その言葉が漸く、かれにいまの立場を振りかえらせたようである。

「うぬ！　官軍の隊長に向って、なんちゅ口をきくか」

「ほう、偉そうだな。そんなに偉ぶりたいのなら、ちゃんと、だんぶくろを着て、白熊《しろくま》のなりそこないのような帽子をかぶってからにしたらどうだ」

「う、う、う……こやつ」

「同じ死ぬにしても、その臭《くさ》い赤裸では、醜《みにく》いぞ」

「うぬは、賊軍だな！　よくも官軍を侮辱したな。兵隊どもを呼んで処刑してやる」

「おっと、止せ」左之助は笑いながら、「そいつァ、長州武士の名がすたるだろうぜ。それとも、やくざ者が、どさくさで、兵隊になったのか」

「ぶ、無礼な、わしはれっきとした毛利藩、郡代役所で七石二人扶持《ぶち》の……」

「おっと、お互いに名前を名乗ることはない。勝つか負けるかだ」

左之助は半歩退いて抜刀しようとした。とたんに、奇妙な笛のような声をあげて、その男は斬りこんできた。

真っ向から叩きつけるような一刀であった。一瞬の呼吸の差で、左之助は抜き遅れて飛退《すさ》った。相手は馴れていた。道場剣術ではない。実戦の経験を積んできた男の度胸と手練である。

凄《すさ》まじい剣風が、左之助の頬を撫でた。

「ぬッ」

掠《かす》った。

ただ、剃刀《かみそり》のような風が撫でたと感じた。が、鋩子《きっさき》は頬を僅かに斬っていたのである。

左之助は上体を反《そ》らせながら抜刀している。

これはしかし、虚しく夜気を切っただけだった。つづいて二撃が来た。必死で受けた。

鏘然《しょうぜん》と刃が哭《な》いた。一瞬、眼を灼くような火花が眼前に散った。

左之助が恐れていたのは、長州兵の部下が駈けつけることである。

屯所はどこかまだわからないが、あまり遠くないところにあるに違いなかった。

この男の怒号と剣戟《けんげき》は、静かな漁港を騒がせるに充分だった。

（早く殺《や》らねば……）

その焦《あせ》りが、いつになく左之助の剣を荒いものにしていた。

「こやつ、こやつ、賊軍が、賊軍が……」

隊長は喚きをやめない。一声一声が気合となって、斬り込んでくるのである。

左之助は隙を見て、敵の斬り込みをひっぱずして、家の内へ駈けこんだ。女が悲鳴をあげた。むろん女を恐がらせるつもりはない。家の中だったら、怒号も剣戟も外へ洩れる音が低くなる。

「ぬッ、逃ぐるか」

裸男は、一層、勢いを得て追ってきた。

「逃げはせぬ」左之助は微笑を浮べて、土間で振りかえった。「おぬしも、どうせ死ぬなら、好きな女の目の前のほうがいいと思ってな」

「なにを、こやつが。死ぬのは、うぬの方だ」

ぶるんぶるん白刃に素振りをくれている。左之助の右の顔面、頬骨のあたりに血がにじんでいるのが見えた。それは凄惨《せいさん》さよりも、奇妙な美しさに見えた。

色白で新選組隊中一の美男と称われた原田左之助である。その頬に一線ににじんだ赤い紅絹《もみ》の筋は鮮烈で、女の眼を惹《ひ》きつけるものだった。

こんな際なのに、女は、うっとりと見惚《みと》れていた。

たしかに女の前だけに、長州男は発奮したようである。上段をやめたのは、天井に刀が閊《つか》えるのを慮ったのであろう。

「ゆくぞ」

刀を双手で握るや、だっと突っ込んで来た。間髪を入れず左之助は身をひらいている。片手殴《なぐ》りに斬りおろす——それを阻んだのは、突然、耳をつんざくように轟《とどろ》いた銃声だった。

火が奔った。袖があおられ、ぽっと燃えた。

銃弾は袖を貫いたのである。左之助が刀を振りおろす一瞬前に発砲されたのだ。

袖は衝撃であおられ、灼熱した弾丸が、その中央を焼いた。小さな炎だったが、ぷんと焼け焦《こ》げの臭いが鼻を衝いた。

「くそ!」無念の思いが、左之助をとらえている。

一瞬の差だったのだ。隊長は突っ込んできた余勢で、つんのめり、土間に置かれてあった籠《かご》にぶつかり、転った。

そこへ踏みこんで、斬りおろせば、それでけりがついたのだ。

残念だった。

硝煙が屋内にこもった。銃口は三つ——ぴたりとかれを狙っていた。

「ふん、スナイドル銃を三挺も揃えられちゃァ、どうにもならねえな」左之助は刀を投げ捨てた。「いまさら、飛道具を卑怯《ひきょう》だといってもはじまるめえ。どうせうぬらは卑怯が朝飯前だからな」

左之助は鳥羽伏見の戦さを思いだした。

新選組の大半が刀と槍でいさぎよく闘おうとしたが、敵は、新式の大砲と小銃で撃ちまくってきたのだ。そのために半数以上が傷つき死んだ。

刀には刀で、という武士の心はすでに通用しない時代になったのだろうか。

「さあ、どうとでもしてくれ」

左之助はどっかと、土間に大胡坐《おおあぐら》をかいた。

「撃ちたけりゃ撃ちやがれ、どうせ何度も死に損なったいのちでえ」

死に損ないの左之助だ、と言おうとして止めたのは、女が突然、

「撃たないで！」と、叫んだからだった。「ここで殺さないで……」

「そうじゃ、屯所《たむろ》へしょっ引け」

隊長は下帯をしめながら顎《あご》をしゃくった。

「こいつ、ただの鼠じゃないようだ。ぶっ叩けば、面白い話が聞けるだろう、殺すのは、それからだ。おれが殺ってやる。一寸きざみにな、ゆっくりと冥途《めいど》へ送ってやる」

左之助はぐるぐる巻に縛りあげられた。

「おいおい、もう少しお手柔らかに願うぜ、手がひん曲るじゃねえか」

「ごたごた吐かすな、どうせ、その手で女を触るようなことは二度とないのだ」

「そういったもんでもあるめえ、関ヶ原で破れた石田三成は最後まで柿は痰《たん》に悪いといって食わなかったそうじゃねえか」

「つまらぬことを知っているな、どっちみち、うぬは死ぬんだ。やい、立て」

左之助はひっ立てられた。

浜辺から離れて、松林の中を暫くゆくと、寺院らしい建物が見えた。そこが屯所だった。山門のところに高張提燈が立てられている。三つ星に一つ引の、長州藩の紋所がくっきりと見えた。

(ここが屯所なのか)

左之助は寺院の境内を見まわした。むかしから、寺院は城の代りに使われることが多い。城下町を作るときに、寺院を所々に配して、いざという際の出城にする。

武門と仏教の結びつきは戦国のころから緊密になっているが、この常陸の平潟は小さな港にすぎない。この寺も特別の意味はあるまい。

境内はさして広くはなかったが鬱蒼たる樹木に蔽われている。これほどの寺の境内を必要とするのは、相当の人数が来ているのかと思ったが、篝火《かがりび》を焚《た》いて酒を飲んだり、本堂や庫裡《くり》にごろごろしている長州兵たちは、三、四十人らしい。

これだけのことがわかれば、充分なのだが、左之助はぐるぐる巻に縛られている。兇暴な長州兵たちである。まず、生き延びる可能性は少ない。

(どうやって逃げるか……夜半になれば、あるいは)

寝静まれば、何とか方策がつくかもしれない。

いまは、それくらいしか、望みを持てなかった。もっとも、それまで一命が保《も》つかどうかである。

「こやつ、どこの馬の骨か、素姓から吐かせろ」

床几《しょうぎ》に腰をおろすと、隊長は篝火の前に左之助を引き据えさせた。

「まず、名前だ、それから身分だ。悉皆《しっかい》、饒舌《しゃべ》ってもらおうかい」

隊長は籐《とう》の鞭《むち》で、左之助の顔を突いた。

右の頬の傷である。その傷を勝利の証拠のように、強調したいのであろう。

むろん、何の手当てもしてはくれない。

掠《かす》り傷なので、血はもう止っているが、出血がこびりついたままで半面がかわいた血でこわばっている。

「名前などどうでもいい」

左之助は突っぱねた。

「やい。どうでもよくはない。白状せい」

「うるさいな。おれの方でも、おぬしの名前なぞ聞きたくないのだ。そっちでも聞くな」

「こやつ！　へらず口を叩きおる。間もなく地獄へ陥ちようというのに、おのれの運命《さだめ》を知らぬとみゆる」

ぬっと顔を突き出して嚙みつくように喚くと、

「うぬの墓を建ててやろうというのじゃ。名前がなくば、無縁になるぞ、それでいいのか」

「ああいいとも。そういうおぬしも、どうせ会津あたりで、首と胴が別々になるだろう、同じことだ。哀れだな、長州くんだりから死ぬために来たか」

「ぬ！ぬ！ぬ！　ぶった斬ってくれる」

かっとなって立ち上るや、抜刀した。双手で振りかぶった。据え物斬りである。左之助は観念した。

「待て」

「――なに、鎮まるか」

「いや、斬られるのはしかたがない。名前は言えんが、せめて、木片《きぎれ》に戒名くらいつけてくれ。実ァ戒名はもうできているのだ」

振りあげた刀が、宙に迷った。左之助の言葉が意外すぎたのだ。

「生きているうちから戒名だと、きさま、何を言うのだ」

長州の隊長には、左之助の言葉は、一時逃れの方便のように聞えた。

「ほんとうのことを言っているのさ」

「………」

「よく聞いておけ、いやさ、覚えておいてもらわねば、困るのだ。いいか、おれの戒名は正誉円入居士だ。どうだ覚えたか」

「せいよ……なんだ、それは」

「わからんやつだ、正しい誉れの円入……わからんのか、長州侍は、字もろくに知らんらしい。そうだ、坊主なら字を知っているだろう、坊主を呼べ、この住職を呼んでくれ」

「引導を渡してもらいたいのか」

「ついでにな。おれは我執が強いから、迷って出るかもしれぬ」

左之助の豪放な態度に、隊長は呆れたらしい。かれは、輩下に顎をしゃくって、和尚を呼んでくるように言った。

和尚は白髯《はくぜん》の、痩せて小柄な老人だった。

長州兵の銃に追い立てられるようにしてやってきた和尚は、左之助を見ると、

「お若い……」と、呻くように言った。「かようなお若い方を……」

死に追いやるのは、あまりにも無情だと、老僧は目をしばたたいた。

「こりゃ、坊主は余計なことを言わずともよい。黙って葬式をやっていればよいのだ、こやつの戒名を聞いてやれ」

「戒名を?」

「そうだ、こいつ、間もなく、死ぬ。それゆえ墓には戒名が要《い》るだろう、こやつ、戒名があるそうだ」

「ほう……したが、それは面妖《めんよう》でございますな。戒名というものは埋葬をした寺の住職が」

「おいおい、和尚さんえ、難かしいことは言いっこなしだ。とにかく、おれの戒名なんだ。頼むぜ」正誉円入居士、と、左之助は繰り返して、「忘れねえでくんな、忘れちまうと、おれが成仏できねえ」

「忘れはしませぬぞ。で、俗名と生年月日を」

「さあな。そいつは忘れた」

「名前を……忘れたとは」

「忘れたよ。今夜は妙なものを見たので、頭ががんがんしているんだ」左之助は、痛そうに眉をしかめて、「明日になると、何でも思いだすがなあ、眠くてならねえ」

「左様か。それでは、思いだすまで明日まで、待ちましょうぞ」

「おい、坊主、こやつは処刑するのだ。官軍に刃向《はむか》った賊だからな」

隊長が吼《ほ》えた。

「何をなさったか知らぬが、この和泉寺は由緒ある寺でしてな。無縁墓地はありませぬ。俗名もわからぬ者の埋葬はなりませぬぞ。明朝まで待って、氏素姓《うじすじょう》がはっきりしてから、斬りなさるがよい」

夜半になれば、なんとかなる。生き延びる方策も考えられる。その左之助の気持が老僧にわかったようである。

老僧も、左之助の延命策がわかったようだ。

（この坊さん、老齢《とし》のわりには、頭がはたらくぜ）

左之助は希望が出て来た。

なぜ、一面識もない老僧が左之助を助けようとしたのか、その理由がわかったのは、夜半になってからだった。

そのときはただ仏僧らしい慈悲の心で、かれを憐《あわ》れんだのではないかと思っただけである。

隊長は不満らしかったが、老僧の言葉も一理あると思ったのだろう。

「では、調べは明朝ということにする。こやつ、逃さぬように見張っておけ」

と、厳命した。

朝までの時間が、左之助の生死の岐《わか》れ目になる。

手の縄は固く、時間をかけてもほどけそうになかった。

(――あいつ、小亀のやつは、どうしているのか)

頼りになる男ではない。その小亀を思い出したということは、左之助の弱り方がわかる。

(おれもヤキがまわったな)

頼りにならぬ者を頼るくらい、哀しいことはない。こんなことなら、いさぎよく、すぱっと首を斬られた方がいい。

見張りは二人だった。二人なら一人が居眠りしても、もう一人が注意する。

夜が更けるにしたがい、本堂や庫裡の騒ぎも静まっていった。酔いつぶれたり、眠りにおちたのだろう。

「おい、小用にゆきたい。縄をほどいてくれ」

「なに!? きさま、逃げるつもりじゃろ」

焼酎を飲んでいた二人は、手の甲で唇を拭いて、

「瞞されんぞ、瞞されんぞ」「そうじゃ、阿呆《あほ》め、そんな手に乗るほど、うっつけではない

て」

　二人は頭から笑いとばした。

「いや、ほんとうさ、出すものを出さんと、破裂しそうだ」

と、左之助は訴えた。

「小便ぐらい、させろ。武士の情けだ」

また長州兵は顔を見合わした。

「ほ、武士の情けか、そんな古くさいものは持ち合わさんて」「わしらは武士じゃねえ、修験者じゃわい」

　長州兵は以前の高杉晋作による奇兵隊の創設時から雑多な連中をかき集めている。いかがわしい無頼の徒も多勢入っている。なるほど、この男は山伏あがりなのか。

「小便もさせないのか、汚ない奴だ」

　出来ないとなると、尚更、したくなる。左之助は、下唇を嚙んで耐えた。その頭上に、ぽつりと雨が落ちてきた。

　ぽつりぽつりと降ってきた雨は盆を覆えしたような豪雨になった。大粒の雨である。ざーっと、真っ暗な空から叩きつける雨は、凄まじい勢いで、たちまち篝火を打ち消してしまった。

　灰色の煙りがあたりを蔽った。

「こりゃたまらん、ずぶ濡れじゃ」

山伏あがりの男らしくもない悲鳴をあげると、庫裡の方へ駈け出そうとした。

「おい、こやつを放すな」

あわてても一人が呼び止めた。縄尻《なわじり》が松の幹に縛りつけてある。

このまま、雨の中に放置してくれれば、雨に濡れて縄がゆるむことも考えられたが、二人は雨の中で縄尻を松からほどくと、

「やい、立て」

促して、庫裡へ走りだしたが、

「おい、そっちは駄目だ。こいつは納屋へぶち込んでおこう」

「そうじゃな、やい、こっちだ、来さらせ」

ぐいと、反対にひっ張られて、あやうく左之助は突んのめりかけた。

「痛うっ、無茶をするな」

「無茶も糞《くそ》もあるけ、うぬは死罪人だ、納屋でも有難いと思え」

土砂降りの雨から逃れて、納屋にほうりこまれた。

ここでも、見張るかと思ったのだが、戸外とは違い、一応、囲いの中だから安心と思ったようだ。

二人は、縄尻を納屋の柱に縛りつけると、

「これで大丈夫じゃろ、あと一刻かそこいらの間のことじゃ」

「からだでも拭いてくるか、いやな雨だ」

二人はまた雨の中へ飛び出していった。庫裡で、手拭を借りるのだろう。

（いまだ）

左之助は、闇の中で眼を凝らした。

まるきり、一穂《すい》の灯もない暗闇である。納屋だから、何か道具類があるはずだが、かなり眼が馴れてからでも、よくわからない。

「くそ！　なんとかして……」

柱の角で、結び目を切ろうとした。濡れたのがしかし、かえって縄を強くしたように、なかなか切れない。うしろ手に縛られた上にぐるぐる巻にされているのだ。切りほどくのは、容易ではない。

早く、と焦るから、一層、はかどらないのだった。雨の音が夜を騒がせているのが、せめてもの幸いだった。多少の物音を立てても、庫裡までは聞えないだろう。

どれくらい経ったか、ガタッと戸が開いた。

影が入ってきた。

蓑笠を着た男である。黙って入ってくると、戸を閉めてから、

「どこじゃの？」と、言った。「わしじゃ、お助けに来たが……」

さっきの老僧の声である。

「おお、和尚か、助けてくれるのか」

「逃がして進ぜる。おぬし、御旗本ではないかの」

声を頼りに近づくと、抱えてきた脇差《わきざし》を抜いて縄を切った。

和尚は、ただ同情したわけではない。左之助の言葉で、徳川の旗本だと察した。かれは抱えて来た大小を手渡すと、

「早く逃げなさるがよい」と、奨めた。「あとは愚拙が何とか、とり繕っておきまする」

「忝けない。だが、大丈夫か？　和尚に迷惑がかかるようなことがあっては済まぬ」

「ははは、無駄にお布施は貰うておらぬて。人間、老齢《とし》をとるとずんと人が悪くなるものでの。嘘も方便、うまくやるわさ」

「申し遅れました。拙者は元新選組の原田左之助だ」

「おお、その名なら、聞いたことがあります。京では御活躍なされた由……実はの、当寺には、この夏、輪王寺宮が、御泊りなされましてな……」

五月二十九日のことという。

幕府の軍艦長鯨丸でやってきた輪王寺宮はこの和泉寺に一泊して、翌日、会津に向ったということであった。

その出迎えには、隣国磐城のくに平《たいら》の安藤対馬守子息理三郎が家臣を引連れて、平潟の港まで来ている。

その平藩の忠誠もしかし大勢には抗し難かった。怒濤《どとう》のような官軍に近隣の城が次々に抜かれ、遂に平城も陥ちた。磐城のくには、大半が官軍の掌握するところとなったのである。

仙台も三春も、米沢も、そして越後の長岡、新発田と、すべて官軍の傘下《さんか》に入ってしまい、

会津若松城は孤立無援、いまや風前の灯だという。

会津に侵攻した官軍は数万の大軍だし優秀な銃砲を揃えている。いかに精強の会津武士でも、支えきれない。落城は時間の問題ではないか、というのである。

左之助は肚裡《はら》を決めた。

「和尚、忝けない。いのちがあったら、礼はする」

雨の中へ忍び出た。

こうなったら一刻も早く、船へ戻り、冒険でも鉄砲火薬を運びおろすことだ。

包囲の官軍の背後を攪乱《こうらん》させるだけでも、意味がある。

この闇と雨を利用して上陸すればいい。どうせ危険は覚悟の上なのだ。

和泉寺を脱け出た左之助は、うろおぼえだったが、あの浜辺に向った。

納屋には笠と蓑があったので拝借した。夜のことだし、この恰好では近所の者が要用で出歩いているとしか見えまい。

そう安心していたのが、隙になった。向うから人が来たが、深く考えずにすれ違おうとした。

相手はふいに立ち止ったのである。

「おい、何処へ行く？」

長州訛り、と知る前に、蓑の下に筒袖だんぶくろの金ボタンが見えた。

刹那、左之助は抜き打っていた。

雨の中に血が飛沫《しぶ》いた。相手も一応の腕があったようである。斬られながら抜刀している。だが、その刀はすでに死んでいた。抜いた腕をだらりと垂らして、その男は、どうと泥濘《ぬかるみ》の中に倒れた。

左之助は血刀を握りしめたままあたりの気配を窺った。

闇と雨。

村は寝静まったように、動く影はない、そのまま、走り去ろうかとしたが、思いなおして、死体を曳きずると、松林の中へ隠した。隠すといっても、膝まである草むらに曳きこんで、家の軒下に積んであった濡れ菰《こも》をかぶせただけである。

夜明けまで見つからなければいいのだ。

二人が上陸した岩場に来てみたが小亀の姿は見えない。

(あいつ、殺られたか?)

捕ったのなら、和泉寺に曳かれてくるはずだし、斬られたとしても、その話が出るはずである。

官軍も和尚も、それらしい話はしなかった。

(あの野郎、どこかへ逃げやがったかな)

気の弱い男だ。上陸するときから顫えていたから、どこかへ行ってしまったのかしれない。

第一、端艇が見つからない。

「おい、おれだ、戻ってきたぞ」

左之助は岩場を見まわしながら呼んだ。返事がない。

「おれだ、おい！　左の字だ」

声を大きくした。漸く、どこからか返事が聞えた。岩蔭から、端艇が出て来た。

「原田さまで？」

由蔵の声だった。

「おう。小亀はどうした」

すでにインジアナ号に帰船しているということだった。端艇は小亀を送って、また戻って来ていたのだ。

左之助の顔を見ると、小亀は怯えた顔になった。

「あ、兄貴、かんべんしておくんねえ、逃げたんじゃねえよ。どうせ、村には官軍はいなかった。だから、どうせ同じことだと思って……」

「しようのねえやつだ」

いまは小亀を責めているときではなかった。

左之助は早速、安房屋に計った。

「村には、長州の奴らが入っている。四、五十人はいたようだ。だが、この夜のうちなら、なんとかなる。すぐに鉄砲をおろすんだ」

「その鉄砲ですがね……」

安房屋孝右衛門は、眉をしかめ銀煙管《ぎせる》でやたらと烟《たばこ》を喫《ふ》かしはじめた。

「実は、とんでもないことになったんでございます。鉄砲を運び易いように、箱を入れ替えようとしましたところ……」

新式シャープス銃は二十挺、あとはぜんぶ旧式の先込め古銃で、それも殆ど使いものにならないものばかりだというのだ。

「瞞されたのでございます。あのウォルシュ船長とサムのやつに」

「くそ！　あのとき、もっと調べればよかったな」

左之助の受けた衝撃は尠くなかった。

数万両の夢が消えただけではない。包囲された会津若松の鶴ヶ城へ新式の鉄砲火薬を運びこもうという志も、また、泡のように消えたのである。

「たった二十挺か……」

かれらを瞞すために、箱の上の方に乗せてあった分である。新式の後装施条シャープス銃。二十挺では話にならない。

窮迫の会津藩には、二十挺でもないよりはマシだが、千五百挺も運び込む意気込みだっただけに失望は大きかった。

「だからメリケン野郎は信用ならねえというんだ。いまさら愚痴になるがな。安房屋、いってえどうする気だ」

「どうにもなりませぬな。やくざな古鉄砲じゃァ、商いにもなりますまい……」

安房屋の落胆ぶりは、その落着きのない烟の吸いかたでわかる。

「大損でございますが、商売人は退《ひ》き際が大事でございます。この話ァ最初《はな》っから瞞されつづけで、安房屋一世一代の大損。ここはすっぱり諦めまするわい」

その語尾をぶち切るようにして水夫たちの騒ぎが聞えてきた。

その声は、汽船だ、汽船だと、狼狽の喚きに聞えた。水夫の一人がドアを激しく叩きながら、何艘もの汽船がやってきます、と告げた。

「何艘もの?」

左之助は安房屋と顔を見あわした。汽船というだけでも気になるのに、それが何艘もくるなどとは耳を疑うしかない。

みんな、甲板に走り出た。

海上は暁闇がうすれかけている。東の水平線がほんのりと色づいていた。見誤りではなかった。汽船はすでに五隻が数えられた。西の方から、黒煙を吐き、白波を蹴立てて進んでくるのである。

遠眼には大きさは測定できなかったが、五隻は大小それぞれにあったが、いずれも、このインジアナ号よりも大きく見えた。

「やあ、どんどん増えます、七艘、いや、八艘も……」

夜の色がうすれるほど、船隊が近づくほど、その数が、はっきり、かぞえられてきた。たしかに八隻連なっている。

「官軍かもしれねえ」

左之助は安房屋に言った。

「蒸気をふかしたほうがいいぜ。ひょっとしたら逃げなきゃなるめえ」

「あんな大船に追っかけられちゃ、とても、逃げきれるもんじゃありません」

つかまされたやくざな古銃千五百挺の重みも、船足を遅くしている。悪いときには悪いことが重なるものだった。

安房屋の命令で、錨があげられる。罐《かま》が焚《た》かれ、煙突から黒い煙が吹きだした。

その船隊の方でも、インジアナ号を見たときは、同じような驚ろきだったのではなかろうか。

常陸の平潟——というよりは大津岬の沖合に二百トンばかりの小蒸気船がいたのだ。このあたりで、見かける船ではなかった。

その船が突然、外輪の煙を吐いて逃げだしたのである。

まだ夜の色が濃いだけに、この出逢いは、お互いに不運だった。先頭の船は、当時の常識からすれば巨艦といってよかった。二千七百トンからあったのである。

突然、その旗艦が、砲撃してきたのである。

大砲はインジアナ号に向けられて、すさまじい砲声が、海上に鳴り響いた。

「ちくしょう、何をしやがんでえ」

インジアナ号は、びりびりっと軋《きし》んだ。舳ちかくに、恐ろしい水煙りがあがった。

突然——と、書いたが、一説によると、旗艦から、停船信号が出たのに、無視して走り去ろうとしたせいだという。

当時のことである。国際公法を誰もが知っているとは限らない。動乱の最中なのだ。気持も昂揚しているだろうし、撃つのは早い方が勝ちという意識もあったかもしれない。

砲弾は、次々と、インジアナ号の周辺に落ちた。

向うも走っているし、こっちも走っている。海上での砲撃である。中々あたるものではない。

むろん、インジアナ号の方には、大砲など積んでいない。ひたすら逃げるだけだ。小銃と火薬を満載しているのだから、船内を調べられたらお手上げなのだ。その不安と恐怖が安房屋を逃走にかりたてた。

砲撃する方にしてみれば、兎を追い詰めるような楽しさがあったろう。

「大砲が一発あたってみろ、火薬と弾丸が詰まっているんだ。焔硝蔵《えんしようぐら》と同じだ、ひとたまりもねえぜ」

思いきりのいい連中であろう、甲板から、次々と、海中へ飛び込む者の姿が見えた。

平潟港の沖合にさしかかったとき、ついに一弾が命中した。五十六ポンド鋼装弾だったという。

その一弾は、舳を砕いただけであったが、インジアナ号は、大きく揺れて傾いた。そのままでも船腹のふくらんだインジアナ号は、沈没したであろう。さらに第二弾が命中した。

焔硝蔵に命中したのと同じなのだ。海も空も裂けるような大音響とともに、インジアナ号は爆発した。

この八隻の艦隊は、榎本武揚を乗せた旗艦開揚丸（木造三檣《しょう》の蒸気船、フリゲート艦）をはじめとして回天、幡竜等の旧幕海軍であった。官軍に圧えられて、品川沖に碇泊していたのだが、榎本は突然、反旗を翻して脱走したのである。

左之助らが、官軍の艦隊と当初見たのは、その意味で間違いではなかったのだ。

東京居留地

慶応が明治と改元されたのが九月八日。まだ東北では、会津若松城で果敢な抵抗戦がつづいているうちである。

江戸城を皇居とするために、東京城と改称の布告が出されたのは十月十三日。

十六歳の天皇が品川を発って午後一時ごろ西ノ丸へ入った日であった。これから一般に東京という、意図的に作られた地名が、否応なく、身近なものになったのだが、行政的には、すでに七月のうちに改称されていた。

明治維新が、革命による改新ではなく、逆戻りの王政復古だったことは、新政府の体制が、一気に大宝律令まで遡ったことでもわかる。

天下を掌握した薩長土の権勢家には、文明国家への確固とした理想も抱負もなかったのだ。

明治初年の再三再四にわたる政府機構の朝令暮改ぶりを見ても、いかに滅茶苦茶だったかわかる。

したがって、あれほど軽蔑し否定していた幕府の政策をそのまま踏襲したものが尠くない。

外交政策などにも多く見られるのだが、たとえば、外国人のための築地居留地開市なども その一つだ。

これはすでに前々から、横浜居留地の不便さを訴える外国公使などの要請を容れて、築地鉄砲洲一帯を、居留地にすべく計画整備中のものだった。東征軍の侵攻による混乱から、一頓坐を来《きた》していたのを引継いでいる。

鉄砲洲から舟松町など一帯は武家屋敷と漁師町で立退き先や補償などで問題が残っていた。明治政府の権力は、これを一気に解決に持ち込んでいる。

大名の家の引越しなど簡単に出来るものではないが、徳川宗家を継ぐことが許された田安亀之助の屋敷へ強制的に移転させるという措置がとられた。

こうして築地居留地が造成されていったのだが、はじめのうちはあれほど江戸（東京）進出を望んでいたくせに、いざ開市となると、外人の地所借入れ希望者が少なかった。

この居留地の地所は、珍らしいセリ貸だった。

布告には競売の文字が見えるが、これは間違いで、〝競貸〟とするほうが正しい。

居留地五十二地区のうち、当初のセリで埋まったのは十地区にすぎなかったというのは、外人間に東京進出の意志が減っていたことを意味する。

いろいろの理由が考えられるが、やはり最大の理由は、新政府に対する不信感がある。

薩長土など西国大名による政権争奪の醜悪さ、非道な行動は外人の眼にもおぞましいものに映ったことだろう。

かれらが高い借賃を出してまで東京居留地の地所を借りなかったもう一つの理由には、築地ホテルの評判もあった。

築地ホテルの建設時期は明らかではない。

幕府の下命による発起は慶応三年七月となっているが、当初は縄張りした程度だったろう。しかし、翌年十一月ごろには竣工《しゅんこう》したらしいから、東京府の設置により、改めて造成命令が出されたのであろう。

その位置は居留地の南のはずれに当る旧幕府の海軍操練所の跡地で七千坪。東南が海に面していて、北側に波止場があり、南側は掘割で安芸《あき》橋を渡ると海軍所であった。

波止場の先は、明石橋を越して運上所（税関）がある。居留地は、その運上所に隣接した海岸沿いから一、二、三と並んで、五十二地区は軽子《かるこ》橋に近い河岸まで五ブロックから成っていた。

築地ホテルは、当初建設を請負った旅籠《はたご》屋の清水嘉助という男にそのまま、すべてを任されている。

突然、江戸に乗込んで来た薩長の戦争屋や、白粉をつけて天上眉を書くことしか知らないお公卿さんたちには、洋式ホテルの建設計画などと聞いても、何が何だかわからなかったろう。

横浜の居留地を見たこともないかれらに具体的意見などあろうはずがない。

建物は長さ二百フィート、幅八十フィートで二階建て、中央の部分が、五階建に見えるが、これは塔屋で、螺旋《らせん》階段で昇るようになっている。

一見、洋風の豪華ホテルだが、内部は多く日本建築の手法を用いてあり、塔屋も華燈《かとう》窓で、お寺のように鐘を吊ってある。これは鐘楼というわけだが、塔上の風見竿から四方の軒先に鎖を張って、これに風鐸《ふうたく》を吊るしてある。

ホテルの寝室にあてられているのは、平屋のほうが二十六室で、二階建の部分は一階に三十七室、二階に三十九室。計百二室だから、当時としては、東洋最大の豪華ホテルだったろう。

サミエル・モースマンのニュー・ジャパン紙によると、欧米の最高のホテルに匹敵すると記されているが、これが単にお世辞でないことは、この建て坪なら欧米なら三百人収容できるものを、日本式にゆとりを持った部屋作りなので百人ほどでおさえているのもいい、と賞讃していることだ。

しかし、従来の日本旅館にはない中央広間や、食堂やビリヤード室、そして長いヴェランダなどが作られていることだった。

このニュー・ジャパンの記事は一八七三年（明治六年）のものだが、それくらいになっても、まだ〝現在はトーキョーと呼ばれているが、あらゆるところにエドの名が残っている〟などと書かれていることである。

いかに江戸っ子たちが、エドに親しみを持っていたかがわかる。

明治三年六月はじめのある日、この築地ホテルの長屋門を入っていった男女がいる。

この年は空梅雨で、炎暑がひどかった。陽暦では七月初旬になる。先月から東京府内は火事が多く、殊に二日に生じた深川の大火は佐賀町から門前町、寺町一帯を焼き尽くすほどで、木場の水も干上ったといわれた。

「やれやれ、いまからこの暑さじゃ、先が思いやられるぜ」

白扇を額にかざして歩いてきた男は、でっぷり肥っている上に、頭をくるくる坊主に剃《そ》っている。

うだったような真っ赧な顔に汗が流れていた。はだけた襟の下にも水滴が光っていたし、上布の背中がべっとりと濡れている。

「そうねえ、露八さんは、人一倍暑いかもしれない……」女は男を見やって、笑いを怺《こら》えながら、「何しろ、髪がないからねえ、その分だけ、お天道《てんとう》さまが直接《じか》に当るんですよ。髪がない頭には、シャッポをかぶるとか……」

「やいやい、髪がない髪がないって、いい加減にしねえか」

「だって、ほんとうに……」

「髪ァ剃っているんだ、無えんじゃねえや」

「そりゃ、わかっていますよ、誰だって、露八さん、そんなお老齢《とし》だなんて思やしませんさ」

「だがよ、往来の人が小耳にはさんだら」

「いいじゃありませんか、好きで剃っているんだから……そうでしょ」

「――好きでもねえやな」

露八は手拭で頭から顔をするりと拭いた。

この顔をもしも原田左之助が見たら、吃驚するに違いない。髷を乗せたら、上野の山内で言葉を交した旗本の土肥庄次郎であることに思い当るはずだった。

あれから二年あまり、もう上野の戦さのことも世間ではあまり口にしなくなっている。急速に変化してゆく町からは江戸の面影が一日毎《ごと》にうすれてゆくし、旧幕府に関りのあった人々は、まるで、その過去が悪夢であったかのように忘れたがっていた。

新政府の権力は、ことごとに幕臣とその縁者たちを圧迫したし、口ごたえしただけでも反逆者として斬られるという事件が、尠くなかった。

世間では新政府の役人と見ると、府兵の捕亡方《ほぼうかた》、旧幕時代の岡っ引に当る連中にまで、ぺこぺこした。少し意地のある者は、薩長藩閥《はんばつ》政府の下で生きなければならない余生を自嘲し、韜晦《とうかい》した。

この土肥庄次郎の姿も、そうしたケースの一つといえる。

道楽が身を助けると本人は嗤《わら》っているが、いまの名前は松廼家《まつのや》露八。天下の旗本が、堕ちるにことかいて遊廓の男芸者――幇間だった。

芸といえば体裁はいいが、所詮は客の御機嫌うかがいでしかない。幇間と書いてたいこもち（太鼓持ち）と読まれるのも、客へのへつらいで、黒いも白いと酔客に調子を合わせて、お太鼓を叩くからだ。

彰義隊に入って戦ったものの、死に損なったのが、土肥庄次郎には、負い目になっている。

(死んだ同志に済まねえ……)

足軽小者で刀も差せなかった連中が、官員さまになってふんぞりかえっているのは、見るたびに腹が立つが、さりとて庄次郎には、喧嘩を吹きかけたり、斬りまくるテロ行為はできない。

もともと、人と争うことは嫌いな性質だった。

旗本だったころから、遊里通いをし、歌舞音曲に明け暮れていた男だから、時勢が変って、幇間を生業に選んだのも、

(大した違いはねえさ……どうせ土肥庄次郎ってえ奴は、こんなところよ)

と、自分では大した悲壮感も持ってはいない。

連れの女は三十前後と見える。この暑いのに厚化粧で髪を櫛《くし》巻きにして珊瑚《さんご》の五分玉の簪《かんざし》を差している。美人ではないが、粋筋らしい、頽《くず》れたところがある。

築地ホテルの塀は、当初は外郭の長屋門だけだったが、見物客が多くて不用心だということで中門が作られた。

石造りのアーチ型で、花崗岩《かこうがん》で出来ている。そこまでくると、露八は汗を拭って、生平《きひら》の帷子《かたびら》の上に黒絽の羽織を着た。

「やれやれ面倒なところだぜ。このホテルに入るのはフロック・コートか紋付羽織袴だとさ」

「べらぼうめ、幇間が袴を穿いたら、お天道さまが、西から上らァな。へえ、そういうことも無えことも無えけどね、お天朝《てんちょう》さまが西から上ったから、お江戸が東京になったってね、あわわ、言っちゃいけねえ、聞いちゃァいけねえ。壁に耳あり徳利に口ありだ」

「露八さん、袴は持って来てないんでしょ」

おどけてあたりを見まわしたが幸い、官員の姿は見えない。

夕方になると、八ノ字髭を鬢付油でひねり上げた官員たちが馬車で乗りつけてくる。

「そろそろ約束の時間だろう。待たせちゃァ、話がこじれるからな」

「うまく話をまとめて下さいな、お座敷でお客をあやすのは巧いんだから」

「おいおい、お辰さん、お客をあやすはないだろう、芸を見て貰っているんだぜ、露八の芸は新島原で一番の……」

二人は何度か来たことがあるらしく馴れた様子で玄関の階段を上り、入っていった。

一階の入ったところが、ロビイになっていて、入って来た二人を見て壁際の肘掛椅子から立ち上った女があった。

「――少し遅かったようだけど」

女は帯の間から、懐中時計をとりだすと、ぱちんと蓋をあけて、文字盤を見た。

「七分、おくれましたよ」

にこっと笑って、どうぞ、と前の椅子を指した。

艶やかに丸髷を結い上げているが、眉も剃っていないし、歯も染めてはいない。

丸髷は人妻が結うものと決っていたが、御一新以来、旧来の風習にも混乱を来している。幕末にはすでに、武家の妻女でも、鉄漿《かね》をつけない者が増えていた。眉と皓《しろ》い歯は娘の象徴だったが、人妻か後家のはずの丸髷が、かえって熟れ盛りの女の色香を匂わせていた。

「でも、遅れたくらいは許してあげます。西洋人は時間にうるさいのだけれど、ここは東京ですものね」

「へえ、その通りで」

露八は、のっけから一本とられて、この築地ホテルへやってきたときの勢いをなくしてしまっている。

「お約束の日にちゃんと来たのは元利耳を揃えて持って来て下さったんでしょうね」

女は紫の袱紗《ふくさ》包みをひらくと、一葉の書状をとりあげた。

「ま、待っておくんなさい。実はそれなんですがねえ、お辰さんが持って来たのは、実ァ利息だけなんで」

「そうなんですよ」と、お辰もはじめて、口をひらいた。「お願いしますよ、商売さえうまくいけば、そりゃァ直ぐにもお返ししたいんですけどねえ、一日に三人なんてこともあるくらいですから」

「困ったねえ」柳眉をしかめて、女は、一寸こめかみに指をあてた。「あたしのほうにも都合があってねえ、もう次の借り手が決っているものだから」

「そんなこと言ったって……無い袖は振れないっていうでしょう、いいえさ、開き直るわけじゃありません、逆さに振っても鼻血もでないんですよ、もうちっと待って下さいってお願いに」

「そ、そうなんだ、頼みます」露八もぺこぺこ頭を下げた。「彰義隊の死に損ないが、こうやって髪を剃ってお詫びに上ったんでさァ」

そのおどけた顔に、女はぷっと吹きだして、

「いやですよ、露八さんのその頭は一年も前からじゃありませんか」

「へえへえ、今朝も剃刀をあてて来ましたのでね」

「ほほほほほ、露八さんにはかなわないわねえ。それに彰義隊といわれちゃァ、あたしも弱い……」

〝死に損ない〟という言葉が、女の胸に突き刺さった。原田左之助のことを思いだした。女は二万両の小判とともに姿を消したお佳代だった。

お佳代は死んだのではなかった。二万両とともに消えたのは、計画的な行動だったのではなかろうか。

彼女が、この東京築地居留地にあらわれたのは一年ほど前である。

居留地には、その建設計画に並行して遊廓が造られた。

いつの場合でもそうなのだが、界隈の婦女子に危険を及ぼさないため、という大義名分が、反対者を沈黙させてしまう。

実際、反対の声も少なかった。遊廓と売春に関して当時の社会は寛大である。

横浜の開港に際しても、港崎町遊廓が大規模に建設されたのは、前に書いたが、この築地居留地もヨコハマの前例を踏襲している。

遊廓は五十二地区の居留地に隣接した、もと膳所、福知山二藩の屋敷あとを、明治元年に上地せしめて、建設したものである。

堺橋を西へ渡ったとっつきの南飯田町（現在の小田原町）の角はオランダ領事とイギリス領事の仮館になっている。これは武家屋敷を借りて使用しているのだが、国旗を掲げていて、治外法権を誇示していた。

一国を代表する在外公館が一衣帯水で遊廓と向きあっているのも、現代から見るとおかしな図だが、それを怪しむ気持が内外ともになかったのである。

遠く故郷を離れて、極東の小国に滞在していれば、異性の肌に旅愁を慰めてもらいたくなるにちがいない。

ヨコハマ遊廓の繁昌ぶりはしかし、昔話になっていた。

この新島原遊廓は、なぜか、一向に繁昌しなかったのだ。

一つには居留地の地所の借賃が高すぎたせいもあるし、新政府への疑惑が強かったせいもあろう。

居留地はいたずらに地割りの石標が目立つだけで、子供の遊び場になっていて、当初の計画とは大きく食い違いが生じている。

その上、万一を慮《おもんぱか》る新政府によって、居留地の出入口、橋袂には、ヨコハマと同じように、関門が設けられ警備の役人が配された。帯刀の者は出入りを禁止されたし、町人たちも、時刻によっては一々うるさく身元や行先を訊かれる。

そんなことが大きく禍いして、遊廓はがら空きで遊女たちはお茶を挽く者が多かった。お佳代が南飯田町で、金融業をひらいたのは、時宜を得たものだった。遊女屋から借りにくるものが多かった。高利貸である。

露八を連れて、言い訳けに来たお辰は、金瓶楼という店を経営しているのだが、元利耳を揃えてかえせないのは、お辰ばかりではない、不況のせいだった。

「やれやれ、随分、油をしぼられたねえ、お辰さん、さすがの松廼家露八もサマはねえや、しぼり粕になったよう」

ホテルを出てくると、露八はまた汗を拭った。

まだ陽は高く、炎天はぎらぎらと光りの箭《や》をふり撒《ま》いていたが、露八にしてみれば、お佳代にやりこめられたほうが、この夏の太陽よりもきつかったらしい。

「ほほほ、そうでもなかったよ。さすがは松廼家露八さんだよ。有難うさん、おかげで、これでちっとは息がつけますよ」

お辰は帯の間から、懐紙に包んだものをとりだして、露八の手に握らせた。

「これは……」

「御苦労賃さ、とっといておくれ」

「いけねえよ、お辰さん。いつも世話になっているんだ。これくらいのことは、幇間の義務ってェもんだ、こいつァ……」

「いいからさ、納めておいておくんなさいな。またってこともあるし……それに露八さんは、暑さに弱そうだから」

「全くだ、陸《おか》へ上った蛸八《たこはち》だァな」

「ほほほほほ、ほんとうに、真っ赧ですよ。この暑い中にひっぱりだして汗をかかせたんだから、もっと御礼しなくちゃいけないんだけど、何しろ、毎日お茶っ挽きの妓《こ》が多いもんだから」

「わかってらァな。じゃ頂かして貰います。わっちもここのところ金欠《きんけつ》でね。この頭を磨く糠も買えねえ塩梅《あんばい》ですのさ」

「お互いさま。でも、いつになったら遊廓は繁昌するのかしら」

「関門をなくして、お客がどんどん出入りするようにならなきゃァね。せっかく楽しもうと思ってくるのにさ、関門で何かと睨みつけられちゃァ、シラケてしまいやす」

　露八は、大げさに肩をおとしてみせた。

「ほんとうにねえ、なんとかならないかしら」

「わっちも、こんなことなら、来るんじゃなかった、新吉原に行った方がよかったと思っていまさ」

この築地明石町の新島原遊廓は、大半が深川の仮宅からの移転が多かった。深川の仮宅というのは、新吉原が先年火災にあい、焼け出された楼主が、深川で仮営業を許されていたところである。

今度の築地居留地開市に際し、新島原に進出の話を聞いたのは、庄次郎が露八になる決心をしたのと同時期だった。

両刀を捨てるとともに、旗本の誇りも捨てた。

余生を幇間として生きようとして来た最初の遊廓であったが、どうやらその思いは躓《つまず》いたようであった。

露八とお辰が堺橋を渡って、遊廓へ入ってきたのを、遊女屋の二階から見おろして、舌打ちした男がいる。

そこは、〔新高砂〕と暖簾《のれん》に大きく染めだされた青楼《みせ》だった。

大まがきではない。間口三間ほどで、この新島原では中くらいであろう。二階の窓は千本格子で、日除けのすだれが下っている。

丁度、女がすだれを巻きあげたところだった。

外をのぞいたのは、髪をザンギリにした痩せた男である。

歳ごろは三十前というところだろうか、頬骨の突き出た貧相な顔が蒼い。眉がうすく、奥眼が小さくてきょときょとしているのが、鼠を思わせる。

この暑いのに白昼から楽しんでいたらしい。さすがに、二人とも汗をかいたので、たまらなくなったのだろう。

女は、しどけなく、襟をはだけたままだった。胸乳が半ば見えている。その乳房の谷間にも汗が流れていた。

「どうしたのさ」

男の舌打ちを聞きつけて、女はもの憂い声で言った。

「知っているひと？」

「うむ……」

「まるで仇にでもめぐりあったような目つきだよ」

「何言うてんのや、そないことあらへんで」男は笑いにまぎらせた。「借金取りや。ちいッと似とったさかいに」

「おや、そうかえ。お前さま、借金とりに追われているのかえ」

女は、すだれを巻きあげると、急に、もの乞《ご》いでも見るように、蔑すみの視線になった。

「昔の話や、ずっと昔の」

「上方のことかえ」

「ははは、いまのわいには借金いうもんはあらへんで、わいは官員さまや、東京府出仕八等の下《げ》、筆生《ひっせい》だ」

ザンギリ髪をかきあげて、胸をそらしたが、痩せて生気のない貧相な男だから、女は驚かない。

「ひっせい？　何さ、それ」

「お役名や」

「…………」

「ま、書記と同じようなものやね」

「しょき、って何さ」

「何も知らんやっちゃな。大事な記録などを書くお役やよってに」

男は筆を動かす手真似をした。

「ああ、帳付けかえ」

「帳付け？　ちぇっ、何言うてけつかる。安女郎とは話がでけへんな」

また、男は外を見た。

もう露八の姿は見えなくなっていた。花園小路の白くかわいた道は陽を反射《かえ》して眼に眩しかった。

「へえ、わかりませんよ、安女郎で悪うござんしたね。どんなお偉い官員さまか知らないけど、この里にくりゃ、ただの男さ。女郎を喜ばせる男が、男の中の男なんだよ」

「黙らんかい」

「ああ、女郎の口はうるさいんだ、上も下もね。両方の口を喜ばせることもできない男は、三文さ。さァ帰っておくれな」

「阿呆ンだら、なんや図に乗りよって、いんばいめ」

女にぼんぼん言われて、ザンギリ頭の官員は、かすれ声で毒吐いた。実際、一度、女を抱いただけで疲れきったような様子は、この男健康体とも思えない。揚げ代も値切ったのだろう。こういうところでは、安く値切ると、値切った分だけ、どこかで、しっぺ返しされる。

「いんばいだって？　へえ、悪うございましたね、そのいんばいを買ったのはどこの御方でございますかしら、さァさ、御用が済んだらお帰りになって下さいな、後が閊えているんだから」

後が閊えるどころか、三日ぶりの客だったが、江戸っ子にとっては、新政府の官員が、権力をふりまわすのが、一番癪にさわる。

この女も、身は堕しているが、そんな意地では人後に落ちないのであろう。

「関東女はがさつであかん。二度と来てやらんで。この八等官筆生の間々田光徳《みつのり》を莫迦にしたらどないことになるか、恐ろしいでえ」

間々田光徳という名前は、おそらく、土肥庄次郎の松廼家露八が耳にしても、記憶はなかったろう。

堺橋を渡った光徳はオランダ領事の仮館の前の備前橋の関門を出ると、人力車に乗った。

人力車が発明されてからまだそれほど経ってはいないが、当時、すでに二万台を数えたという。

江戸時代の名残りの駕籠《かご》は幕末には一万台近くあったというからそれを倍以上、上廻っている。そして、その駕籠も半数はまだ利用されていた。そうした新旧の混淆《こんこう》ぶりも、東京の殷賑を物語るものだ。

光徳と名乗った男は、人力車に乗ると、

「柳橋だ」

と、横柄に命じた。

人力車はガラガラと轍の音をひびかせて走った。

時々、馬車とすれ違った。居留地を一歩離れると、街のたたずまいは、政府が変り江戸が東京と変っても、大した違いはなかった。

馬車や人力車を除けば、特に目立つほどのものはない。

ただ、風俗は変りようがはげしかった。殊に男の場合、僧侶などのほかは、誰もが蓄えていた髷を切る者が増えている。

散髪、制服、脱刀、勝手次第の布告が出るのは、一年以上も先の話だが、法律というものは、常に社会の風潮の後を追っている。

文明先進国の習俗にならって、髪を切り、洋服を着る。官員からはじまって、横浜の居留地の関係者や、領事館出入りの者など、次々と、新しいもの好きから、変ってゆくのだった。

むろん、頑固に因習を守る者も尠くなかった。その一人だろうか浜町河岸に佇んでいる武士がある。

垢じみた上布に袴をつけただけで素足に草履。大小を落し差しにしている。

むろん、その侍は、月代《さかやき》を延ばしてはいるが、大たぶさを古風に残している。柳糸がその肩に戯れている。涼しい川風が吹いているが、その侍の様子は、涼んでいるようでもなかった。

行先のあてもなく、ぼんやりと川舟のゆるやかな動きに視線を投げているようであった。人力車に乗った間々田光徳と名乗る官員は、通りすがりに、侍を見た。横顔を車上から一瞥したときは、深く考えなかったらしい。人力車におどろいた野良犬が、かん高い声で吠えた。

ちらっと侍はふりかえった。

そのとき、光徳は、はてな、と思った。

微かな記憶があった。それは、侍のほうでも同じだったらしい。

(見たことがあるような……)

見送ったのは、原田左之助である。

すでに左之助のことを噂する者はいなかった。世の中は大きく変っている。過去をふり返ることは新時代を生きる者には邪魔になるだけだった。

僅かに知る者も、インジアナ号の爆発とともに左之助は死んだと思われている。

あの爆発寸前、何人かの火夫などが、海中へ飛びこんだが、左之助も辛うじて逃れたのである。

あれから一年と十ヶ月、左之助は奥州を放浪していた。会津若松を死場所にするべく、官軍の眼を避けて、はじめての土地を漸く猪苗代湖の畔まで辿りついたときは、すでに落城したあとだった。

左之助はさらに函館へ向った。

すでに会津が陥ちたあとは、奥羽で頼るべき城はなかった。

各地で散発的な抵抗戦はあったが、それはもう、負け犬の歯軋《はぎし》りでしかなかった。

それでも、左之助の男の意地を幾分か、満足させるものだったようである。

左之助の右の頰には、二つの刀傷が印されている。一つは浅く、一つは深い。

二つの傷は、僅かに交叉していた。嘗つて新選組隊中一の美男と称われた左之助である。

戦塵《せんじん》と苦難の歳月が、その刀傷とともに精悍《せいかん》なものに変えていた。

肌の色も浅黒くなり、眉根にはタテ皺《じわ》が寄り、目つきもけわしくなっている。

人力車の上でふんぞりかえっていた間々田光徳が、すぐには、左之助を思いだせなかったのも、無理からぬことだ。

それは、左之助のほうにもいえた。

「あの妙な洋服野郎は……たしかに見たことがある」

痩せた貧相な顔に特徴がある。左之助は河岸を歩きだしたが、

「あいつだ」

と、口走った。

「彼奴！　植村徳太郎ではないか」

髪を切ると、ああも人相は変るものか。

「植村徳太郎だ、間違いない」

特徴の多い植村なのに、一瞥しただけでは、思いだせなかった。もっとも、髪がザンギリになっただけではない。妙な洋服を着ていた。

どうせ外人の中古を譲り受けたのだろう。からだに合わないところは、洋服屋に直させたのだろうが、キモノの仕立屋が洋服屋に早変りしたのが多いのだ。外人のように、すっきりとはからだに合わせられない。

この暑いのに、柄も一層、暑苦しくなるような大きな弁慶縞《べんけいじま》で、赤い襟飾《ボウ》も気狂いじみて見えた。

「気がつくのが遅かった……」

左之助は自嘲の呟やきを洩らした。

「どうかしているぜ、左之助、暫くお江戸を離れているうちに、鈍くなりやがったな」

植村は殺さねばならない。

彰義隊の裏切り者だった。いやもともと間諜として潜入していたのだ。

戦さには間諜はつきものだし、お互いさまだが、浩気隊の隊長蒲生三郎を殺したのは許せない。

左之助は三郎の臨終に約束している。かれを死に至らしめたピストルは、会津から函館とめぐるうちにも、手放さなかった。

どんなことがあっても、植村だけは、このピストルで仆さねばならなかった。

(あいつを殺るまでは死ぬわけにはいかねえ)

あるいは、その目的がなかったら、左之助は函館で死んだかもしれない。

新政府の天下になった以上、六十余州、身の置くところもないと思ったものだが、意外に早く、許されたのだ。

首魁《しゅかい》と目《もく》された者は追捕の手がめぐらされていたが、名のない者には寛宥《かんゆう》の布告がこの春に出ている。

旧幕府軍に属して戦った者は、数万に及ぶ。その人数を牢《ろう》に入れるわけにはいかないのだ。

――先年来旧籍ヲ脱シ、諸方流浪罷在《まかりあり》候者共ニ付テハ、厚キ思食被為在《おぼしきなされあり》、其《その》旧国ニ於《おい》テ大逆無道ヲ除クノ外、御一新更《こう》始之御政体ヲ体認シ、旧悪ヲ不糺《たださず》夫々《それぞれ》復籍、生活道無差支様《さしつかえなきよう》可取計旨、毎度被仰出有之候処……

うんぬんの布告が出た。またこの六月にも、

――凡《およそ》国事ニ係リ、順逆ヲ誤リ犯罪ニ至リ、府藩県ニ於テ咎《とがめ》申付有之候者並未ダ処分ヲ経《へ》ザル分トモ……罪之軽重ニ応ジ、其管轄府藩県ニ於テ、寛典之処置可致旨、被仰出候事……

と、府藩県へ御沙汰《ごさた》があって布告が出された。これは戊辰戦争に終止符を打つものであり、事実上の罪科の消滅を意味していた。左之助は東京と名の変った江戸へ舞戻ってきたのだ。

（江戸は変った……）

街並や橋や川や、風景そのものは、さしたる違いはなかったが、往来の人々の服装や表情に、明らかな変化が見えた。

時代の移行にとり残された人々の憔悴した顔と、新しい生活への希望にあふれる顔との混然としたものが、東京の街を彩っていた。

恩赦の布告が出たことで、官軍に抵抗した人々も追捕されることはなくなった安心感が原田左之助をこの土地へ舞戻らせたのだが、なんとなく、知らない土地へ来たような感じが、かれを落着かせなかった。

（もうここはお江戸じゃねえんだ）

東京という、新しい場所だった。

その東京は、敗残の元新選組原田左之助を迎えるには、あまりにも冷たかった。

浜町河岸に吹く風までが、かれにはよそよそしいものを感じさせる。

（あんな野郎が大きな面をして、俥《くるま》に乗っているんだ……もう、おれの江戸じゃねえ）

植村徳太郎への憎しみだけではない。卑小な男に肩で風を切らせる時代の風潮が、左之助には我慢ならなかった。

「くそ！」

左之助は、思わず抜刀した。

傍の柳の枝を切った。

殆ど、発作的な行為だった。

直径三寸ほどもある枝が、すぱっと切れた。かれが鍔音を立てたあと、ゆらりと、柳糸が揺れて柳の枝は白い切口を見せ、すとんと草むらに落ちた。

白昼なのである。

一瞬だったが、白光と柳の枝の落下は、往来の者を驚ろかしたようだ。
四、五人、啞然として立ち止った。
見られている、と思うと、気恥しさが左之助をとらえた。かれは視線をそらし、足早に歩きだそうとした。

「おい、ちょっと待て」

その声が、自分を呼んでいるのだと気がついたが、左之助は振りかえらなかった。

「おい、待たんか、きさま」

声は追って来た。

はじめて聞えたように、左之助は足を止めた。

「おれのことか」

振りかえってみると、一見してわかる、府兵だった。

まだ新政府の警察制度は確立していない。動乱に際して応急措置としての府兵制度が、そのまま、少しずつ改められていたが、まだ後の邏卒《らそつ》という名称もなかった。

黒いラシャ地の筒袖だんぶくろで、以前のままの陣笠をかぶっている。帯刀の上に六尺棒をかいこんでいる。

「きさま、いま、何をした」

嚙みつくように、府兵は怒鳴った。かなり訛りが強い。

左之助は、にやりとした。

かれがいま切り落したばかりの柳の枝が生々しい白い切り口を見せている。

かれは平気で、府兵の顔を見返した。

「何か、用か？」

「よ、用か、だと！　うぬ、とぼけるな、いま、何をしたぞ」

「ふん、何もせぬ」

「とぼけるな、いま、その柳を切ったではないか」

「そうかな、おれは知らぬ」

府兵はのちの警察制度に於ける邏卒《ポリス》である。市中取締の権限がある。

「とぼけるな！」

と、また怒鳴った。

「おいおい、何度同じことを言うのだ、これでなんと三度目だぞ」

「う、うぬがとぼけるからじゃ、いま、この柳を切ったではないか白状せい」

「知らんなあ、お前が見たのか」

反問されて、府兵はぐっと詰った。意外に正直なところがあるのだろう。

「──見たぞ」一呼吸おいて、やっと言った。「柳が、柳の枝が落ちるのを、見た」

「ほう、じゃァ柳に聞け」

「なに!?」

「柳に聞けばわかろう、おのれを切ったやつのこと、話すだろう」

それだけ言い捨てると左之助はもう用はないとばかり、背をむけて歩きだした。

「うぬ、待てい、うぬは、新政府を愚弄するか」

府兵はいきり立った。六尺棒をとり直したが、さすがに打ちかかることはできない。たかが柳の枝のことである。

「待たぬか、痴れ者め、怪しい奴だ、名前を名乗れ」

嚙みつかんばかりだ。

「うるせえなあ、あんまり大きな声を出すな。この暑いのに、ますます暑くなっちまうぜ」

「東京府府兵を何と心得ている。生国住所姓名を申し立てろ」

「忘れたよ、江戸が東京になっちまったら、名前も忘れちまったぜ、お前もつまらねえことを一々おぼえていねえことさ」

「こやつ。益々怪しいぞ。屯所に連行する。こい」

「おい、お上風《かみかぜ》を吹かすのもいい加減にしてくれ。いくら夏でもその風だけァ御免蒙る」

「黙れ、柳の枝を切るなど言語道断の所業、市中取締りとして」

「うるせえな」

左之助はぱっと飛び退ると、抜刀した。相手が六尺棒をかまえる前に、ずいと白刃を鼻先に突き出したのだ。

「さあ、調べてくんな。人を斬ったら血膏《ちあぶら》が浮く、柳を切ったら柳の油が浮いているだろう、調べるがいい」

その府兵は、まさか抜刀するとは思ってもいなかっただけに、蒼くなった。

原田左之助のその行為は、多分に、府兵を牽制《けんせい》するものだった。

白刃を鼻先に突きつけられて、仰天した府兵は、蒼くなったり赧くなったりした。

「な、なんということを」

「調べろよ、どこに血がついている？」

「血、血だとは申しておらん、柳を、きさま……」

「おい、唾を飛ばすな。あたら名刀に錆《さび》がくる。どうだ、見たか、調べたか、ああそうか、じゃァ文句はないな」

勝手に合点して、かれは、懐紙でさっと刀身を拭うと、ぱちんと納めた。

「待て、きさま、まだ用は済んでおらん」

いいようにあしらわれて、府兵は気持がおさまらなかったのだろう、六尺棒をふりかぶった。

往来の者は、面白そうに足を止めて見物している。

泥棒強盗の類《たぐ》いではなく、人を斬ったというような大事件ではない。

それだけに行きずりの者にしてみれば気楽に見物できる。

新政府の手先になって威張りちらす府兵には、善良で気の弱い庶民でも、反感を抱いている。

威たけ高な府兵をやりこめている左之助に、拍手を送りたい様子が、遠巻きの弥次馬のどよめきにあらわれている。

その雰囲気は、府兵にもわかるのだ。それだけに、一層、気を昂ぶらせた。

「とまらぬか、うぬッ」

ふりかぶったのは、成り行き上だ。が、威嚇した勢いは、そのままにはおさまらない。

「胡乱《うろん》な奴、逃ぐるか」

叫びざまに、六尺棒を叩きつけた。

刹那、左之助は僅かに、上半身をかしげて、風をきって落ちた六尺棒をつかんだ。

つかむと同時に、ぐいと引きざまに一ひねりした。

弾《はず》みである。府兵はたたらを踏んだ。ふみとどまろうとしたが、そのまま、石垣から宙へ飛びだしている。

「うわっ！」

もんどりうって掘割に落ちた。すさまじい水飛沫があがった。

「ははは、馬鹿なやつだ」

左之助は見下して、

「おい、溺れるんじゃねえぜ、もっとも、この掘割じゃ、溺れようたって、溺れさせちゃくれめえがね」

巾六間ほどの堀である。小舟がもやってあるし、上り下りの船もある。

「助けてくれ」

泳げないとみえ、水をはねてあぷあぷしている。

その姿に棹をさし延べるでもなく、すーっと傍を通り抜けた屋形船がある。

その屋形船は、さっきから二人の言い争いを聞くかのように、石垣の下にとまっていたものだった。

非情な屋形船である。

柳が影を落している石垣の下にとまっていて、二人の言い争いを聞いていたらしい。

府兵がもんどり打ったのを見て船頭が、棹でさして、動きだした。救助のために動きだしたのかと見えたが、そうではなかった。

「助けてくれ」

ばしゃばしゃ、水面を叩いて叫んでいるのを非情にも横目で見て通り過ぎていったのである。

「おおい、見殺しにするのか、やい、待て、助けてくれえ」

そんな声に、船頭はゆっくりと振りかえった。

「ほかの船に助けてもらいなせえ、この船にゃ病人が乗っているんでね」

空船でないことは、船足が重いことでもわかる。憎らしいことに、ゆっくりと傍を通り過ぎてゆく。大川へ出るらしい。

左之助が、あとも振り返らずに河岸を歩いてゆくのと平行して、その屋形船はゆるゆると進んでゆく。

この浜町堀は、千代田城の外堀につながっている。鎌倉河岸つづきに日本橋の通りを横切って、伝馬町の牢裏を流れ、亀井町から南へ折れて真っ直ぐに三ツ又《また》へ出る。

左之助は高砂橋を渡った。

すると屋形船は橋の下をくぐって向う河岸へ寄っていった。

橋袂には、雁木の段がついていて、小さな舟着場がある。

「──もし」

と、下から声をかけられて、左之助は足を止めた。

船頭が見上げていた。

「もし、無躾《ぶしつけ》でございますが」

「おれか、何か用か」

「へえ、実は、船のお客様が、何かお話し申し上げたいということで」

「おれに？」

「へぇ……」

屋形船の小障子が、すっと開いて顔が出た。

武士である。見おぼえのない顔が見上げた。

「率爾《そつじ》ながら、一献《いっこん》さしあげたく思って、声をかけました」

見ず知らずの男である。笑顔には悪意は感じられなかったが、左之助は用心を隠さない。

何しろ、ここは江戸ではなく東京なのだ。

左之助が返事をためらっていると、

「ただいまの掛け合い、逐一、拝見いたした」

「つまらぬことを」

「いや、痛快でした」

「………」

「溜飲が下りましたよ、ははは」

新政府の役人に反感を抱いている者は多い。その意味では同志といえなくもない。

「如何であろう、初対面で、まことに無躾な話でござるが、献盃《けんぱい》、受けてはいただけまいか」

四十前後であろうか、温厚な感じで礼儀正しいのも好感がもてる男だった。

「よかろう、馳走になる」

左之助は頷いて、雁木をおりていった。

炎暑の日中である。川舟での冷酒というのも、オツなものだ。

左之助は新選組にいたころ、鴨川の河原に突きだした〝床《ゆか》〟と呼ばれる涼み台で夏の宵の一刻を楽しんだことを思いだした。

左之助が乗ると、屋形船は急いで岸を離れた。

船頭は二人である。棹をさす手も忙しく、船は浜町堀の中央に出て、流れに乗った。

漸く誰かに引き上げてもらったのであろう、あの府兵が濡れ鼠になって、喚きながら河岸を追ってくるのだ。

左之助を招じた武士は、反対側の小障子を細目にあけて、にやりと笑った。

「あの馬鹿めが、どこまで追ってくるつもりか」

「大川にでも飛びこみかねないな」

と、同席の男が応じた。

小作りの若い男が、

「府兵が一人減るというわけか」と、盃をあげて、「慶賀すべきことだな、大いに祝わねばなるまいて」

三人は声を合わせて笑った。

屋形船は、かなりの速度で動いている。追ってくる声が、遠くなった。

二人とも三十前後と見えた。小作りのほうは左之助と同年輩で、浅黒い顔が精悍な感じであった。

三人とも、武士である。この時流に迎合しようとしていないのが、左之助には好ましく思われた。

「私は大杉兵衛、こちらは岡田、三刀屋《みとや》。御両所とも旧幕臣です」

最初の年長らしい男が名乗って、二人を紹介したので、左之助も名乗らなくてはならない。

「――天堂大作です」

「…………」

「奥州からの流れ者とおぼえていて下さい」

その言葉に奥州訛りがないのが三人には、ちょっと不審だったらしい。

が、すぐに合点して、大杉が微笑した。

「あちらで、戦かわれたのですな。御無事で何よりでした」

「いや、ただ逃げまわっていたようなものだから」

左之助は自嘲的に言った。

「まともに戦かった奴は、みんな死んでいる」

「…………」

「こうやって生きているのが、恥しいくらいだ」

左之助は河岸に視線を投げた。船は組合橋をくぐって、大川へ近づいている。左側が堀田家の上屋敷。右側が松平家の下屋敷。両方とも敷地は広大だ。その両屋敷とも、留守番がいるだけなのか、いまはひっそりしている。

「死におくれという意味では、われらも同じです。恥さらし同志で飲みませんか」

大杉は盃をつまんでさしだした。

隅田川の河口に架けられているのは永代橋であるが、両国橋との間に新大橋がある。その新大橋の西詰からの河岸も浜町河岸と呼ばれていたのは、左之助たちを乗せた屋形船が下って来た浜町堀の河岸つづきだからであろう。

川口橋をくぐって出たところは三ッ又で、中洲がある。

このあたりはもう地勢的には河口といってよかった。満潮時には、葦《あし》が浸されるが、潮が退くと釣人の姿が待っていたようにあらわれる。

以前は足高の小料理屋が出来たりして、風流を好む文人墨客で賑ったこともある。

屋形船は、この三ッ又の中洲のほうへはむかわずに、河岸に沿って右へ折れた。

間もなく右手が行徳河岸になる。

もうあきらめたらしく、府兵の声は聞えなくなっていた。

「――うまい」左之助は世辞ではなく言った。「江戸の酒は久しぶりだ」

「では、もう一杯」

「有難う」

逢ったばかりの三人の男たちに、左之助が警戒よりも親しみを感じたのは、東京の土を踏んだものの、忘れ去られた人間のような孤独が、かれをとらえていたせいかもしれない。

「いま一つ、いかが」岡田が今度は銚子をとりあげた。

「駈けつけ三杯と申す」

「さっきの奴に飲ませてやりたいようなものだ」

たしかに、酒は咽喉にここちよくしみた。

開けてある小障子から涼風が吹きこんでくる。両方の小障子を開けてあるので、風通しはよかった。

「立ち入ったことをお訊ねするようですが、お宿は」

「馬喰町の木賃宿にいる」

「そりゃァひどい、私の屋敷に来ませんか。お泊めするくらいのことはできます」

「いや、初対面で左様なことまでは」

「御遠慮なさるな。同志は相身互いでしょう」

同志とはどういう意味なのか。

たしかに左之助は反政府的ではあるが、この連中と同志というほど連帯感などまだあろうはずはない。

「お心入れは有難いが、まだ十日や二十日は旅籠代があります」

「そのあとは？」

「え？」

「それでは心細かろう」

「いや、馴れている。奥州では奴らに追われて三日も飲まず食わずのときもあった……」

「それなら、尚更、うまい酒にはありつけなかったわけだ。大いに飲んで下さい。釣竿もありますよ。江戸前の魚にも無沙汰をしていたのでしょう、釣り上げた奴を、刺身で……」

波が高くなった。船は霊岸島を右手に見て河口へ出たのである。左手の永代橋の西詰に番所があって、役人がこちらを見ていた。

大杉たちが、何を考えているのか、原田左之助には、まだ判然としなかった。

屈辱に耐えてまで、おめおめと新政府から餌《えさ》をもらって、生を貪ぼっている連中と違うことははっきりしているが、時代が変って武士は生き難い世の中になっている。

旧幕臣たちも大半は徳川家を田安亀之助が継いで、静岡に移封されたのに従って、東京を捨てた。

八百万石の徳川家が、たった七十万石に縮小されたのである。当然、旧幕臣たちの給与も減禄されている。馴れぬ鍬《くわ》を手にして開墾したり自家生産をはじめたのもそのためである。

この変革は武士たちの生活を圧迫することになった。旧幕臣の中には、そんな苦労をしてまで、馴れぬ土地にゆきたくないと、東京にとどまった者もいた。

しかし、知行所（領地）を持っていた者も、すべて召上げられた。

会津や桑名など藩主が天朝に対する罪を問われている以外は、府藩県の制度になっても、たいてい旧藩主が知藩事に任命されている。

そういう大名家でも士族禄制が制定布告されるや、奉禄は大削限された。

すなわち万石以下、二十一等に分けられて、新給与に我慢せざるを得なくなった。

その新禄制ほど残虐なものはない。何しろ九千石以上が二百五十石、千石未満八百石までが六十五石、百石未満八十石までは十三石等々である。

こういうふうに大ナタをふるった一方で、維新功臣賞典などと称して、長州の伊藤や井上などは、御太刀料金三百両などをせしめている。

禄制改革は、武士たちの間に不満をみなぎらせた。

それは長州に於てですら、奇兵隊の反乱を招いたほどだし、徳島藩では支藩の淡路で暴動が起った。

生活苦と将来の不安は、人間を兇暴にする。不平不満は、旧幕臣の中にこそ、もっとも強くゆきわたっているはずだった。

天皇が東京へ乗り込んできて、新政府が覇府を開くにつれて、多く旗本屋敷などを接収した。

むろん有無を言わさぬ新政府の権威をかさにきての強制である。

そうした事柄をあげれば限《き》りがない。怨嗟は、巷に満ち満ちている。陰で愚痴を言っても、しかし、直接行動にあらわすには、庶民は無力なのだ。

「天堂さんは、新政府のやり方をどう思っていますか」

大杉が、凝っとのぞきこむように左之助の眼を見て言ったとき、ほかの二人も、笑いを消して、視線をむけた。

「――新政府をどう思うか、というのですか」

原田左之助は、大杉の視線を受けとめてから、岡田と三刀屋を見、それから、また大杉へもどした。

「さあ、何と言っていいかな……言いたいことは幾らもある」

「不満を」

「むろんです」きっぱりと言ってから、苦笑を見せた。

「しかし、戦さに負けたのですから」

「………」

「何を言っても無駄でしょう。負け犬は、所詮、負け犬です。誰も負け犬の遠吠えなどに、耳をかしてはくれまい」

「そうだろうか」

大杉は、反駁するというのではなく、むしろ好意的に慈しむような表情で小首をかしげた。

「では、遠吠えではなく……近くで吠えたらどうでしょう」

「近くで？」

「そうです。負け犬には負け犬の方法がある。況《いわ》んや、われわれは犬ではない。人間です、いや、武士なのだ。魂を持っている武士です。そうではありませんか」

大杉は脇差の柄を軽く手で打って言った。

「天堂さん」と、三刀屋も口を添えた。「われわれは、同志をもとめている。腕があって、死を恐れず、不正を憎む心の強い者だ」

「………」

「つまり、あんたのような人だ」

船は鉄砲洲にさしかかっていた。右手に波除《なみよ》け稲荷が見える。左手は石川島で、佃島の漁師町にゆく渡船が横切っていく。

築地居留地のはずれに東京運上所の建物が見え、波止場には外国船が五、六隻、それぞれの国の旗を潮風に翻えしていた。

「天堂さん、あんたは、人間の出逢いということを信じないか」

岡田も口をひらいた。

「この世の中にどれだけの男女がいるか知らないが、生きている間に、心から語り合える者は、極く僅かのものだ、仏教で言うところの〝多生《たしょう》の縁《えん》〟があればこそ、この世で相識《あいし》る機を得るのだ、そうは思いませんか」

この男が、仏の教えなど持ち出すのは意外だった。

「愚かなわれわれは、偶然という言葉で割り切ってしまうが、万物奇縁、この世のことはすべて因縁があって存在している。つまり、あんたが、あの府兵を堀へ叩きこんだことも、われわれが、近くにいて目撃したことも、すべて、これ、多生の縁なのです」

「天堂さん、私もそう思いたいですなあ」大杉が感に打たれたような声で言った。「われわれは、相逢うようになっていたのですよ、前世からの同志というわけですな……」

壮麗な築地ホテルが見えてきた。

「天堂さん、あのホテルで食事をしませんか、牛でも豚でも料理がある。酒も西洋のやつを飲ませてくれますが」

夜の足音

大杉兵衛は錯覚していたようである。築地居留地は武士の入市を禁じている。関門が設けられて一々身分をただし、帯刀の者は押し返される。強いて入ろうとする者は、引受人に連絡した上に刀を預けねばならない。

外人のほかは官員と町人だけが出入りを許されるのだ。

武士が刀を預けるなどということは、耐え難い屈辱なのである。

「大杉さん、築地ホテルに入れますか、われわれでも」

と、三刀屋が疑問を投げた。「異人ホテルじゃありませんか、異人しか泊れないのでは」

「そんなことはない。最初は大きく構えていたようだが、それじゃ商売にならぬと方針を変えたようだ」

「それにしても」と、岡田も言った。「帯刀のままじゃ無理でしょう。きびしいのは居留地五十二地区だけではないはずです。おそらく、波止場で刀を預るだけでは済みますまい。下手をすると、身元詮議ということになるのではないか」

「藪蛇か」と、大杉は面白そうに笑った。「それもそうだ。では、ホテルでの夕餉《ゆうげ》はやめて、そこらの船宿で魚を食うか」

「魚よりも肉はどうです。精がつきますから」

と、岡田が箸を置いて言った。魚なら、さっきから刺身やその他二、三品であるが、つまんでいる。

「新しい同志が出来たのだ。牛肉でやろうじゃありませんか、これから大いに活躍して貰うのだから、精をつけてくれないと」

「牛肉か、なるほどな」と、大杉は頷いた。「天堂さん、牛鍋はどうですか」

近ごろ牛鍋屋が何ヶ所かに出来て流行っているという話は、左之助も耳にしている。

「そうだな、猪や鹿は食ったことがあるが、牛はまだ……」

「そりゃァ丁度いい。猪よりも臭みはないし、美味いですよ」

左之助は宗教や迷信にはこだわらないほうだ。

「食べてみよう。蛙や蛇は伊予にいたころよく食べましたが」

「伊予ですか、お国は」

しまった、と思ったが、いまさら糊塗できない。

「そうです、訛が残っているでしょうな」

自分ではそれほどに思っていない。が、こう言えば否定するかと期待したが、返事はなかった。生粋《きっすい》の旗本たちからすれば、訛があるのだろうか。もっとも左之助が洩らすまでは、それに気がつかなかったようだから、強いものではあるまい。

大杉は船頭に命じて、屋形船をひきかえさせた。

波除け稲荷に沿って左折すると、すぐに稲荷橋。その橋袂に関門が出来ているのが見える。

屋形船は、居留地の北側をまわるように堀割を遡った。

中ノ橋にも南詰には関門がある。

「その辺へ着けてくれ」

大杉が顎をしゃくったのは反対側である。

南本八丁堀四丁目の角に、その牛鍋屋があった。

もともと普通の小料理屋だったのが、時流に乗って牛鍋屋を開いた。

御一新以来、新しいもの好きが増えている。船来モノといえば、すぐ飛びつく。燐寸《マッチ》や石鹼《シャボン》や洋杖《ステッキ》や蝙蝠傘《こうもりがさ》など、ひっ張りだこだった。

牛鍋屋もその一つだった。牛肉も一般に売りだされていたし、慶応四年二月の万国新聞には、牛肉絵解きまで載せてある。牛肉の部分を十五分にして、上等の部分から下等の部分まで、五段階にわけて説明している。

嘗っては牛を食べるなど仏教の勢力が強かったころは許されなかったものである。神仏分離が仏教勢力を後退させて禁忌が解かれると、もの珍らしさもあって、手を出す者が増えた。

もっとも天皇が布令を出して宮中でも肉食をはじめたのは、この二年後のことである。

一行は牛鍋屋に入っていった。

階下は酒樽の腰掛と巨木を二つ割りにした卓子で、腰掛けても食べられるようになっている。奥に入込みの小部屋があるが、大杉たちは、二階へ上った。

二階も大広間になっていて、衝立で小間仕切りがしてあるだけだ。

女中が七輪に炭火を盛ってくる。

「お客さん、牛は、上にしますか中にしますか」

「上と中はどう違うんだ」

岡田が聞いた。

「腰肉と肋骨が上ですよ。鍋には中肉がいいというお客さんが多いですねえ」

「ローストをもらおう」と、三刀屋が気障《きざ》っぽく言った。「鍋でも美味いのは上肉さ。ローストをくれ」

「はいはい、お酒は」

「二、三本持って来てくれ」

大杉が手を振った。

七輪の炭火は、時々、団扇《うちわ》でばたばたやらなければならない。部屋の中には、煙がもうもうとたちこめている。角店だけに、三方が大きく開け放してある。

「真夏に牛鍋とは暑いのう」

「ははは、汗をかきながら食べるところがいいのさ」

「それにしても、暑い、早く日が暮れないかな」

はじめて食べる牛肉だったが、左之助の口には美味だった。

夕暮になると、漸く涼風がたった。堀割から吹いてくる風が、七輪の煙を吹き払ってくれる。

「牛鍋屋がどうして河岸にあるのか、やっとわかったよ」

と、左之助は陶然となって言った。

そのとき、女中に案内されて通りかかった男が、驚いたように足を止めた。

「原田さんではないか」

思わず、飲みかけた盃をとめて左之助は、ふり仰いだ。

あの男だった。綺麗にくしけずった総髪を肩まで垂らし、上布に黒絽の羽織を着ている。

りゅうとした服装は、沖田総司の病床で逢ったときと変らない。

あのときと違うところは、白面の、まだ青年らしさが残っていたのが、すっかり自信に満ちた表情になっていることだった。

（袴田順一ではないか……）

この男が生きているのは不思議ではない。要領のいい男だった。

混乱の中でも傷つくことなく、巧みに泳ぎ抜いていく術を身につけている。

それもうすら笑いを湛えながらだ。たしかに、頭が良いのかもしれない。

「原田さん……ですな」

と、ふたたび言われたとき、しかし、左之助は辛うじて、無表情でこたえていた。

「わたくしか？　お人違いだ」

「人違い？……原田さんではないのですか、おかしいな」

「他人の空似でしょう」

左之助は、わざと頰の傷を見せるように、小首をかしげ、それきり順一を無視して、三刀屋に話しかけている。

「そうですか、人違いでしたか、失礼しました」

慇懃《いんぎん》に詫びて、順一は女中の設けた席に去って行った。

左之助は、敢て偽名に固執する必要はなかった。もう維新の際の罪は消滅しているのだ。だが、大杉たちに〝天堂大作〟と名乗った以上、いまさら、本名は原田左之助だと言い直すわけにもいかない。

大杉兵衛という名にしても、岡田、三刀屋にしても、本名か偽名か、いまの左之助にはわからない。

また、強いて知ろうという気持はこちらにもなかった。

向うではしきりに〝同志〟にしたがっているが、左之助の気持はまだはっきり決っているわけではない。

酔っていた。牛肉はうまかったし、ほどよく酔いがまわっている。

大杉たちと話している間も、順一のことが、頭の隅にひっかかっていた。あの男には、何か釈然としないものがあった。

（あいつ……あのとき……）

本所でのことが、思いだされる。

神保屋敷に官軍がふいに襲ってきたことだ。あれは岸島由太郎が松本良順の医学所に行ったきり戻らないうちのことだった。

岸島が裏切ったのかと思っていたが、順一のしらじらしい顔を見ると、疑惑の雲が急に色濃いものになって、左之助の脳裏を包みこんだ。

（……橋場で襲われたときもたしか、あいつが帰ったあとだった）

両方とも順一の密告だということも考えられるではないか。

左之助は、帰りしなに立ち上ってふりかえった。が、いつの間に帰ったのか、順一の姿はなかった。


原田左之助が大杉兵衛に〝同志〟の目的を打ち明けられたのは、照り降り町のある家に伴われてからである。

その家は間口の広い商家だった。

角店で片側は堀割に面していて何をしても繁昌する場所に思われたが、耳門《くぐり》から招じられて一歩入ると、異様な臭いが、むっと鼻をついた。

広い土間には大きな桶や木箱や菰や荒縄などが乱雑に散らかっていて、それも埃りをかぶっているのが、淡い行燈の明りでもはっきりとわかった。

ものの饐《す》えたような臭気は、海産物の残りが腐ったまま放置されているせいかもしれない。この暑気では、耐え難いほどだった。

「いやな臭いでしょう」

大杉は左之助を振り返って言った。

大戸は閉じられたままで、耳門を開けてくれたのは、若い手代ふうの男だったが、大杉の態度から見ると、わが家に帰って来たような調子だったので、左之助は、返事に困った。

「どうも、あまり好い匂いとは言えませんな。どうして風通しをよくしないのですか」

「ははは、誰だってこの臭いはたまらない。そこが狙いなのでね」

「…………」

「つまり、新政府の役人だって、嫌がるというわけだ」

大杉はこう言って、低く、湿った笑いを洩らした。

「犬だってね」と、岡田が、その笑いをうけて言った。

「何しろ、そこらを犬どもが嗅《か》ぎまわっている。つまりは犬除けというわけですよ」

その〝犬〟というのは、新政府の手先の府兵や捕亡方附属の密偵のことを称っているようであった。

四人が入ると、手代ふうの男はあとを閉め、心張棒をかった。

「少々、辛抱して下さい。何よりも、やつらの注意を惹かないことが肝要なのだ」

店は広かった。以前は大店《おおだな》だったのであろう。部屋が幾つもあり左之助が案内されたのは、一番奥まったところの八畳だった。

この部屋だけは、きちんと掃除されていて、床ノ間にも花が活《い》けてあり、人間の住居という感じがする。

「驚いたでしょうな」

「はあ、いささか……」

ここまでくると、店の方の臭気も大分、うすらいでいる。

「犬除けといったが、魔除けですな、いや官員除け、権力除け、というところですか」

女っ気のない家である。茶を運んできたのも、あの男だった。

「このような隠れ家が、朱引内《しゅびきない》に五ヶ所あります。同志はまだ四十人ほどだが、万一の場合を想定して、たとえ一ヶ所が襲われても、他のところに及ばないように配慮してあります」

左之助は、いつの間にか、かれらの〝同志〟になっていることに気がついた。

妙なことから、屋形船に招じられて、酒を汲《く》み交し、牛鍋をつっついて、また酒を飲み、久しぶりに浩然《こうぜん》の気を養うことができたのだが、その充足感が気軽に、かれらのなかまに入ることに同意させてしまったようである。

奥州での戦さに敗れて悄然と東京へ舞い戻った原田左之助である。その孤独感が誘いの手にすがりつかせたのかもしれない。

「新政府の暴虐圧政に対して怨嗟の声はしだいに高くなって来ている。いまや、われわれが一度《ひとたび》立てば、応じてくる者が多いはずだ。旗本八万騎と、東北諸藩の敗兵は十万を下るまい。

その百分の一、いや、千人に一人なら間違いあるまい。それだけでも二百人ほどになる」

「………」

「二百人あれば、参議以上の政府高官を仆した上で、役所を乗っ取り新政府の中枢を掌握して、有志を糾合できる」

左之助は唖然としていた。酔いが醒めてくるにつれて、大杉たちの計画の無謀さが、はっきりしてきた。

大臣参議を討つことはそれほど至難ではあるまい。

現に参与の横井小楠（平四郎）が京の路上で退朝の途中、暗殺されている。

参議たちは、常に護衛の兵を離さず、二頭立ての馬車で往来しているが、殺そうと思えば、鉄砲で狙撃することは不可能ではない。

だが、左之助は、

〝新政府転覆〟

までは考えたことがなかった。

佐幕派として、やるだけはやった左之助にしてみれば、現在のおのれは、残滓《ざんし》にすぎないのだ。

（新政府の領袖《りょうしゅう》どもを殺るのはいい……特に薩長の奴らを討てば、非業に死んでいったなかまの供養にもなる）

左之助はそう思っている。

だが、すでにここまで固まった政府組織が、要人の暗殺くらいで壊滅するとは考えられなかった。

大杉が熱に浮かされたように饒舌っているのを聞いているうちに左之助の気持は逆に冷えてゆくのをおぼえた。

「大杉さん」

と、左之助は、かれの熱弁を遮るようにして言った。

「あんたは、本気で、新政府転覆を考えているのですか」

「むろん……」と、語尾にかぶせるように応えてから、大杉は、ふとその反問に疑惑を感じたように、「どういう意味だね？」

三刀屋と岡田も茶碗を置いて、嶮《けわ》しい視線をむけた。

「天堂君、きみは可能性がないと言うのか」

岡田がさっきとは違って、吼えるように言った。

「さあな、可能性がどうとか、そこまで私は考えたことはない。ただ……気が進まぬ」

「気が進まぬ、だと？」

三刀屋が膝を動かした。刀を摑んで、詰め寄る姿勢になった。

「いまさら、気が進まぬとは、どういうわけだ」

「怯《おく》したか」と、岡田も、尻馬に乗るように声を荒らげた。「われわれの目的は、新政府の歪みを直すことにある。これは恣意ではない。公憤だ。好き嫌いの問題ではないのだ」

「………」

「たとえ事が成らぬとしても、暴虐の高官を仆すことは、天下万民の為だ。個人の好き嫌いの感情を超えて、われらは行動している。天堂君、いじけたようなことは言わないでくれ」

「天下の為の行動ではあるが、ひいては、幕臣の意地を貫くことでもある。私には天堂君が、逡巡する気持がわからぬ」

大杉は諄々《じゆんじゆん》と訓すように言った。

「もしも、だ、もしもやり損じたとしても、正義を行なわんとして失敗したとて男子の本懐ではないか」

「………」

「天堂君、まだ懸念《けねん》しているようだな、新政府への怨嗟は、ただに旧幕臣や東北諸藩の生残りだけのことではないのだ。薩長、殊に奸賊《かんぞく》たる長州のお膝元山口藩でさえ暴動が起っている」

「そうなのだ、土佐でも反政府運動がはじまっているというぞ、天堂君、われらが烽火《のろし》をあげれば、全国で呼応するにちがいない」

「そうかもしれぬ」左之助は、頷いた。「私も米沢で雲井という男に逢った」

「雲井竜雄かね」

岡田が飛びつくように言った。

「それはよかった。雲井は立派な男だ。かれが立てば羽州の同志はみんな蹶起《けつき》して参加するはずだ」

「多分、な……あんたたちの言うことは、多分正しいのだろう」

「………」

「だが、私には、どうも、しっくりといかぬなあ」

「しっくりもくそもない。きみは同志として行動してくれればいいのだ」

「それだよ。なんとなく気が進まぬのだ。なんとなく」

「あいまいだ」三刀屋が叩きつけるように叫んだ。「そんなあいまいなことで同志と言えるか」

「言えまいな」と、これにも左之助は素直に頷いている。「同志の資格がないわけだ」

「………」

「となれば、オリるしかない。諸君、失礼する」

「待ちたまえ」

左之助は立ち上った。

大杉が手をあげた。

「待て、天堂」

三刀屋が片膝立てて叫んだ。右手が刀の柄にかかっている。

「逃げるかッ」

「逃げる?」左之助には聞き捨てにならぬ言葉だった。

「逃げるとは何だ、なぜ逃げねばならぬ」

「まあ、両所とも、待て」岡田がなだめるように言った。「天堂君、もう一度、言うが、考えなおさぬか、せっかくわれらの主旨に共鳴して同志になったものを、いまになって手を退くとは残念じゃ。われわれは、きみのような男をもとめていた。必要なのだ。腕も立ち、度胸のある男がな」

「ほう、そのように見込んでくれたとは、忝けない。だが、おれはあいにくと、だらしのねえ男さ、お前さんがたのような御立派な正義派の同志にはなれそうもねえ」

三人は唖然としていた。左之助の態度には卑屈なところがない。

「じゃァ、これでさらばだ。悪く思わねえでくれ、おれは、どうやらおっちょこちょいのところがあってな、よく知りもしねえで、なかまになろうとしたのは、失敗だった。では、逢わなかったことにしようぜ。いいな、すれ違っても、お互いに挨拶もしねえことにしよう」

それは、かれらの謀議を他に洩らさないことを意味していた。

が、三人には、そうは受け取れなかったようである。

「待ってもらおう」

と、大杉が言った。静かな語気だったが、その眼は鋭く左之助を見つめて、

「同志ではないとすると、帰すわけにはまいらぬ」

と、言い放った。

その言葉に応じるように岡田と三刀屋が囲むように立ちふさがった。

「どうしようというのだ」

「——暫く、他行は見合わせてもらおう」

「なんと！」

「二、三日でよい。我慢してくれ、われわれが、ここを始末するまでだ」

「おい、そんな心配はいらねえ、おれは口軽《がえん》じゃねえ」

左之助はあわてて言ったが、大杉は肯じなかった。

「私は石橋を叩いて渡る主義だ」

大杉は二人に目くばせした。岡田が脇差を抜いて、左之助の背中に擬した。

「歩け」

「おい、おい、どこに連れてゆく気だ」

「土蔵だ。飯くらいは運んでやる。温和しく行ってもらおう」

表のほうで、音がしたのは、そのときである。

誰か大戸を叩いていた。火事だ、という声が聞えた。相模屋さん、火事だ、相模屋さん、と怒鳴っている。

相模屋というのは、以前海産物を扱っていたこの店の屋号で、看板がかかったままになっているのだ。

「火事だそうです」

手代が駈けこんで来た。

「火事だと？」大杉は太い眉をひそめて、「半鐘は聞えたか」

「いや……聞えません」

「おかしい、小火《ぼや》ではないか」

その間も、大戸を叩く音はひびいている。

「様子を見て来い」

手代ふうの若者に顎をしゃくった。

岡田が舌打ちした。

「こんなときに」

「火事ならかえって幸いだ、いっそ大火事になった方が、証拠を始末する手間が省けるというものだ」

その大杉の苦笑は、けたたましい笛の音と、叫び声でうち消された。

一瞬、何事が起ったのかと、みんな呆然となった。だだっと家鳴りをさせて、多勢の雪崩て来る足音がした。夜の静寂を破ったその騒がしさが、ただの火事騒ぎではない、異変を感じさせたとき、手代ふうの若者が悲鳴をあげて転りこんで来たのだ。

「屯所《たむろ》だ、屯所だ」

まだ警察という言葉はなかった。江戸時代の町奉行所に代るものが東京府の捕亡方であり、府内を六大区に区分し、さらに小区の屯所に府兵が分遣《ぶんけん》されている。

その屯所が司直の代名詞になっていた。

「しまった、嗅ぎつけられたか」

岡田は左之助に擬していた脇差を捨てて大刀を抜こうとしたとき荒い足音をひびかせて、その府兵たちが雪崩れこんで来た。先頭の男は隊長であろう。裏金輪抜けの陣笠をかぶり袖口に金モールが一筋入っている。

「政府に不軌をはかる謀反人として逮捕する。神妙にせい」

仁王立ちになって、その男は怒鳴った。

正確に数えるひまはなかったが府兵たちは、おそらく二十人以上はいたろう。六尺棒を持った連中が飛びかかって来ようとした。そのとたん、轟然たる音とともに火が奔った。

左之助の耳のそばである。

濛《もう》ッと、濃煙があたりを蔽った。その煙のなかで、あおられたようによろめいた隊長が腹を圧えて崩れるのが見えた。

(いまだ)

左之助はわれにかえった。

どうして突然、府兵に踏み込まれたのか、理由はわからない。が、左之助にとっては、時の氏神といえた。かれは身を翻えした。大杉が一尺ほどもある短銃を手にしているのをちらっと見ただけである。

その短銃はいつか横浜のジェラールの家で見たことのある、決闘用の二連銃と同じ形だった。

　二度目の銃声を聞いたのは、左之助も抜刀しながら、次の部屋へ飛びこみ、中庭へ駈けおりたときだった。むろん銃弾は府兵のほうへ向けられたようである。

　中庭といっても、三坪ばかりの狭いところである。背後に追いすがって来た男が、

「右だ」と、言った。「木戸がある」

「右に行け、木戸がある」

　息せき切って走りながら、そう囁いたのは三刀屋だった。

　そのときは夢中だったので、左之助は疑問にも感じなかったが、いままで敵対していた三刀屋が同じ追われる立場になってふたたび同志の気持を甦えらしたのは、おかしなものだった。

　しかし、はじめての家で勝手がわからなかっただけに、三刀屋と連袂して逃走したのは、左之助にとって幸いだった。

　木戸を出ると露地があって、隣家の裏塀になっている。小綱町一丁目である。

　露地の入口には、しかし、固めている人影が見えた。

「こっちだ」

　三刀屋は四つ目垣に囲繞《いにょう》された庭に踏みこんだ。灌木が半ばを占めている。しもた家だ。その庭ともいえない猫の額ほどのところを突っ切ると軒が迫った狭い不浄口の木戸がある。そこから出ると露地になっていて、ここまでは包囲の手は迫っていないようであった。

「助かった」

と、三刀屋は、はじめて白い歯を見せた。

「どうしてばれたのか。大杉さんたちは大丈夫だったろうか」

「ピストルを持っていたからな。逃げおおせたろうさ」

もう銃声は聞えない。が、騒ぎは断続的に聞えていた。近所でも起きだしていた。まだ夜も九時くらいだから、寝入りばなを叩き起された者もいる。戸を開けて、のぞいている顔もあった。

二人はおくれ毛をかきあげて、平気な顔で歩いた。

思案橋を渡るつもりだったが、橋袂には、府兵や捕亡方の手先らしい数人が見えた。

「この分では親父橋も荒布《あらめ》橋も固められているだろう、舟でゆくしかない」

三刀屋は柳の木蔭に隠れるようにうずくまると見えたが、石垣にはりついて、左之助を促した。

「ここから降りるんだ」

石垣の間から、腕を突きだすように、平たい石が階段状に水面までつづいていた。

暗いし、馴れないとかなり危険だったが、いまは、この道しか逃れるところはない。

どうにか、その石の階段をおりると、小舟がもやってある。

無断借用かと思ったのだが、棹をさして、鎧の渡しのほうへ下って来てから、ほっとしたのであろう、三刀屋はやや得意そうに打ち明けた。

「今夜のような、万一の場合を考えてな、手を打ってあったのさ」

「かれらの安否を捜らなくてもいいのか」

「しかたがないさ。こういうときは、お互いが、とにかく逃げる。他人のことより、おのれの身を生かすことだけを考えればいい。そういうことに決めてある」

「──どこへ行くんだ。さっき大杉が言った、隠れ家の一つか」

「いや、そいつも心配だ。ひょっとすると手が廻っているかもしれない」


何処へゆくのか。

原田左之助は、刀を抱いて小舟の中へ仰向けになり、星空を見ていた。なるようになれ、という気持だった。

焦ってもしかたはない。運命は思いがけない方向へばかり、かれを運んでゆくのだ。どうせ、流されてゆく人生ならあくせく努力するだけ無駄骨なのだ。

人間の運命は、笹小舟に乗せられたようなものだと言った人もいるが、左之助もそう感じている。

「気楽な面《つら》をしていやがる」棹を使いながら、三刀屋が左之助をふりかえって言った。「天堂、きみだって同じ立場なのだぞ、自分だけ謀叛人じゃないと思っていたら大間違いだ」

「…………」

「われわれと一緒だったのだからな、こうなったら一連托生《いちれんたくしょう》さ」

「――らしいな。ところで、この蓮の萼《うてな》は一体、どこへ流れてゆくのだ」

「まかせておいてくれ、奴らの目の届かぬところだ」

大杉は、朱引内に十数ヶ所、隠れ家があると言った。その一つかと聞くと違うという。あの照り降り町の相模屋がなぜ司直の知るところとなったのかわからないが、あそこを襲われたということは、ほかのところも危ないわけだ。

三刀屋が小舟をつけたところは霊岸島だった。

霊岸橋の下をくぐると、右側がいわゆる八丁堀で、亀島町川岸通り、左が霊岸島。お稲荷さまの鳥居と夜風にはためく稲荷大明神の旗が見える。小舟はその下に着けるように近づいた。

隣接の角地は埋立地で、なぜか蒟蒻《こんにやく》島と呼ばれている。二人はそこへ上った。石垣が半ば崩れて夏草がぼうぼうに伸びている。

「どうだ、ここなら、奴らも気がつくまい」

丈なす草の彼方に小屋が見えた。

板屋根に重石を乗せ、入口には蓆を垂らした乞食小屋のようなところだ。

「驚ろいたろうな」

「うむ」

「驚ろかないほうが、不思議なくらいさ」三刀屋は得意気だった。「ここは大杉さんも岡田も知らぬ。いうならば、三刀屋俊蔵ひとりの巣だ」

「ほう、そんな大切なところへ、おれを招待してくれるのか」

「止むを得ぬさ。ま、それだけに恩にきてくれ」

その小屋の中には、何もなかった。床に板が張ってあり、菰が数枚敷いてあるだけで、よく乞食が住みつかないものだ。

そのことを言うと、三刀屋俊蔵はこともなげに笑った。

「時々、見廻って、始末しているからな。俊蔵さまの城を虱《しらみ》の棲家《すみか》にされちゃたまらねえ」

東京の真中に蒟蒻島と呼ばれる一角があるのは何だかおかしいが、その埋立地の夏草に蔽われた俊蔵小屋で生活することは、やはり左之助にとっては苦痛だった。

追われている身では、社寺の縁の下でもしかたはないが、それも一日、二日が限度だった。

夜陰だけとか、一時的に利用するにはいいが恒久的に使用するところではない。こういう小屋に武士が棲んでいるというだけでも怪しまれるものだ。

三日目にかれらは、ここを去った。

深川に移った。永代橋の少し上の佐賀町の堀割を材木町の方に入ると、千鳥橋というのが架かっている。

このあたりは堀割が縦横に走っていて、富岡八幡の前後を通って木場に通じているのだが、この千鳥橋の近くに旗本の小屋敷が数軒ある。

せいぜい三百坪どまりで、屋敷と呼ぶには、一寸気のひけるような規模である。

三刀屋俊蔵が左之助を案内したのは、その一軒だった。

屋敷にはぺんぺん草が生えていて、冠木門の門扉も朽ちていて、玄関までの間に夏草がびっしり生え、蝶が舞っていた。

「ここも隠れ家の一つか」

「そうだ。が、ここは、なかまも住んではいない。多分、屯所の方でも嗅ぎつけてはいないだろう」

徳川宗家が、御一新で一大名になって田安亀之助が継ぐと、旗本たちの大半は、亀之助に従って静岡へ移住していった。

旗本屋敷はもともと徳川家から拝借していた。いうならば官舎のようなものだから、転封に伴う移転では、政府に返上ということになる。

新政府ではそのあとに官員たちを住まわせることにしたが、半ばは空家のまま立ち腐れている。新首府としての市街整備にまではなかなか手が廻らないのだ。

殊に、深川あたりの小屋敷などは、官員の下っ端でも住みたがらない。

三刀屋俊蔵は蒟蒻島の小屋に入った次の日から、隠れ家の安全をたしかめにまわった。

大杉と岡田の安否はすぐにわかった。大杉は捕われ、岡田は重傷を負って捕われた。三日目に岡田は第一大区第十四小区の岩代町の屯所で息をひきとっている。

その岡田が白状したのかどうか判然とはしないが、三刀屋俊蔵が見てまわったところでは、日本橋と神田お玉ヶ池の隠れ家は、府兵が捜索した形跡があった。

ほかのところはその様子がなかったのは、ばれていないのか、わざと放置しているのか。

その危険性はあったが、深川のそこは隠れ家の中でも、もっとも小さいところだという。府兵が見張っているかもしれないと一日、様子を見た上で、入ったのだった。

これで一応、住の心配はなくなったが、衣食の窮迫は目前だった。

生きる目的を失った者にとっては、社会の秩序や道徳は、無意味なものに思われてくる。秩序も道徳も、人間が社会生活を営むための必要から生れたものでしかない。おのれの人生を無為と見たとき、反社会的な行為をも肯定するようになってくる。

原田左之助が、三刀屋俊蔵とともに、築地ホテル襲撃の計画をたてたのは、深い考えからではない。

生活が窮迫してきたことと、

(どうせ成るようにしか成らねえのだ)

という半ば自棄《やけ》っ八《ぱち》な気持からだった。

「築地ホテルに泊っている異人はごっそり金を持っているに違いねえ、奴らから頂くとしよう」

三刀屋がこう提案した。

「どうせ新政府の官員どもに賄賂《わいろ》して儲けようって奴らなのだ。でなきゃァ鼻の下を長くして洋妾《ラシャメン》どもに巻き上げられるだけだ。われわれ憂国の志士の生活の資になれば、むしろ不浄の金を浄化することになる」

「憂国の士か……」

この男は。


左之助は、呆れたように呟やいた。ほん気でそう思っているのだろうか、この男は。

たしかに新政府の暴虐を否定するという意味では、そういえなくもない。その行為にかりたてているものは、薩長藩閥政府への憎悪怨恨であることは明らかなのだ。

むろん、心情がどうであれ、行動が無力な庶民の為になることなら意味があることにはちがいないが、

(大仰に自賛するほどのことではない)

むしろ左之助は忸怩《じくじ》たるものを感じている。

憂国などという言葉と自分の存在を結びつける気にはなれないのだ。

そういう調子の高い言葉には、飽き飽きしている。むしろ、その悲壮さを湛えた偉ぶった調子には、反撥すらおぼえる。

(長州や薩摩の連中が、そうだった、土佐や肥後の者も……)

過激な攘夷派の連中は、外人を人間と認めず、鬼畜とし、夷狄《いてき》と蔑すみ、おのれの恐怖感から殺人剣をふるった。

外人と取引をした、口をきいたというだけで、殺傷された無辜《むこ》の民衆がどれだけいたかしれない。

その、殺人鬼の、

〝憂国の士〟

たちが、いま天下をとって、権力をふるい、豪奢《ごうしゃ》な生活で、わが世の春を謳歌《おうか》している。

いまさら、そんな言葉を弄して、熱に浮かされたように政府転覆など考える気になれない左之助だった。

（そのおれは、こそ泥のように築地ホテルに忍びこもうとしている……）

運命の皮肉さを左之助はぼんやりと考えていた。

その築地ホテルが、夜空を背景にして近づいてきた。窓の灯が美しく並んでいる。まだ、八時を回ったばかりだった。

築地ホテルの裏は庭をへだてて海に臨んでいる。もともと旧幕府の海軍操練所があったところである。

だが、出入りの船は居留地の波止場以外には、繋留できない。

三刀屋俊蔵が小舟を横付けにしたのは、そのホテルの裏の石垣だった。

「前から狙っていたのだ」

と、闇の中で白い歯を見せ、とも綱を杭に結びつけた。杭は石垣を築くときに崩れ止めに使ったものであろう。石垣の裾から垂直に立っている。

「こいつに足をかけるんだ、よく見ていてくれ」

俊蔵は杭の頭に草履の足を乗せると、ひょいと身軽く石垣の高みに飛びついた。

二丈近い高さである。杭がなくてもよじのぼれないことはないが、水際の石は水苔でぬらついているので、その方法でのぼるほうが確実だった。

俊蔵の手は石垣の上にかかっている。石垣は石と石の間に隙間があるので、足をかけることができる。

石垣をのぼりきると、築山ができている。俊蔵は足音をひそめて這松《はいまつ》の蔭から、ホテルの方を窺った。

「用心することだ、毛唐どもは、暗いところで口吸《くちすい》をやるのが好きだからな、そこらで抱き合っているかもしれない」

抱き合っている者はいなかったが、夜の散策を楽しんでいる連中の影はいくつか見えた。

外人の遊歩の地域は決っている。すでに攘夷の狂気じみた殺人者たちが天下をとるや貴顕紳士に変貌して肩で風をきって歩いている以上、以前のような心配はないはずだが、立場が変ると今度は、外国領事《コンシュル》からの抗議を面倒と感じるようになるのだろう。

その意味でも、ホテルの裏庭なら、何の心配もいらない。

外人たちがいつもの異郷にある緊張を解いて、ときどき笑い声をあげながら、散歩を楽しんでいるのを見ると、ふっと、左之助は、いままで思いもしなかった衝動がふいに、胸にこみあげるのを感じた。

それは、憎悪や怨恨ではない。理想主義の使命感でもない。かといって、殺戮を愉しむ兇暴な血の躁ぎでもなかった。

もし、血の動きに関係があるとすれば、それは冷たい血の囁きといえたかもしれない。

かれは、ここへ忍びこんだことが、嘗ての攘夷の過激派の志士たちと同じように、異人斬りの目的だったように、ふっと、錯覚をおこした。

それは幻覚でもあったかもしれない。

「やるか、あいつらを……」

左之助は、這松の蔭で顎をしゃくった。昂奮もしていないないし、殆ど感情のない語気だった。

投げやりな調子だった。

「いや、あいつらは幾らも持ってはいまい」

闇の中で俊蔵はつと左之助の刀を圧えた。

「財布の中味だけではしれている。部屋に大金を置いているはずだ」

「そうだったな、おれたちは強盗に来たのだな」

左之助は声のない笑いを見せた。

散策の外人たちに見つかったら逃れようはない。武士が、殊に浪人者が夜の築地ホテルにいることはあり得ない。殺人鬼か強盗と見られてもしかたがないのだ。

二人は木蔭を拾って走った。散策の宿泊客たちも、申し合わせたように、それぞれ自室にひきあげはじめたのだ。

裏庭に面してヴェランダが出ている。外人の背丈に合わせたのであろう。欄干《てすり》が高く三尺ほどだった。

「二階がいいな」

と、三刀屋が囁いた。

「洋燈《ランプ》のついている部屋が三つ見える。あれをやって、それから階段で下に降りる。やり損じたら、屋根廂から飛び降りて舟へ逃げるのだ」

「馴れたものだな」

と、やや呆れて左之助は言った。

「まるで生業《なりわい》のようだぞ」

三刀屋は、むっと鼻白んだが、ふてぶてしく言った。

「斬り盗り強盗、武士の習いさ、背に腹は代えられぬ」

たしかに馴れていた。大刀を腰からはずすと、下緒を解いて、ななめに背負った。これだとよじ登るのに、邪魔にならない。

欄干に足をかけて、柱にとりすがる。和洋折衷で、がっしり出来た建築である。屋根廂へよじ登ると、二階の出窓の欄干にとりついた。

(ほう、巧みなものだ)

左之助は見上げて感心した。

(おれには出来そうもないな)

やって出来ないこともないだろうが、音もたてずに登れるかとなると、これは自信がない。

「おい!……」

出窓の上から、声をころして、

「早く……」

登って来いと、手真似している。

左之助はこれに手を振って応えた。駄目だと言った。出窓の上で焦立つのがわかった。大声は出せないし、いまさら、降りてくることもできない。


もう一度、登ってくるように大きく手真似して俊蔵は、ガラス窓から中をのぞいた。

その部屋は洋燈が点っていたのである。

左之助はむろん臆病風に吹かれたのではない。二階を諦めただけだ。階下でも同じじゃないかと思った。

南の隅の部屋に近づいた。中に日本人の男女が話しているのが見えた。

宿泊客は外国人ばかりではない、と聞いたが、この築地ホテルは最新の欧風建築様式と和風の土蔵造りを折衷したものだけに、その部屋に日本人を見出したことは、左之助に意外な感じを与えた。

ガラス窓の外から、中をのぞいた左之助は、（あいつ！）と口走りそうになった。

男の顔が、最初に見えた。洋燈が卓子の上に乗せられていて、女はうしろ向きだった。

（あいつ、こんなところにいたのか）

医者の袴田順一だった。

牛鍋屋で話しかけて来たのだがいつの間にか姿を消していた。ぞろりとした着物でこの男、いつも感情を表てにあらわさない。能面と向きあっているような感じである。

中の話し声はよく聞きとれない。

順一はれいの調子で、表情を動かさずに話している。

女はときどき、笑い声をたてて身をくねらした。そのうしろ姿が艶めいていて、水商売上りではないかと思わせた。

女が笑っても、順一の方は、調子に乗るという様子もない。

僅かに冷たい笑いで口唇を一寸歪めるくらいである。ガラス越しに相手に気づかれずまじまじと順一の顔を眺めてみると、その冷たい性格がはっきりとわかるようであった。

下半面はときに微笑を見せても上半面は木彫りの面のように動かない、それも双眸《そうぼう》が冷たく氷のようであり、この男の血は水のように色がないのではないかと思われる。

かれが最初から、親友の沖田総司の病気を治してくれる医生だと知りながら、どうにも心からの信頼や親しみがもてなかったのも、その冷たい性格のせいにちがいない。

女が立ち上った。

部屋の隅の猫脚のついた簞笥《たんす》の上に和風の黒塗りの文筥《ふばこ》が置いてある。それを開けようとしてこちらをむいた。

「お佳代……」

左之助は思わず、その名を口にしていた。

見誤りではなかった。その表情や姿態に、あの雨の夜が甦えった。

初対面にもかかわらず、左之助に抱かれて、喜びの声を洩らした女である。

いや、それよりも二万両の小判とともに、横浜の夜の海へ消えてしまった女――

（生きていたのか⁈）

幽霊が迷って出たどころではない。きわめて元気そうなのだ。美しさも衰えていない。むしろ活々として見えた。いくら動乱の時だといっても、大量の鉄砲取引で、それもいかさま話を持ちかけてきたり、大金とともに消えてしまったり、時勢が変れば、この新ホテルの中に悠然とあらわれたり、全く、とらえどころのない女だった。

左之助は躍りこむことも忘れて、見まもっていた。

むろん、二人とも、左之助がガラス窓の外から見ているとは知らない。

「――袴田先生とは、古い知り合いだから」

と、お佳代は言いながら、文筥から、金包みを取りだした。

「ほんとうなら質物がなけりゃ一文だってお貸ししないんですよ。先生は特別」

「有難う《サンクス》」と気障な調子で順一は言った。「だが、生活に困ってのことではない。つまりは、子を生む資本《もとで》だから」

「さあね、どうかしら、ほんとうに儲かるものかどうか」

「お佳代さんらしくもないな。私がこれだけ口が酸っぱくなるほど説明したのに、まだ理解して貰えないとはな」

「いいえね、私はただ、目の前にお金を見ないと信用しないだけ」

「私を信用して貰えないかね。私のドクトルとしての腕と、若さを。この袴田順一が如何に属望されているかということを」

「そりゃァ知ってますよ。でもそれとこれとは別ですから」

「私がいままで扱った病人は大半が治癒しているからな、まあ、名医のうちに入るだろう」

「沖田さんが死んだのは、何かの間違いかしら」

「それは、君、中には、名医でも、手に負えない病人もいるさ、神さまでも間違いがある。たとえば、男でもない、女でもない、半陰陽《ふたなり》というのがいる、これなんか、神さまが間違って作ったのさ。医者だって、それくらいの失敗は」

「あたしが言っているのは、沖田さんは一服盛られたんじゃないかということですよ」

ずばりと、お佳代は言った。

「そんな……沖田君の肺患は重症だった」

「でも、元気になりかけていたのに、急に容態が悪くなって……」

「それが労咳《ろうがい》の特徴だからね。沖田総司という男は、妙にカラ元気はあったが……随分、悪くなっていた。京都でろくなことをしなかったせいだろう」

ガラス窓の外で聞いていた左之助は、思わず、かっとなった。

（この野郎！　何を吐かしやがる。てめえの腕の悪いのをタナに上げて、ひでえ藪医者のくせに）

藪医者ならまだしかたがない。お佳代には、疑いが解けないらしいことだ。

「そうかしら。いまだから言いますけど、あたしには、一服盛られたような気がしたのだけれど」

「私が、毒を？　笑わせちゃいけない」

「笑えませんよ。あのときの先生は、妙にしつこく、あたしに言い寄ってきたじゃありませんか」

「そ、それは……」

「あたしが色よい返事をしないのは、沖田がいるためだな、なんて凄んだことがあったでしょう、もう忘れたんですか？」

「そんな、ありゃ、若気の至りだ。三年も昔のことを、きみ！」

「昔ですって？　冗談じゃありません、まだ、まる二年しか経っちゃいませんよ」

たしかに沖田総司が死んだのは慶応四年の五月の末だから、まる二年間とひと月あまりだ。こういう年月は、その過してきた環境しだいで、遠い昔のようにも、つい昨日のことのようにも、感じるのだろう。

殊に、この二年間の変りようは激しかった。人によっては、十年にもそれ以上にも感じるかもしれない。

患者を死なせた医者は、その病状にはふれたがらない。

順一は、語気を変えた。

「泰平の時代の二十年にも比例する変革の時代といっていいのではなかろうか。お佳代さんも、あのころとは随分と変ったじゃないか」

「ええ、どうせ、もうお婆さんですよ」

「そういう意味じゃない。立派になったということさ。こんな洋式ホテルに住んで、堂々と金融業を営んでいるなんて、大した出世だよ」

「そうかしら。あたし、女一人生きてゆくにはこんなことでもしなきゃしかたがないから、やっているだけですけどね」

「大の男が、こうやって頭を下げて頼みに来ているのだ、立派なものさ」

とうとう沖田総司の変死から、話をそらしてしまった。

やはり、お佳代は女だ。巧言令色には弱い。それだけに、ガラス窓の外の原田左之助には、この男女の心理が、手にとるようにわかる。やはり気丈でも、世渡りがうまいようでも、こういう順一のような怜悧な男の手にかかれば、赤児の手をひねるようなものだろう。

「お佳代さん、私が病院建設の大事業を起せば、必ず成功するのだ。東京府のほうへは、ワタリがついている。あとは、費用だけの問題なんだ。いまが一番、大事なときだから、ここでやめてはいままでの苦労が水の泡になる。賄賂もつかったし、このホテルのような洋式にすれば、百年でも保つ病院が出来る」

もともと巧弁の徒だったが、立て板に水の饒舌り方が、感心させられるほどだった。

「病院、といえば、ついこの間まで、病院とは何のことかわからないという連中が多かったねえ。お佳代さんは知っているだろうが」

「ええ」

「病院じゃ庶民にわからないというので、軍務官治療所と唱えるように、なんてお達しが出たのは、ついこの間のことさ……」

　そんな時代なのに、自分がこういう計画を立てるとは、先見の明があるだろう、と、誇らしげな調子になっていた。

「第一、いまや病院建設は目下の急務だからね。東京府下でもっとも蔓延《まんえん》しているのが、黴《ばい》毒《どく》だが、おそらく一年間に千人は超すだろう。この居留地の新島原遊廓の女たちの検黴を兼ねる病院を建てれば、大儲けは確実なのだ。借金など一年経たぬうちに返せる。もう遊廓の方にも検黴の命令を出させる手はずもととのっているし」

　その語尾をぶち切るように、近くで大きな音がした。

銃声だった。銃声は頭上で聞えた。つづいてまた一発。左之助は直感した。

（三刀屋だ！）

　俊蔵はたしか拳銃を持ってはいない。侵入した部屋の客が発砲したに違いない。そう思う間に、あちこちで何やら喚く声が起った。すでに寝ていた者も起き出したのか、暗い窓に灯が点るのが見えた。

　女の悲鳴も聞えた。そして男の怒号がひびいた。外人特有の大仰な声だった。ちょっとしたことでもいまに殺されるかのような声をあげる者が多い。左之助は横浜のジェラールの洋館に居候していたときに外人たちの騒々しさを見聞きしている。

　三刀屋俊蔵がへまをやったのは二部屋目を襲ったときだった。

最初は肥満したプロシャ人で、俊蔵が抜刀しただけで、鞄《かばん》の中から革袋の財布を差し出した。

これの手足を縛り、猿轡《さるぐつわ》をかけるのに手間取った。

その隣室は夫婦者だったのである。

「静かにしろ、騒ぐと斬る」

俊蔵は白刃を擬して言った。むろん、日本語である。この時代にはるばる極東のこの国にやって来た連中だから、日本語をおぼえる努力は怠らない。誰でも多少はわかる。

それに、俊蔵が右手で白刃を持ち、左手で金を要求するのは、万国共通の要求だ。

「マネー、たくさん、ない」

その男は米人の技師だった。妻を連れていた。かれが財布をとりだす。俊蔵が左手でつかむ。そのとたんに、妻女が発砲したのである。開拓期の西部の荒くれ海岸《ワイルド・コースト》に馴れた女であろう。拳銃を枕の下に入れておいたのが賢明だった。

俊蔵はその一発に肩を撃ち抜かれながら、目の前の米人を斬り下げた。二発目を撃とうとした妻女は、すさまじい斬撃と噴血に仰天して、二発目は、あらぬ方へ飛んでいる。

俊蔵の血刀は、この豚のように肥満した赤毛の女の拳銃を持った腕をすぱっと掬い斬りに斬り離している。

その血しぶきを避けるようにして俊蔵は身を翻えしている。

だが、廊下へ出たとき、数ヶ所のドアが開き、男たちが飛びだした。

俊蔵は夢中で走った。左肩が痺れている。痛みは感じなかった。ただ、脱出することしか考えなかった。逃げおおせると思った。

横手に四ヶ所、裏に向いて二ヶ所、ドアがある。階段は一ヶ所だった。廊下の中央にある。だが、おどり場まで来たとき、下から駈け上ってくる者があった。

「しまった」

俊蔵は左右を見た。どの部屋からも人が出てくる。二階から三階へ通じる階段を駈け上った。

これは中心の大黒柱をとり巻くようにして昇る螺旋階段だった。

三階へあがってもほかに道はない。そのことは充分知っているはずだったが、俊蔵は狂ったように駈け上っていった。

血刀をひっさげ、左肩から夥しい血をしたたらせながら、塔屋へ逃げてゆく三刀屋俊蔵の姿に、泊り客たちは恐怖から醒めて猟犬と化した。

ローニン、ローニン、と外人たちは叫んでいた。それはいうまでもなく、幕末の過激な攘夷派浪人を意味していた。いまや、明治の世となって、すでに死語になっていたが、浪人ではなくローニンだった。狂犬だとか殺人鬼を意味していたろう。

そういう意識が、外人たちに、殆ど例外なく、拳銃を身近に置かせていた。

夜の銃声は、反射的に、それぞれ護身用の拳銃をとりださせたのだ。

螺旋階段を一気に三階に上ると、俊蔵は一たん、窓際に駈け寄ったが、またひきかえして、四階へ駈け上っている。

三階の窓は二階と同じくガラス障子、つまりガラス窓だったが、四階になると、ただ塔屋だけで、明りとりの丸窓が一面に三つあるだけだった。

五階が最上層で、寺院のような火燈窓で、半鐘が吊ってある。

「くそっ！」

俊蔵は血刀を握りなおして、下を見た。

上半身裸なのや、シャツを着たのや、寝酒を飲んでいたのであろう真っ赭な顔をしたのや、多勢の外人が手に手に拳銃を握って追ってくる。

「来てみろ、みんなぶった斬ってやる！」

左半身が痺れ、眼も霞んでいた。

その視界の中に、口々に喚きながら昇ってくる連中が、地獄の鬼のように見えた。

「来い、鬼ども、うぬら……」

その姿へ向って、数箇の拳銃が火を吹いた。

鉛り玉が鐘に当って凄じい音で反響した。下から撃ったので、鐘の内側をはねまわり、異様な凄まじい音となった。むろん、みんな俊蔵を狙ったのである。何発か顔を掠めた。俊蔵は火燈窓から乗りだした。

もう屋根を伝っておりるしかない。俊蔵は血刀を咥えて屋根へ出た。

当時としては他に並ぶもののない高楼である。街の灯が眼下に美しく見えた。地上では提燈が右往左往している。海上では、漁《いさ》り火が点々としているし、俊蔵には、まるでこの世ならぬ美しい世界に見えた。

また銃声が轟いた。その瞬間、俊蔵は自分のからだが、鳥になって夜空に舞い飛ぶような錯覚におちいった。霞んだ眼の中で星空が大きく傾き街の灯が回転した。

俊蔵のからだは四階の屋根から三階の屋根に落ち、さらに二階の大屋根に音をたててはねて地上へ叩きつけられた。

築地ホテルは、このときならぬ強盗騒ぎで、夜の静寂を破られた。

だが、騒ぎが大きくなり、人々の視線が塔屋にむけられたのが、原田左之助にとっては幸いだった。

袴田順一はこの騒ぎを嫌って、倉皇《そうこう》と帰っていった。お佳代はかれを送りだして室に戻ると、洋燈が消えていた。

「あら……」

たしかに点けっ放しで出たのだがと思った。

洋燈のそばへ寄ったとき、暗やみで声がした。

「お佳代……」

「え!?……だれ」

ぎょっとしたように、お佳代は身を竦めた。

「おれだ」

「…………」

「久しぶりだったな。生きているとは思わなかったぜ」

「あ……」

「思いだしてくれたようだな」

「原田……」

「その左之助だ。横浜以来だな。懐しい」

「ほんとうに、原田さま?」

暗やみの中で、お佳代は眼を見張り、左之助に近よった。左之助の声にちがいない。顔を見たいと思った。

「お顔を見せて下さいな。洋燈を点けていいでしょう」

「よせ」

「でも、お顔を見たい……」

「顔を見ねえうちは、左之助だと信じられねえのか」

「いいえ、そういうわけじゃないけれど。でも……」

その手をふいにつかまえた。よろめいた。左之助はベッドにもぐりこんでいたのである。

「顔を見ねえでも、からだがおぼえているさ」

「あ……」

口を吸われた。

お佳代はもがいた。そのからだを片手抱きにして、男の手は器用に女の帯を解いてゆくのだ。

「やめて、そんな……」

「いやか」

「いやじゃないけど、でも、あんまり、急で……」

「急じゃねえ、おらァあのときから、ずっと今夜を待っていたんだ」

お佳代にしてみれば、あの二万両のことがうしろめたく、それが怖れとなっていたのだろう。聞かれたら、あくまでもシラをきるつもりだった。左之助がそのことに触れようとしないのが、救いになった。

情熱が甦った。左之助の体臭と抱きしめる力が、お佳代のおんなの血をかきたて、すべての計算を忘れさせるのだった。

「あ……原田さま」

「逢いたかったぜ」

「あたしも！」

左之助はベッドの上での行為ははじめてだった。ひどく柔らかくて、女体を扱い難かったが、お佳代の肌は火のように燃え、あの雨の日を甦らせたのだった。

武士よさらば

お佳代という女は、原田左之助の運命にとって、どういう位置に在ったのだろうか。彼女との関わりが、いつも、生死の岐路に立たせたようである。左之助にとって光明の道へ導く者か、暗黒の淵へ誘う者かわからない。

もっとも、女とは、男の運命を左右する存在であることは、確かなようである。死神は人を病気に誘うのではなく病気を死神が好むのだという。目的に向って邁進《まいしん》しているときは病いの神も近づき難い。戦いに敗れ、絶望と自棄の迷いの中でお佳代は左之助の前にあらわれては消え、また忽然と、あらわれてくるのだった。

悪いことに、お佳代のような気ままな女の気性が、左之助の無頼な部分とウマが合うのである。何もかも、あけすけで、淡泊なように見えて、謎めいたところがあり、結構がっちりと計算して世渡りしてゆく。運もあるだろうが、ツキもある。いや、お佳代の場合は、肩肘張らずに、けろりとして、好みの道を歩いているのが、ツキを呼んでいるのかもしれない。

たしかに嘘の多い女なのだが、それが奇妙な魅力にさえなっている。

左之助が盗み聞きしていて、お佳代への疑惑と二万両とともに作為的に消えたことの恨みを消したのは、彼女が、沖田総司に惚れていたことが判然としたからだ。

　あくまでも、順一が一服盛ったに違いないと睨んでいる。総司とは親友だっただけに、左之助は、お佳代の悪事はすべて許せる気持になっていた。

　むしろ、いまでは、あの二万両を資本にしての金融業を成功させてやりたい。

(どうせ安房屋に儲けさせてもしかたがなかった。お佳代のほうが生きた使い方ができるわけだ)

　そのお佳代に教えられて、左之助は、幇間になっていた土肥庄次郎と再会している。

「もと彰義隊の生き残りで、新島原で幇間をやっている人がいますよ」

と、教えてくれたのだ。

　再会した二人は、お互いの無事を祝し合ったが、しかし、お互いに忸怩たるものが、胸に空洞をあけている。その影の部分を共有することでも、二人は心が通うのを感じた。

　幇間という職業は、酒席でおとぼけを演じながら、多くの密談も小耳にはさむ。また、お佳代は金融の裏付けの調べに念を入れるからやはり多くの秘密を知ることになる。殊に、あの植村徳太郎のことをお佳代が知っていたのは幸いだった。いまは間々田光徳と名乗って官員で羽振りをきかしているというだけでなく、順一の黴毒病院建設と遊廓の検黴制度の実施など、いろいろ劃策しているのも、徳太郎だというのである。

「――あいつのやりそうなことだ」

左之助はそっと、懐中の拳銃を着物の上からおさえた。

「――実は、あの男に世話になっている女《ひと》が、うちへ見えたことがあるんです」

と、お佳代は言った。

まだ金融をはじめたばかりのころで、お佳代はすぐ傍の南飯田町の露地で小さな看板をぶら下げていた。質屋と金貸しは、裏通りの方が入りやすい。最初は着実に小金を廻して薄利でも信用をつけてゆく。そのつもりだったが、時代の転換期だけに、需要は多かった。金額が増大するにつれ、露地裏では、取引も心配になる。

今年になってから、お佳代はこの築地ホテルに逗留《とうりゅう》することにしたのだった。

「なんでも、御旗本のお嬢様で、父御《てておや》が上野の戦さでお亡くなりになったとか」

時江《ときえ》というその女性は、扶養家族が多く、老人病人を抱えての生活は、一家心中の寸前まで来ていたという。ひとかどの身分があっただけに、その誇りが、何かと禍いしていたのであろう。

前に述べたように旗本の大半が静岡へ移住しているが、彰義隊士の生残りや、その家族たちは、移住しようにも、主命（慶喜の恭順命令）に逆らったとして、徳川家臣から除籍されていたのである。

売り食いや借金にも限度がある。少額ずつでも嵩《かさ》むと、利子が複利で雪ダルマ式にふくれあがってくる。これを一度に清算してくれたのが、徳太郎の光徳だった。

むろん、それには、時江が徳太郎の世話になるという条件がついていた。

いうまでもなく妾である。まだ権妻《ごんさい》という言葉は流布していなかった。権妻の権は、権弁事とか権県知事というふうに〝次〟を意味する。

したがって、官員の本妻に対する第二夫人を蔑称するものだった。

これも弱い庶民の精一杯の皮肉だろうか。権妻になっておかいこぐるみ、金銀で飾りたてた妾もいたろうが、多くは時江のような哀れな境遇だったのではなかろうか。官員に向って歯が立たないから、権妻に侮蔑の眼をむけ、陰口をきく。

時江はそれに耐えた。耐えることで、家族の露命をつないだのだ。

だが、吝《しわ》い光徳は、手当ての金もくれたりくれなかったりで、そのたび時江は、佳代のところへ頼みに来たという。

「品のいいきれいな女でねえ、恥しそうに入ってきて、またお願いしますって、蚊の鳴くような声で言うんですよ。あんないい女をおてかけにして、どういうつもりなのかしら」

「そんな野郎さ」

左之助は、次の日、思いたってまた土肥庄次郎の松廼家露八を呼びにやった。

「土肥さん、頼みがある」と、かれは髷に手をやって言った。「小器用なところで、ジャンギリにしてくれないか」

「え?! 原田さん、その髷を」

露八は、あわてて、自分の頭をつるりと撫でた。

「勿体ねえよ、そんな立派な……何も新政府だって、丁髷《ちょんまげ》は御法度《ごはっと》だなんて言ってねえのに」

「なあに、何もかもが西洋かぶれじゃねえか、丁髷頭を叩いてみれば因循姑息《こそく》な音がする、ジャンギリ頭を叩いてみれば、文明開化の音がするって、餓鬼どもまで唄ってるぜ」

「そりゃァあ、時世時節だ、世間てやつは、そんなもんで。わっちはジャンギリも開花頭もいやでしてねえ、それで、すっぱり剃っちまったんだ」

「本心を言やァ、露八でなくて露禅とか、露海とか、坊主になって隠遁したかったんじゃないか」

「――はてね、悟り済ますには、ちっッと色呆けで、この露八、色里から離れきれないので」

その色呆けにもなれないのが元新選組の原田左之助の〝業《ごう》〟かもしれなかった。

「おれには、まだしなけりゃならねえことがあるんだ」

「…………」

「それに髷を切りゃァ少しは人相も変るだろう。府兵に邪魔されねえで済む」

ジャンギリとは、いかにも不揃いにばっさり髪を切った感じで、武士は殊に嫌がったものだが、開化頭と呼ばれる、少し長めでこってりと鬢付油で固めたものも感じはよくない。

いまの左之助は、ジャンギリ頭で人相を変えることが先決だった。

ところが、露八の紹介で口の固い散髪屋へ行ったところが、運悪く、あの府兵に逢ったのである。

以前の髪結床が、流行で散髪屋に変っただけだったが、源助というその男は、横浜へ行って、外人の頭髪を研究して来たといい、自信たっぷりに鋏《はさみ》をつかった。

元結を切って、髷を解き、少しずつ切ってゆく。

「この間ァ、驚きましたよ、月代をきれいに剃った頭を持って来られましてね、ジャンギリにしてくれってんだから、月代が生えなきゃァどうしよもありませんやね」

その途中で土間に入ってきた男があった。黒い筒袖だんぶくろのあの府兵だった。

しまった、と思った。意外なことに、やあ、と、にこりと向うで笑ったのだ。

「おぼえていますか」

こう言われて、左之助は、どう返事していいかわからなかった。

「あんたに水雑炊《みずぞうすい》を啖《くら》わせられた男です」

「うむ……済まなかった」

「なあに、あれは、はずみで。もとはといえば、こっちが軽率だったのですから」

随分、態度が違うのだ。左之助が戸惑っていると、府兵は、源助に顋をしゃくって、ちゃんと早く刈れ、と言った。

「話があります。戸外《そと》で待っていますよ」

こうなったら、肚裡を決めるしかない、いまさら、じたばたしても逃れようはない。

ジャンギリ頭に刈って貰うと、頭が急に軽くなった。だが、どこか空洞になったような、頼りなさを感じる。いつも鬠をひっつめてきりっと元結で縛っている髷は、緊張のここちよさがある。このすっきりとした解放感は、武士の殻を脱ぎ捨てたことの虚脱感でもあった。

(成るようにしかならねえ)

ジャンギリ頭になれば人相も変るだろう。植村徳太郎を討ちにゆくのに、府兵に見咎められない。そう思ったのに、散髪の途中をあのもっとも悪い相手に見つかったのだ。運が悪いとあきらめるしかなかった。

金を払って外へ出ると、あの府兵は向い側の茶店の縁台に腰をかけて、生姜湯《しようが》を飲んでいた。

「やあ、済みましたか」と、笑った。「どうです、飲みませんか、日中は酒というわけにはいかないのでね、巡邏《じゆんら》の途中で、気付け薬を飲むことにしているのです」

「いや、私はいい……」

左之助は、さすがに、まわりの者の耳を気にしながら、言った。

「私を逮捕するのか」

「水雑炊の返礼ですか、ははは、私はそれほど、野暮な男ではないつもりだ」

「……」

「原田さん、原田左之助、そうでしたな」

なぜ本名を知っているのか。左之助は言葉がなかった。

「元新選組の原田左之助……そうとわかっていたら、あんな無礼はしなかったんですよ」

「——どうしてわかったのだ」

「聞きました」生姜湯を飲み干して、府兵は湯呑みを置くと、「しかし、さすがですなあ、照り降り町からも、素早く姿を消したのは、さすがです」

あのことも知っている。左之助はこの男が皮肉を言っているのではないかとすら疑った。

「あの日、私がヘマをやったのが上役に知れましてな、屯所でしぼられているところに、密告して来たやつがある」

「…………」

「はじめは、貴公の名を言ってきた。元新選組で、彰義隊でも官に敵対した謀叛人《むほん》……と、こういう触れ込みでした」

「…………」

「風体を聞いてみると、すぐぴんと来ましたよ。数時間前に、こちらはひどい目にあっている。はははは。いや、それだけなら、別に咎めることはない、もう恩赦になっているのだから、だが、連れが三人の侍で、照り降り町のあの家に入った、と聞いて、上役の権少属が乗り気になったのです。あの家は以前から、睨んでいたところだったのですから」

それで急襲された理由はわかったが、密告者というのは誰か。左之助は卒然とある男の顔を思い浮べた。

(順一の奴が密告した！)

はっきりと、左之助は確認している。

卑劣な裏切り者は順一だった。同志ではないから裏切りとはいえないかもしれないが、沖田総司や左之助の前では洒《しゃ》ァ洒ァと味方のような顔をしていたのだから、これは卑劣な裏切り者と蔑すんでもいい。

（蔑すむだけでは、済まぬ……）

お佳代に順一の家を聞いて、左之助は出かけた。

順一の家は和泉橋にあった。もと旗本の屋敷を巧みに入手して住んでいるという。

五百坪ほどもある広大な屋敷だった。二千何百石かの旗本がいたという。

「おれも二千石の殿様になっただなんて得意そうに話していましたよ」

お佳代は嘲けるように言った。

駿府に移住した旗本の屋敷など荒れ果てたまま、朽ちかけているのが多く目につく時代だったが、さすがにその和泉橋に近い袴田順一の屋敷は、築地塀の裾にも雑草一本見当らぬゆきとどいた手入れぶりだった。

だが、この不意の訪問者を迎えるのに、主人夫婦は不在だった。

「どちらさまでございますか」

若い男が玄関番らしく板戸の内から顔をのぞかせた。

月下の虎を書いた衝立が据えてあり、式台も栗色に磨きぬかれている。

「袴田とは古い知り合いだ」

「はあ」

「左之助と言ってくれればわかるよ」

「せっかくでございますが……」

他家を訪問するのに、羽織も袴もなく、縞物の着流しに博多帯という姿の客をじろじろと眺めて、

「あいにくと、奥様も回診に出かけられていますが」

「そうか、夫婦で医者をやっているのか」

「………」

「繁昌で結構だ、待たせて貰おう」

「あの、それは……」

「お前《めえ》も多少は医術を知っているんだろう。藪の弟子なら筍《たけのこ》だが、おいらのからだを見るくらいできるだろう」

左之助は草履を脱ぐと、づかづかと上った。

「あ、お待ち下さい、そいつは乱暴な」

「なに、病人が医者のところへ来たんだ。何が乱暴なことがあるものか。どっちだえ診察《みたて》部屋は」

玄関わきの六畳がそれらしい。

薬戸棚などが並んでいて、唐金の大火鉢に薬罐《やかん》がかかっている。螺鈿《らでん》の豪華な飾り棚には蘭書が何冊も乗せてあり、いかにも蘭医らしく、砂壁には、人体腑分《ふわ》け図などが掛けられている。

「——お客さまですか？」

気取った女性の声がした。

順一の妻女が帰って来たらしい。

その妻女を一目見たとき、左之助は思わず腰を浮かした。

相手も診察部屋に入ったとたん棒立ちになった。

「…………」

女は洋装だった。胴の詰まった腰の大きくふくらんだスカートをはき、頭には縁の広い、羽のついた帽子をかぶっている。

「——お蘭ではないか」

お蘭にちがいなかった。

あまりにも服装が変っていたので、一瞬、とまどったが、すぐにそれとわかった。

もともとお蘭は、勝気で、開放的だった。同じ着物を着ているときでも、きりっと男風に着るし、髪も男髷にしたほうが似合った。

時勢の変化に、もっとも敏感だった。むしろ、お蘭にはふさわしい時代の到来だったかもしれない。

当時の日本人の体型からいっても、お蘭ほど、洋装の似合う者はいない。

からだつきがすらりとして、胸も大きいだけではなく、気性と教養が新しい時代に合致している。

「おどろいたな……」

ややあって、左之助は言った。

「ええ……あたくしも」

「よく似合うな」

「え？」

「そいつさ」

「そうかしら、お笑い草、じゃありません？」

「お蘭さんのせりふらしくもねえな」

「……………」

「髪と目の色が違うだけで、異人さんそっくりさ。いやさ、髪の黒い異人も多いからな、ポルトガルやイタリーなんぞにゆきゃ、そのままでも日本人には見えねえよ」

「そうかしら……」

お蘭はそれでも、左之助にそう言われて嬉しそうだった。

「でも、吃驚したでしょう、あたしも吃驚したわ、だって、突然すぎるのですもの」

「――死なななかったことかね」

左之助は自分の語調が、冷たい自嘲に変るのをおぼえ、急に腹立たしくなった。

「死損ないの左之助さ」

「そいつは、お蘭さんも、よく知っているはずだ」

よく知っている——その一言にあの夜の情痴図が甦った。あれだけ左之助と恋の美酒《うまざけ》に酔い痴れながら、(よくも順一なんかの妻になれたものだ)という非難がこめられているようだった。

お蘭は目を伏せた。

彼女には、彼女なりの理屈があろう。新しい女性としての生き方には、過去への袂別が、もっとも重要なことだ。

恋々として振り返ってばかりいては、進歩も飛躍もない。

敗残者として、左之助はそれを非難する気持はなかった。ただ、相手が順一だったことである。左之助は順一を殺しに来たところなのだ。

驚きからさめ、懐しさがこみあげてくるとともに、お蘭の面てに、不安が翳りはじめた。

左之助の突然の訪問が、何を意味しているのか、そのことが気になってきたのである。

その女の心の動きは、左之助にも読みとれた。

かれは懐中の拳銃のことを思った。

「——驚くほうがおかしいな」

と、左之助は呟やくように言った。

「お蘭さんも医者だった。女医者が、男医者とくっつくのは珍らしくない」

「くっつくなんて……」

「そうだろう、じゃねえか」

裏切りだ、と思った。

が、交情がいかに激しかったにせよ、将来を約束したわけではない。敗亡の身の、明日をも知れぬ身が、あふれる思いをぶっつけあったにすぎないのだ。

そのことは、お互いに何の責任も義務も伴わないものだった。

お蘭が順一と夫婦になったことを〝裏切り〟と感じるのは左之助の甘えにちがいない。

(人間おちぶれると、裏切られてばかりいるような気になる)

そんな自分を苦笑するしかなかった。

左之助は立ち上った。

「どうやら、ここへ来たことは、間違いだったようだ」

「え？」

「順一には、ありのままを話すがいい。いずれあらためて、逢いにくると」

「原田さま！」

「グッバイ、だったな、さよならは。お蘭、せいぜい名医の腕をふるってくれ、二年前におれの傷を治してくれたようにな」

左之助は玄関の方に歩いていった。女中が茶菓を盛った盆を捧げるようにしてやってくるのが見えた。

「あ、待って、原田さま」

お蘭が追ってきた。

「せっかくだが、断わるよ。突然の訪問、御無礼仕った」

「お茶でも、せめて……」

お蘭の声には、もう耳をかさず左之助は外へ出た。

順一への報復を諦めたのではない。その目的は変らない。そのためにも、お蘭への想いは邪魔になる。これ以上の深入りはしないほうがよかった。

神田川の畔りを歩きながら、左之助は、奇妙な淋しさを感じた。

この淋しさは不屈な男の、いままで知らないものだった。

かれにとって挫折は、単なる敗北でしかない。武士のたたかいには、勝利か敗北しかない。男の人生には敗北と挫折はつきものなのだ。

鳥羽伏見の戦いにおける敗北以来、何度、それを味わったろう。

いうなれば、その負けぐせがついたのかもしれないが、敗北で絶望感に打ちのめされるということはなかった。

なのに、いま、この胸を吹く風の空虚さは、何に譬《たと》えたらいいだろう。

いつか左之助は橋の袂へ来ていた。柳橋だった。

夏の日が落ちたばかりで、まだ地上には生温い風が吹いていた。

宵の川岸で涼もうとする人々が歩いている。三味線の音が流れてくる。

このあたり、料亭が多い。八百善や亀清など、江戸時代からの料理屋が、明治になってからも、官員たちが出入りして、散財するので、景気がよかった。

左褄《ひだりづま》をとった芸者のうしろから箱屋が三味線を抱いてゆく、軒端に下った提燈に小女が手を延ばして一つ一つ灯を点している。

川風を涼しくとり入れた部屋で美酒に酔い芸者に爪弾《つまび》きさせて小唄を口ずさむというようなことはいまの左之助には、望むべくもないことだった。

橋を渡ってきた人力車が、ずらりと並んだ料理屋〔青柳〕と軒燈の出ている前でカジ棒をおろした。

「へーい、お着きだよ」

車夫は、玄関へ怒鳴った。

その倖から、ゆっくりとおり立った男を見ると、左之助は、あっと声をあげている。

（順一……）

袴田順一だった。

車夫に金を払おうとして財布をとりだしかけて気配を感じて振りむいた。

むろん、順一のほうでも思いがけないことだったのである。はっとしたように、一瞬、形相が変ったが、すぐ、いつもの冷静な表情になって、会釈した。

（――どう出るか）

左之助のほうは、そういうそらぞらしいことは出来ない。思ったままが顔にあらわれる。

もしもそのとき身を翻えして、〔青柳〕に駈けこんだら、左之助は追いすがったにちがいない。

順一は、その鋭鋒《えいほう》を外らすかのように、にやにやしながら近よって来たのだ。

「先日は失礼しました」

失礼したのはむしろ左之助のほうである。こういうところが、順一の世渡り上手なところだろう。

「やはり、原田さんでしたな。いつ、髷をお切りになったのです？　すっかり容子が変って……誰かと思いましたよ」

「知らせに行きたいだろうが、その前に、話がある。一寸、そこまで顔を貸してくれ」

「はあ……実は、その青柳で人と逢う約束があって……」

「来るんだ」

「六時という約束でしてね。原田さん……用があるのでしたら後で。そうだ、後日、いずれあらためてお伺いしましょう。お住居はどちらです」

「風来坊さ、宿なんか無えよ」

「しかし……」

「来るんだ」左之助は、強い眼で睨んだ。「男らしくねえぜ、いさぎよく来てくれ、沖田総司のことでも礼をしなきゃァな」

普通の男だったら、もう観念するはずだった。が、袴田順一は未練気に、まだ愚図々々していた。

「その、青柳で逢う人というのは日本人じゃないのだ、それで、どうしても……」

「べらぼうめ、異人と逢いびきが、そんなに嬉しいのけえ、いい加減にしやがれ」

「逢いびきなどと妙な言い方はやめてもらおう、重要な用件があってのことだ。官員さんも見えることだし……」

「女々《めめ》しいことを言うなよ。男なら来てくれ、話はすぐに済む」

順一はやっと観念したらしく、

「では、ちょっとだ」

と、念を押して、歩きだした。

「邪魔の入らねえところがいい」

左之助は先に立って柳橋の道を平右衛門町に入ると、突き当って左へ折れ、お稲荷さまの赤い鳥居と旗の群れに顎をしゃくった。

「あそこがよかろうぜ。狐はおめえのエトだろう」

「何を言いなさる」

順一は苦笑で打ち消そうとしたが、それはこわばったものになった。

第六天と並んだ篠崎稲荷は、色街の女たちが信仰している。この時刻だと、お座敷に急がねばならないから、あまり人は来ないだろう。もっとも、お座敷に出る前に手を合わせてゆくという妓《こ》もいるかもしれないが、左之助は手間どらずに復讐するつもりでいた。

重《かさ》なるように並んだ鳥居をくぐって社前にくると、左之助はにやりとして言った。

「これだけ鳥居をくぐりゃ、三途ノ川を渡ったも同じだ、おい、お賽銭《さいせん》を六文あげたらどうだ」

「冗談はよしましょう。要用があるのですから」順一はじりじりして言った。「用件を早く言って下さい……」

「裏切り者の成敗さ」

左之助は懐中から拳銃をとりだした。上野の山で憤死した蒲生三郎に預ったものだ。

「え?!」

順一はのけぞった。

「ま、待ってくれ、何をする」

「死んでもらおう。本当なら、ぶった斬るところだが、卑劣な裏切り者にはこいつで沢山だ」

「ま、待て、私は何も……」

「未練たらしいぜ、おい、何度人を瞞せばいいのだ。総司に一盛ったかどうかは、いまとなっちゃ証拠もねえ。本所でも橋場でも、うぬがさしたに違いねえが、こいつも証拠はねえ」

「そ、そうだろう、私は何も」

「だが、照り降り町の一件は、ちゃんと生証人がいるんだ。そこから考えれば、本所も橋場もうぬのタレこみに違えねえのだ」

「違う、助けてくれ」

順一はぱっと身を翻えした。

その背後に火の箭が奔った。轟然たる音と煙があたりを包む中に順一のからだが、突き飛ばされたように、つんのめるのが見えた。


「……？」

青柳の玄関へ入ってきた男が、はっとしたように動きを止めて、振りかえった。

「どうなさいました」

仲居がけげんな顔をするのへ、その男は、笑って、

「……そんなはずはない」

と、呟くように言った。外人である。発音はかなり巧みだった。

「いま、鉄砲の音しました」

「え、鉄砲が……」

「私、聞きちがえ、ソラ耳ですね。鉄砲の音がするはずがない、花火ですか」

「花火かしら、喜十さん聞いたかえ、もう花火はとっくにすみましたよ、ねえ」

「へえ、何か音がしたようですがねえ、わっしは耳が遠いもんで」

俥屋は空を仰いだ。

「さあ、おいで下さいまし、さっきからお待ちでございます」

仲居は先に立って奥の部屋へ案内していった。

「――お見えでございます」

「おお」

床の間を背にしていた痩せた男が盃から顔をあげた。これは植村徳太郎の間々田光徳だった。

今日は洋服姿である。フロックコートは暑いので脱ぎ捨てたばかりだった。ハイカラーに蝶ネクタイをしている。

「ミスター・ジェラールか、遅れましたな」

「私、約束の時刻に遅れません。玄関で、一分、損しました」

横浜のアルフレッド・ジェラールであった。うすかった鼻下の髭もいまは立派になっている。

二人がここで顔をあわせるのは二度目であった。

「あいつ……どうしやがったのか。色男の藪医者め、時刻を守らないで困る」

光徳は手酌で呷った。ジェラールに飲めとも奨めないのである。

かれが焦々しているのは、芸者が来ないせいもあった。

仲居が茶をもってき、これを見て、ぺこぺこ詫びた。

「官員さまに手酌させるなんて、まことに相済みませんねえ。もしわたしでよかったら」

「つげ。猫は三毛も虎も同じだ」

「まあ、お口の悪い。そうでございますよ。あたしなどは芸妓衆にくらべるとどぶのほうで」

じろりと光徳は仲居を見た。そう悪い顔ではない。渋皮のむけた女だ、と思った。

そのころ、戸外では騒ぎが起っていた。篠崎稲荷で男の死体が発見されたのだ。

それが順一であることが二人の耳に入るまで、一寸、間があった。

その間に、ジェラールと光徳との仲が険悪になっていた。いつまでも順一が来ないので光徳が八つ当りをはじめたのだ。

植村徳太郎の間々田光徳がいらいらしているのにひきかえ、ジェラールの方はフランス人らしく、洒脱にかまえていた。

「何か用が出来たのでしょう。医者との約束は、顔を見てからしろ、という笑い話があるぐらいですから」

「顔を見てから？　どういう意味かね」

「笑い話ですよ、江戸小ばなし、ですよ。顔を見たとき逢う約束をする、つまり、逢ったときに逢う約束……わかりますか、逢ってから、逢いましょう、というわけです。つまり、つまり、逢ったときしか、逢えないというわけ、ですね、それだけ忙しい、おかしいです」

「ちぇッ、面白くもおかしくもねえ」

光徳は横をむいた。

「どっちにしても、今夜は袴田がお膳立てしたのだ。接待する側が来ねえのじゃ話にならつづけざまに酒を呷ったが、ふと気がついたように、眼をあげた。酒が入ると、光徳の眼は三白眼になる。

「ミスター・ジェラール、お前さん、袴田から幾ら賄賂を貰った」

「ワイロ？　知りません」

「隠さなくたっていいだろう、どうせ一つ穴の貉《むじな》じゃないか、え、ミスター・ジェラール」

「ムッシュ間々田、同じことならムッシュと呼んで下さい」

ジェラールは平静に言ったが、やはり間々田の態度は、腹に据えかねたらしい。

「ふうん、まあ、いいさ。面倒くさい、ジェラール君、とにかくわれわれは、一つ穴の……」

「そのことですが、ムッシュ間々田は間違っています。私、ただ仕事するだけです。ドクトゥール袴田に頼まれて、病院《ロピタル》建てる、設計しました、賄賂ではない」

「まあいい」

光徳は口をまげ、鼻で笑った。

「だがね、忠告しておくが、あんまり大口はたたかないほうがいい。日本語にゃ、叩けば埃《ほこ》りが出る、って諺《ことわざ》があるがね、横浜に長くいたんだろう。そう綺麗ごとばかりじゃなかったはずだ」

「私、悪いことはしていない」

「そうかねえ。あんたの建築や洋瓦は大したものらしいが、まだ日本国に滞在しているつもりなら、われわれ新政府の官にある者と手を組んだほうがいいと思うがね。おっとこれも忠告さ」

そこへ青柳の女将が、小走りに廊下をやってきた。

間々田には馴染の家である。日ごろ陽気な女あるじの顔色が変って見えた。

「どうした、女将」

「大変でございますよ、袴田さんが、袴田さんが……」

「袴田が？　どうした」

「そこのお稲荷さんで、撃たれて死んでいます。ええ、袴田さんに間違いないって、うちの男衆が、いま屯所に運ばれるところを、見てきたそうですよ」

「撃たれた!?」

思わず光徳は片膝を起していた。

特徴の多い袴田順一である。見間違えるということはあるまい。

「あっ」と、ジェラールが言った。

「あれです、さっき、ピストルの音、聞きました。あの音、やっぱり……」

「どういうことなんでしょう、あの先生がねえ、あんな立派なお医者さまが、人に恨まれるはずもないし、ねえ、物奪りにしては……いえね、さっき、こちらさまがいらっしゃる少し前に、お着きになったらしいんですよ。うちのお竹が俥屋から聞きましてね」

「そこまで来て、入らなかったのか」

「ええ、なんでも、友達らしい人に逢ったらしくって、話しながら、お稲荷さんのほうに歩いていったそうで」

「どんな奴だ、その友達というのは」

「俥屋さんの話では、まだ若い人で、ザンギリ頭の……」

光徳には思い当るふしはなかった。むろん、ジェラールにも、心当りはない。かれは原田左之助が生きていることすら知らないのだ。

「とにかく、わしは帰る」

光徳は立ち上って、上着に手を伸ばした。

「俥を早く」

光徳の額には不安の色が濃くにじんでいた。

その日から光徳は落着かなくなった。

刀屋を呼んで仕込杖を作らせただけでなく、拳銃も買った。

袴田順一の死にざまは、光徳を恐怖と不安に陥れた。女将の言うように、かれは単純に、恨まれるような男ではない。ソツのない男なのだ。

その順一が撃ち殺された。財布など持ち物もそのままだったという。物奪りとも思われない。屯所でもやはり怨恨説が強かった。今度の病院建設にからんでのことかとも思ったが、その様子はない。とすれば、昔のことに違いなかった。

ザンギリ頭の若い男、というだけでは、素姓の推測もできないのである。

(昔のことだ……)

脛《すね》に傷を持つ光徳は、わが身に照してそう思った。

(あいつは……人生は所詮、匙《さじ》加減だ、などと言っていた。徳川幕府の御典医だった松本良順の代診をつとめていたやつだ。良順が函館に行ったときも江戸にとどまった……そして、新政府に乗りかえた。軍務局の医官になって……今度は病院を建てようとしている。あいつのことだ、昔からろくなことはやっていないだろう)

加害者の怨みは、御一新のどさくさから尾を曳いているのではないかと思った。

光徳自身、彰義隊に潜入して手柄をたてたのが今日の地位を築くもとになったのである。かれの行為を知る生残りもいるかもしれない。光徳は、順一の葬式にもいかなかった。役所の往復にも、実弾をこめた拳銃を手放さなかった。

(いま殺られてたまるものか)

光徳にしてみればやっと出世の階段に一歩足をかけたところだった。

維新の功臣として、これから出世栄達の輝かしい階段を昇ってゆくところなのだ。鳥羽伏見の戦でも、上野の戦でも、巧みに幕軍にまぎれこんで諜報活動をした。素姓が露見しそうになると、殺して口をふさいだ。

すべては戦争中のことだ。そして、それが役目だったのだ。

(何も恨まれることはない。負け犬が逆恨みしているだけだ)

そうは思っても、不安は消せなかった。以前から不眠症だったのが、一層眠れなくなった。医者から頓服《とんぷく》を貰ったが、利目がなかった。

かれの顔は数日でげっそり窶《やつ》れた。もともと胃腸が悪く、肥ったことのない男だったが、さらに痩せ、目つきも険しさを増した。

家人に当り散らすことも多くなった。

食事が不味《まず》いと文句をつけ、掃除がゆきとどかぬといっては、煙草盆を投げたりした。

かれは本宅に帰らず、時江のところに寝起きをするようになった。そのほうが気が休まるからであった。

本妻は上司の娘を貰っている。出世のためであった。器量も悪く権高《けんだか》かった。時江の慎しみ深さと静かな美しさに、光徳は満足していた。

昔は手の届かなかった旗本の娘を妾にしているという満足感である。

それだけ出世したのだという思いが、かれの心を慰めるのだった。

かれは時江に寝衣を脱がせ、最後のものも剝ぎとって、苛《さいな》んだ。その一枚の腰のものを剝ぐのは、かれの手でしなければ気がすまなかった。荒々しい動作でそれを行うとき、かれは、征服の言いしれぬ満足感に浸るのだ。昂揚した欲情のままに、時江の全裸を弄《もてあそ》ぶ。彼女が羞恥と屈辱に歯を食いしばって耐え、ときに、その歯の間から悲鳴や苦痛を洩らすと、さらにかれの歓喜は、増幅されるのだった。

「ええやろう、ええやろう」

かれはかすれた声で、うたうように繰り返す。

「ええ気持やと言え、素晴しいと言え」

女の襟足にむかって強要する。時江は羞ずかしい姿になったまま顔をあげられなかった。

「言わんのか、こいつ。手当てをやらんで、外へほうり出してしまうで、そないすれば、お前の一家は野垂れ死やないか。やい、官員さまのお妾にして貰っておおきにと言え」

時江のせめてものプライドは、それを聞えないもののように、無言で顔を伏せていること だった。

「言わないか、言わんのやな、好きなくせに、やい」

髷を摑んで顔を仰向かせると、おのれのものを咥えさせようとする。加虐は征服感をもっと満足させるものだ。時江のかたく閉じた両眼から涙があふれ出る。

光徳は、思想を持たない。理想もない。ただあるものは、出世栄達の方法だけだった。強い方につく。それで充分だった。その行動を恥しく思ったことは一度もない。たとえ下級にせよ新政府の役人になったのだ。自分の生き方は間違っていなかったと肯定している。

おそらく、かれはこれまでに人を愛したという記憶は一度もなかったのではないか。

本妻に対してはもとより、妾の時江にも愛は抱いていない。ただその美貌と旗本の出自が好きなだけだ。かれは時江を虐げることで歓びを感じていた。

時江はそんな暴虐に凝っと耐えていた。実家のためには耐えるしかなかった。目先が利いているつもりの光徳が一つ忘れていることがあった。

時江は落ちぶれても旗本の娘だということだ。

ここのところ、光徳は、ずっと手当を出していない。三月も滞《とど》こおっていた。時江がどんなに頼んでも、

「来月だ」

の一声で、片附けられた。

実家のほうには病母をはじめ幼ない弟妹たちがいる。もともと、その生活を扶助する約束のもとに、犠牲となって来た時江なのである。

ある夜――それは光徳がこの家で寝起きするようになって四日目だったが、床がのべられたあとも時江は帯を解かなかった。

「わたくし、お暇を頂きとう存じます」

固い表情で言った。

すでに光徳は寝衣に着替えて、横になっていた。

「何を申す」

「お約束のものを頂けないようでしたら、お世話になる理由はございませぬから」

「なに！　こやつ」

時江の頑くなな態度には悲壮なものさえ漂っていた。それは一時的な反抗や言葉だけのものではなく、整った静かな表情に強い意志が張りつめて感じられたのである。

「きさま、本気か」

「――約束を果して頂けないようでしたら、お暇を頂くしかありませぬ」

「出てゆくというのか」

光徳は床の上に起き上り胡坐をかいていたが、鼻で嗤った。

「出てゆきたかったら、出ていったらいいわ、その代り、一文もやらへんで」

「はい。ではそのようにさせて頂きます」

時江は両手をついてきちんと一礼した。そして静かに膝を起した。

「うぬ！　待て、きさま、ほんまに出てゆくのか」

「はい」

「成らん！　出てゆかせんで」

「そんな」

「行けるものなら、行ってみさらせ」

光徳は枕元の仕込杖をつかんだ。つかむと同時に、抜刀した。そのとき、庭先に人影が見えた。

妾宅といってもこういう時勢なので、かなり広い家を手に入れていた。官員様というだけで、わがままが利く。その安泰の座が揺らいだ感じだった。妾の時江に出てゆくと言われて間々田光徳は、逆上して抜刀した。

「――おい、相手を間違えてやしないか」

庭先で声がした。

どこから入ったのか、突然現われた男に、ぎょっとなって、光徳は細い目を瞠った。

「てめえの言うことを聞かなくなったからといって、女を斬るというのか、胸糞《むなくそわ》悪りい野郎だ」

「ぬ！　何者だ、無礼な」刀を握った腕がぶるぶると顫えた。「無礼であろう、太政官の役人の屋敷に無断で侵入するとは、不埒《ふらち》な！」

「へえ、そうかね……」

額にかぶさったジャンギリ髪を左手がゆっくりかきあげた。

原田左之助だったのである。やはり着流しに角帯で無腰であった。右手は懐中に入っている。

「不埒な野郎には、不埒なやり方でしか返礼できねえのさ」

「うぬは……」

「どこの馬の骨だと仰有る？　そいつァ上野の山でこちらから言うべきだったたな」

「上野……あっ!?」

気がついた。光徳は反射的に逃げ道を探すように部屋の中を見まわした。時江はこの思いがけない事態に呆然としているだけだった。

「原田……」

「そうだ、その左之助だ。植村徳太郎というケチな野郎に礼に来た。浩気隊々長蒲生三郎の臨終《いまわ》の際《きわ》に約束したんだ、この鉛玉をうぬのどてっ腹にぶち込んでやるってな」

左之助は拳銃をとりだした。

「待ってんか、いまさら、何を言うのや。あんときは、戦さやないか、戦さの最中に起ったことは、しかたのないことや」

「弁解するのは地獄へ行ってからにしろ」

左之助は拳銃の狙いをつけた。順一を射殺したので、弾丸はあと一発きり残っていない。狙いがはずれたら、短刀しか持っていないのだ。

左之助は縁側から上った。雨戸は開け放されたままだったのである。正確を期すために距離をちぢめたのだ。

「待て、待ってくれ」

飛道具と刀では勝負にならない。光徳はあわただしく、枕元を見た。拳銃は枕の下にある。

「謝まる、な、詫びる、この通りや」光徳は刀を投げ捨て、蒲団の上に両手をついた。「な、ええやろ、おぬしのことも考えたるで、官につけるように、面倒見るよってに、その男の墓も建ててやる、供養もしてやるさかい、せやから」

詫びるふりをして、膝をずらすと、枕の下から拳銃をとりだしざまに撃った。同時に、左之助の拳銃も火を吹いていた。

左之助は佇んでいた。

足もとに血が流れてくる。蒲団から乗りだすようにして突っ伏した光徳はまだもがいていた。

流れこむ夜気が、硝煙をゆるやかに戸外へ導いてゆく。

光徳の呻きと、その爪が畳を引っ掻く音が、異様に高く聞えた。

「時江どのか」

「え？……は、はい」

「そなたの境遇の事は耳にした。おれに力がありゃ何とかしてやりたいが、お互いさまに落ちぶれ同志だ。何も力にゃなれねえ」

「いいえ、いっそ……」

それ以上は言葉にしなかったが、かえって、それでふんぎりがついたという思いが、時江の眼を活々と見せていた。

「いまの銃声を聞きつけて、近所の奴らがくるだろう、そなたに迷惑がかかってはならぬ。はっきりというがいい、元新選組の、いや、彰義隊の生残りという方がいい、原田左之助という気違いが、撃ち殺したのだと」

「でも、それでは屯所が」

「いいってことよ。捕まったらそれまでさ。捕まるようなへまはやらねえつもりだがね」

左之助は空の拳銃を懐中にして入って来た通りに、庭へ出ようとして、またふりかえった。

「こう付け加えてくれ、先日柳橋で袴田という藪医者を撃ち殺したのも、左之助だとな」

「………」

「二人とも卑劣な奴さ。裏切り者を殺った、それだけだ。武士の意地だ。戦さに負けたが、武士の道だけは踏みはずさねえ。……だが、この士道の意地もこの辺で幕かねえ、これからはどうせ武士のいねえ世の中になる。屑にならなきゃ生きてゆけねえだろう」

「原田さま……」

「拙者もこれで武士の義理は果したようだ。武士におさらばするには、いい汐時《しおどき》かもしれねえや」

最後は、呟やきに聞えたが、照れたように、にやっと笑ったのが、時江の目に残った。

近所の人たちが、時ならぬ銃声はここの家らしいと見当をつけて、巡邏の府兵と一緒にやって来たときは、とっくに左之助の姿は見えず、時江だけがぼんやりと坐っていた。


左之助追捕の指令が府内六大区の総長にまわされ、日ならずして人相書も配布されるという念の入れようだったが、左之助の行方は杳として知れなかった。

一方、間々田光徳は弾丸傷が急所をそれていて、死線を超えた。どうにか一命をとりとめることができたが、左之助への追補の手は弛まなかった。私的な怨恨で新政府の役人へ発砲したことは許されない。

東京府六大区の府兵、四十一藩二千五百人が血眼になって探しても、とうとう原田左之助の行方はわからなかった。

左之助は東京にいなかった。横浜に来ていた。

裏切り者を始末したかれには、もう東京に用はなかった。

お佳代は逞しく新しい時代を生き抜いてゆくだろう。その生き方を否定する言葉を左之助は持たない。

あの上野の戦さの前夜、お佳代が助けてくれたことも気紛れなら、雨の音を聞きながらの異常な情熱の時間も、熟れた女体がもとめた気紛れだろう。それ以上の深い意味はなかったのだ。人間の出逢いということを、ふかい意味に感じようとしているのは、左之助の孤独と寂寥がさせるものに過ぎないのではないか。

お蘭との事も、そう考えればどれだけの意味を持つまい。

東北各地を転戦している間、農家の納屋で藁にくるまって寝たり、雪に降りこめられて岩蔭で凍《こご》えながら、一夜を明したこともある。そうしたときに、ふしぎと、お蘭との妙見寺裏の夜の営みが思いだされ、からだを熱くした。

夢にもよく見た。

夢の中では、お蘭とお佳代はよく入れ違った。肌の感触も行為も二人は少しも似ていないのだが、時には、思い出が重なり、どちらだったかわからなくなることもあった。

京では何人もの女と遊んでいる。にも関らず、江戸の女しか思いだせないのは不思議だった。伏見に残してきた妻子のことを、まるっきり思いださなかったのはなぜだろう。

お蘭やお佳代との交情の思い出の中に、ふっと重なる顔があった。

それは誰だかよくわからなかった。女の微笑だけが残った。肌を合わせた女の顔を数えてみても、そのどれにも合わないのだ。

それが誰だったか、判然としたのは、海岸通りのジェラールの洋館に行った時だった。ジェラールは左之助の手配を知っていて驚いて迎えた。順一を殺し、光徳に重傷を負わせたのがサノスケだと知って、かれの驚愕は大きかったのである。

「心配することはない、ジェラさん、あんたに向けるピストルはない。あのときの御礼を言いに来たのだ、本心から礼をな」

左之助は微笑して言った。

「いや、礼というより、詫びと言うほうがいいかもしれぬ。袴田と間々田が組めば、あんたも大儲けができたろうにな」

「私、不正な利益、ほしくありません。でも、サノスケ、あなたはポリスに追われている、ここにいてはいけません」

「わかっている。迷惑はかけねえよ。礼とそして詫びに来ただけだ」

ジェラールが言いつけたらしく、そこへワインとグラスを盆に乗せてあらわれた女がいた。

左之助は、思わず椅子から立ち上った。橋場のおしのではないか。

おしのは、すっかり変っていた。

洋装でこそなかったが、少女らしい素顔に似合っていた結綿《ゆいわた》が、流行の奇矯な唐人髷になっていた。化粧も派手だったし、着物の好みや襟のぬき方が、この居留地特有の、ある種の女性を表現していた。

（洋妾……）

その言葉が浮んだ。

(そうか、おしのは……ジェラールの世話になっているのか)

左之助は挨拶をすら忘れていた。

苦い思いがこみあげた。かれの胸の底にあった面影、お蘭とお佳代のなかに、まぼろしのように揺曳していた女《ひと》の面影が、そのときになって判然としたのだ。かれはこの皮肉に、大声をあげて笑いたくさえなった。

「——御無事で……」

懐しさで眼を輝かしながらもそれ以上に、親愛を見せるのを憚かるものが、彼女の方にあった。いまの立場が彼女には消え入りたいほど羞しかったのではなかろうか。

(来るんじゃなかった……)

逢わなければよかった。

おしのも、いまの姿を見られたくなかったろう。左之助も、知らないままのほうが、きれいな思い出として胸の奥深く、美しいままに残せたのだ。

「——軽率だったようだ」深い吐息とともにかれは言った。「おらァいつまで経ってもおっちょこちょいだ。おしのさん、あのときの礼だけは言っておきます。有難う、ジェラさんにもだ。みんなには世話になった……、なりっ放しで心苦しいが、これ以上、迷惑はかけねえ。せめてそれだけで勘忍しておくんなさい。これで左之助は、消えます」

「原田さま!」

「さよならだ。二度と横浜にくることはありますまい」

左之助はあとを振りかえらずに海岸通りへ出ていった。

すべてに興味を失くしていた左之助は、波止場の歓送の騒ぎにも目をむけることもなく馬車道へ去っていったが、そのときメリケン波止場では太平洋郵船《パシフィック・メール》のコロラド号に乗りこむ人々が、小蒸気船で送られてゆくところだった。

その中にはアメリカへ医学の勉強にゆくお蘭の姿があった。

順一の横死がどれほどの衝撃を与えたか。普通の女なら気落ちするところを、お蘭は逆に、飛躍の機会にふりかえたようである。

左之助がそのことに気づかなかったのは、かえって幸いだったかもしれない。

植村の間々田が収賄汚職が露見して入牢したのはそれから間もなくのことだった。彰義隊の幹部だった小川椙太《すぎた》と同囚になったことが同人の直話として彰義隊戦史に記されている。

左之助のその後は明らかではない。ずっと後年、日露戦争のとき軍夫になっていたという説もあるが信憑性がうすい。武士の意地を張って時勢にとり残された原田左之助は、たとえ余生を全うしたとしても、ひっそりと陋巷《ろうこう》に影のように生き、影のように消えていったことであろう。

解説

清原康正

早乙女貢のライフワーク大河歴史小説『會津士魂』が、二〇〇一年（平成十三年）一月発売の「歴史読本」三月号で完結した。

　幕末維新期から明治期にかけての会津藩士たちの苦難と転変の運命を描き出したこの大河歴史小説は、一九七一年（昭和四十六年）一月号から連載が始まった。一月号といっても、その発売は前年の十一月であった。早乙女貢が『僑人の檻』で第六十回直木賞を受賞したのは一九六九年（昭和四十四年）一月のことであったから、連載はその翌年からということになる。『會津士魂』は、戊辰戦争における会津・鶴ケ城落城までを描いた「第一期幕末編」が全十三巻の単行本（新人物往来社）にまとまり、一九八九年（昭和六十四年・平成元年）に第二十三回吉川英治文学賞を受賞した。

　その後も、「第二期明治編」にあたる『続會津士魂』が書き継がれていった。落城後の降伏開城に始まり、寒冷不毛の地、下北半島に斗南藩として移封させられた会津藩主従の苦難と不屈の士魂を描いて、西南戦争終結の時点で完結した。完結の年の五月には、『続會津士魂』の第八巻「山河の巻」が刊行（新人物往来社）され、ここに『會津士魂』全二十一巻が完結したのだった。

連載期間は足かけ三十一年にもおよぶ。一つの月刊誌にこれだけ長い歳月をかけて連載された小説というのは、他に類を見ない。その総原稿枚数は、『會津士魂』が約七千枚、『続會津士魂』が約四千枚、と一万枚を軽く越える量であった。

その完結を祝う会が、二〇〇一年七月四日に東京都内で開かれた。著者・早乙女貢の広い人脈もあって、出席者が七百人を越す盛会となった。この祝賀会に先立って、同会場で行われた記者会見で、早乙女貢は、「連載は三十一年にわたるが、志を立ててからは五十年以上になる。昭和三十年代半ばから具体的な構想を練り始め、直木賞をもらってから書き始めた」と、長い歳月を振り返った。そして、「これまで書き続けられてきたことは、私にとって奇跡であるが、作家というのは業深いもので、まだまだ書きたいものは山ほどある。会津藩士とその家族たちの近代史の中での人生と会津魂を、単なる苦難の物語ではなく描いていきたい」と、今後の抱負をも語っていた。

連載の三十一年間に、時代も日本人も変わってきたが、どういう人たちにこの作品を読んで欲しいか？　と言う記者の質問には、次のように答えた。

「歴史を古くさいものと思っている若い人たちに読んで欲しいですね。歴史を知らない者に明日はない。歴史を知ることは、人間にとって大事なことですから」

この答えを聞いて、早乙女貢がある講演で熱っぽく語ったことを思い出した。

「歴史を知らない者には明日がない、と言われます。歴史を作るのも人なら、歴史におどらされるのも人。その人々の人生を知って確実な明日を築く、展望もひらける。ますます混沌として希望を持てないという世代のためにも、歴史小説は書かれてゆく意味があると思っています」

この発言からも、早乙女貢の歴史小説に対する思いの深さを理解することができる。

戊辰戦争で辛酸を嘗めた会津藩士を曾祖父に持つ早乙女貢は、一九二六年（大正十五年・昭和元年）一月一日に旧・満州（現・中国東北部）のハルビンに生まれ、戦後に日本へ引き揚げてきた。この引き揚げの体験、そして曾祖父の苦難を幼い頃から祖母などに聞かされて育ったことで、父祖の血につながる実感から幕末維新史にアプローチしていった。そこから正史とは別の角度で維新のプロセスをとらえていく史観、すなわち、官軍―賊軍という単純な二分法による従来の歴史図式に対して、それは勝者の側からの一方的な見方だとの異議申し立てを行い、敗者の側から幕末維新と明治の近代化を検証していく独特の早乙女史観が生まれてきたのだった。

早乙女貢は『続會津士魂』の第八巻の「あとがき　戊辰の志士への一掬の涙を」の中で、次のように記している。

「かれら（注・会津藩士と家族たちを指す）の怨みは、ひとしく、討幕派によって、朝敵・賊軍の烙印を捺されたことにある。（中略）薩長藩閥政府による欺瞞の歴史が正史とされ、御用学者によって真実が抹殺されて来た。その歴史の仮面を剝がすのは大変なことであった」

「この歳月の間に維新史への理解が進み、風潮にも大きな変化が見られるようになったのは喜ばしいことだ」

維新史への理解、それに早乙女貢の作品が貢献したことは言うまでもないことなのだが、敗者の側から幕末維新と明治の近代化をとらえ直そうとする早乙女貢の独特の歴史観は、新選組隊士だった原田左之助が戊辰戦争から維新を経て明治期に至る激動の時代を流転していくさまを描いた本書『新選組　原田左之助　残映』にも明確に示されている。

本書は、「読売新聞」に連載され、一九七六年（昭和五十一年）十一月に上梓された長編作である。早乙女貢の新選組ものとしては他に、『沖田総司』『新選組斬人剣　小説・土方歳三』をはじめ、幕末の青春群像を描いた長編作『若き獅子たち』、新選組隊士十人を扱った『新選組銘々伝』、土方と沖田も登場する『幕末志士伝』などの小説集がある。大河歴史小説『會津士魂』全二十一巻でも、もちろん、新選組の面々が登場してくる。「第一期幕末編」の第二巻は「新選組の巻」である。

早乙女貢は新選組に関する座談会の中で、新選組との出会いをこう語っていた。

「やっぱりぼくは会津の関係でね。新選組は会津に最も深い関わりがあるから、そこからまず、好きになったということでしょうね。これは最初から無条件に好きになった面がありますね」

武士の理想像をひたすらに追い求め、滅びるものに殉じて自らも散っていった新選組の男たちの生と魂が、会津士魂を内に秘めた早乙女貢の心の琴線を揺さぶってやまないことがよく分かる。

本書の主人公・原田左之助は、新選組創立以来のメンバーで、京都では副長助勤、十番隊長を勤めていた。文久三年（一八六三年）に結成された新選組は、慶応四年（一八六八年）四月の下総・流山における近藤勇と土方歳三の別れ、その直後の近藤勇の就縛と斬首によって、実質的な崩壊を遂げた。その以前に、原田左之助は永倉新八と共に離隊していたのだが、本書では、慶応四年五月半ばのある日、原田左之助が江戸の町を走っている場面から、物語がスタートする。

左之助は千駄ヶ谷の植木屋の離れで療養中の沖田総司を見舞いに行く途中であったが、官軍の男とぶつかり、抜き打ちに斬って捨てる。明日にも上野の山に数万の官軍が攻撃をかけてくるだろうという時で、たちまち、左之助は官軍に追われる身となり、危ういところを妖しい魅力をたたえるお佳代にかくまわれ、あわただしい交渉を持つこととなる。

左之助は上野の彰義隊に加わって大奮闘するが、敗走して荒川のほとりまで落ちのびる。新選組隊士だった男に間違って撃たれ、本所の神保伯耆守の屋敷に逃げ込み、女医のお蘭の手当てを受け、彼女とも関係を持つ。

その後、横浜の外人居留地に身を潜め、お佳代と再会し、二人で鉄砲の密貿易に乗り出すが、取り引きに失敗して、奥州から箱館を放浪して回る。

明治と改元され、江戸が東京と改められた後、左之助は東京に戻って来る。新政府転覆を企てるグループに加わって、築地ホテルを襲撃するなど、左之助は新時代の潮流にもまれながら、変転を重ねていく。

　歴史の大きなうねりに流されながらも、武士としての意地を貫きとおして生きる男の姿を、早乙女貢は虚実を巧みに取り混ぜて描き上げていく。

「薩長を主体とする官軍には、その慈悲の心も士道もなくなって、ただ、殺戮を好む野獣性だけが支配していたらしい」

「薩長の行動には国粋理論にしても、主義主張の一貫性が見られない。幕末十年間の行動の変化と矛盾が物語るものは、ただ反幕であり、権力への妄執以外の何物でもなかった」

　本文中に見受けられるこうした記述からも、早乙女貢が『會津士魂』で示した独特の歴史観を理解することができる。

「死に損ないの左之助」と渾名され、幕末維新期の数々の修羅場をくぐり抜けてきた原田左之助だが、本書では、新選組での活躍やそれ以前のことにはあまり触れられず、維新以降の時代の変化の中で敗者となった左之助が、どのような信条を抱いて生きたかに焦点が絞られている。この点で、早乙女貢の他の新選組ものといささか趣を異にする作品といえる。左之助の前歴などに関しては、『新選組銘々伝』の「死に損ないの左之助」を参照されるといいだろう。

　本書での左之助と女たちとの関係も、狂乱の波をまともに浴びて流転を余儀なくされた人間同士の結びつきを暗示している。左之助は物語の最後に、「さようならだ。二度と横浜にくることはありますまい」のセリフを残して、読者の前から消えて行く。「ひっそりと陋巷に影のように生き、影のように消えていった」というラストの一文に余韻がただよっていて、この波瀾万丈の男への感慨がより深いものとなってくる効果を出している。

こうした「影のように生き、影のように消えていった」という人々のことを、早乙女貢はこれからも見守り続け、小説の中に昇華していくことだろう。

（文芸評論家）

（単行本）『残映』一九七六年十一月、読売新聞社刊

人物文庫

新選組 原田左之助 残映

二〇〇一年 八 月二〇日［初版発行］
二〇〇三年一一月二〇日［2刷発行］

著者――早乙女《さおとめ》貢《みつぐ》
発行者――光行淳子
発行所――株式会社学陽書房
東京都千代田区飯田橋一‐九‐三 〒一〇二‐〇〇七二
〈営業部〉電話＝〇三‐三二六一‐一一一一
FAX＝〇三‐五二一一‐三三〇〇
〈編集部〉電話＝〇三‐三二六一‐一一一二
振替＝〇〇一七〇‐四‐八四二四〇

フォーマットデザイン――川畑博昭
印刷・製本――錦明印刷株式会社

ISBN4-313-75147-5 C0193